SINGULARITY
ΛΙΣΤΑ ΘΑΝΑΤΟΥ

Η δεύτερη ευκαιρία.

GIANNIS PAPALAS

ΠΙΝΑΚΑΣ ΠΕΡΙΕΧΟΜΕΝΩΝ

ΚΕΦΑΛΑΙΟ 1ο

Νεκρανάσταση

Το χάμστερ είχε γυρίσει πίσω, μόλις, από τον άλλο κόσμο! Άρχισε να κινείται, πιο πολύ σπασμούς θα το έλεγε κανείς, παρά φυσιολογική κίνηση, αλλά τι να κάνεις. Εδώ από ταξίδι με το αεροπλάνο γυρίζει κανείς και νοιώθει κουρασμένος, πιασμένος, μπαϊλντισμένος. Πόσο μάλλον να γυρίσεις από τον άλλο κόσμο.

Ο Γιάννης παρακολουθεί τις οθόνες με τις ζωτικές λειτουργίες του αναστημένου χάμστερ και χαμογελάει ευχαριστημένος κάτω από τη μάσκα αποστείρωσης που φοράει. Όλα πήγαν καλά. Μόλις κατάφερε να σκοτώσει και μετά από λίγο να αναστήσει ένα χάμστερ. Και το κυριότερο είναι ότι για τα λίγα λεπτά που έμεινε νεκρό το μικρό τρωκτικό, το μυαλό του συνέχισε τις δευτερεύουσες λειτουργίες του. Αν και ο εγκέφαλος ξέμεινε πολύ γρήγορα από οξυγόνο, αυτό δεν σημαίνει ότι σταμάτησε να λειτουργεί και αυτό είναι το μεγάλο επίτευγμα του Γιάννη.

Από μικρός ήθελε να σπουδάσει ιατρική, όχι όμως για να σώζει ζωές, αλλά για να χαρίζει. Γι' αυτό έκανε μεταπτυχιακό στη βιοτεχνολογία. Ο Γιάννης από μικρός είχε εμμονή με τον θάνατο. Ακούει Goth μουσική, ντύνεται με μαύρα ρούχα, του αρέσουν οι ταινίες με ζόμπι. Εξάλλου και σαν χαρακτήρας ήταν πάντα πρακτικός. Όταν μπήκε στην ιατρική σκέφτηκε, γιατί να προσπαθούμε να θεραπεύσουμε τόσες πολλές διαφορετικές και πολύπλοκες ασθένειες; Γιατί να προσπαθούμε να βρούμε νέες μεθόδους αντιμετώπισης ατυχημάτων, χτυπημάτων, εγκαυμάτων; Όταν ένας άνθρωπος ασθενήσει ή τραυματιστεί, οδηγείται στον θάνατο. Οπότε ο Γιάννης αποφάσισε να μην ασχοληθεί με τις λεπτομέρειες των ασθενειών και των τραυματισμών που οδηγούν στον θάνατο, εξάλλου πολλές από αυτές δεν είναι καν ιάσιμες και ασχολείται κατευθείαν με το ένα και μοναδικό και τεράστιο πρόβλημα της ανθρωπότητας. Τον θάνατο. Πιστεύει ότι όταν πεθαίνουμε δεν πεθαίνουμε. Όποιον και να ρωτήσεις θα σου πει ότι πραγματικά είναι δύσκολο να πιστέψει πως η διάνοια του Αϊνστάιν για παράδειγμα εξαερώθηκε μετά τον θάνατό του. Βέβαια ο Γιάννης, όπως και όλοι οι επιστήμονες του πλανήτη, δεν έχουν καμία βεβαιότητα για το τι συμβαίνει μετά θάνατον, αλλά πιστεύει ότι θα το λύσει με τι άλλο; Με πειράματα. Θα πει κάποιος, άλλο το χάμστερ και άλλο ο άνθρωπος. Γεγονός αδιαμφισβήτητο από την μία πλευρά, αλλά από την άλλη είναι μία πολύ καλή αρχή. Και τι καλύτερο γι' αυτή την αρχή από το ότι ο Γιάννης, κατάφερε να πιάσει δευτερεύοντα σήματα από τον εγκέφαλο του πεθαμένου χάμστερ. Αυτό πολύ απλά σημαίνει ότι ο εγκέφαλός του, όσο ήταν νεκρός και χωρίς οξυγόνο μπορούσε και λάμβανε ερεθίσματα. Κάτι «έβλεπε», «άκουγε», «ένοιωθε». Το θέμα είναι τι ήταν και από πού προέρχονται αυτά τα ερεθίσματα. «Γι' αυτό τα πειράματα θα συνεχιστούν με αμείωτους ρυθμούς και πιο πολύπλοκα πειραματόζωα. Είμαστε πολύ κοντά σε κάτι πολύ μεγάλο», μονολόγησε κάτω από τη μάσκα του σε πολύ επίσημο τόνο, αστειευόμενος μόνος του.

Το χάμστερ πια έχει σηκωθεί και τρώει. Ο θάνατος μάλλον είναι κουραστικός. Ο Γιάννης έσβησε ένα-ένα τα μηχανήματα. Πριν σβήσει τα φώτα και φύγει από το εργαστήριο, πήρε στα χέρια του απαλά το χάμστερ για να το βάλει στο κουτί – σπίτι του.

-Πρέπει να σου βρούμε ένα όνομα εσένα. Όπως φαίνεται μάλλον θα ζήσεις περισσότερο από τους προηγούμενους. Αυτό σημαίνει πως κάπως πρέπει να σε φωνάζω. Το ξέρω ότι είναι κλισέ, αλλά θα σε ονομάσω Λάζαρο. Εκτός και αν το βράδυ σου έρθει καμία καλύτερη ιδέα. Θα μου την πεις αύριο.

Έβαλε το χάμστερ στη θέση του, έριξε μια τελευταία ματιά προτού φύγει. Έκλεισε τα φώτα και την πόρτα πίσω του. Βγαίνοντας στον διάδρομο φόρεσε την μάσκα για την πανδημία.

ΚΕΦΑΛΑΙΟ 2ο

Κατασκοπεία στην Ουχάν

Η Πέγκυ τίναξε πίσω τα ξανθά μαλλιά της και φόρεσε την μάσκα της. Προτού φύγει από το πολιτικό της γραφείο, πρόσεξε ένα αυτοκίνητο το οποίο κινούνταν με την όπισθεν στην κεντρική λεωφόρο. Η μανούβρα αυτή είναι πολύ επικίνδυνη και τα υπόλοιπα αυτοκίνητα που κινούνται κανονικά καταφέρνουν να το αποφύγουν τελευταία στιγμή, περνώντας ξυστά δίπλα του και κορνάροντας κατατρομαγμένοι. Δεν είναι αυτό όμως που της έκανε εντύπωση. Η αίσθηση ότι κάπου έχει ξαναδεί αυτήν την όχι και τόσο συνηθισμένη στιγμή ήταν που της έκανε μεγαλύτερη εντύπωση.

Γι' αυτό και έμεινε στο παράθυρο, παρακολουθώντας την τρελή πορεία του αυτοκινήτου. Δεν ανησύχησε για το συμβάν. Είναι σίγουρη ότι το έχει ξαναδεί και ξέρει και την κατάληξη. Σε μερικά δευτερόλεπτα θα εμφανιστεί ένα περιπολικό. Το όχημα θα ακινητοποιηθεί και ο οδηγός θα συλληφθεί.

Να το περιπολικό. Πήρε την τσάντα της και άνοιξε την πόρτα. Μπήκε στο ασανσέρ και χαιρέτησε τον χειριστή του. Ήταν δεν ήταν 20 ετών και κοιτούσε συνέχεια μέσα από τον καθρέφτη με κλεφτές ματιές την Πέγκυ. Αυτή έχει καταλάβει ότι ο μικρός είναι τσιμπημένος μαζί της και δεν δίνει σημασία. Ήδη κοιτάει τα μηνύματα στο κινητό της τηλέφωνο. Το ασανσέρ φτάνει στο υπόγειο πάρκινγκ. Ο χειριστής ανοίγει την πόρτα και την χαιρετάει ξελιγωμένα. Η Πέγκυ τον χαιρετάει μηχανικά και προχωράει προς το αυτοκίνητό της, ενώ συνεχίζει να κοιτάζει την οθόνη του κινητού της.

Τώρα περνάει δίπλα από το περιπολικό που είδε από το παράθυρο. Ο οδηγός του αυτοκινήτου βρίσκεται ήδη στο πίσω κάθισμα φορώντας χειροπέδες και το αυτοκίνητό του είναι σταματημένο στην άκρη.

Τeo prepare to crash! Teo prepare to crash! Teo prepare to crash! Γαμώ το κέρατό σου μαλακισμένο, αναφώνησε ο Θοδωρής και ακούμπησε πίσω στην καρέκλα του. Δίνοντας ακόμη μία μικρή ώθηση, βρέθηκε οριζοντιωμένος πάνω της να κοιτάει το ταβάνι.

Δουλεύει επί μήνες πάνω στο καινούριο του πρόγραμμα που θα είναι ικανό να συγκεντρώνει πληροφορίες από όλους τους υπολογιστές που είναι στο δίκτυο. Όταν λέμε από όλους, εννοούμε από όλους. Ακόμη και από τους υπολογιστές που έχει η Nasa σε τροχιά ή στα οχήματά της στον Άρη. Το μόνο που χρειάζεται είναι να είναι συνδεδεμένοι στο διαδίκτυο. Όμως σε αυτό το σημείο πάντα βρίσκει πρόβλημα. Πάντα κάτι υπάρχει, το οποίο ο Θοδωρής δεν μπορεί να δει ή τέλος πάντων να το προσδιορίσει, που του σταματάει όλο το render του νέου του προγράμματος.

Μπορεί να είναι κάποιο clever bug ή ποιος ξέρει ποιος άλλος διάβολος μπαίνει μέσα στο πρόγραμμα και κάθε φορά, σε αυτό ακριβώς το σημείο, του τα κάνει μαντάρα.

Αυτό που του έρχεται αυθόρμητα είναι να ανασηκώσει την ανακλινόμενη καρέκλα του και να κάνει κομμάτια τον υπολογιστή του. Τόσα νεύρα έχει. Αλλά τα αρχεία που έχει στον υπολογιστή είναι πιο πολλά από τα νεύρα του, οπότε η καταστροφή ματαιώνεται.

Ανασηκώνει την καρέκλα του και αντί να σπάσει τον υπολογιστή, απλά τον κλείνει. Έτσι κι αλλιώς είναι αργά. Σηκώνεται από το γραφείο του, μαζεύει τα πράγματά του στο τσαντάκι του. Φοράει τη μάσκα του και φεύγει.

Η Κατερίνα σηκώνεται από τον καναπέ και ανοίγει την πόρτα του δωματίου της. Μπροστά της στέκονται τρεις άνθρωποι ντυμένοι με λευκές προστατευτικές στολές. Είναι σαν αστροναύτες, αίσθηση που εντείνεται ακόμη περισσότερο από τις «τζαμένιες» επιφάνειες στο πρόσωπό τους. Είναι δύο άντρες και μία γυναίκα. Αυτή χτύπησε την πόρτα και αυτή παίρνει τον λόγο.

-Καλημέρα σας. Οι μέρες της καραντίνας σας τελείωσαν. Θα τρέξουμε μερικά τεστ και αν όλα βγουν αρνητικά, μπορείτε να φύγετε.

-Καλημέρα, σάς περίμενα. Περάστε.

Η Κατερίνα άνοιξε διάπλατα την πόρτα ώστε να περάσουν οι γιατροί που είναι ειδικευμένοι στον τελικό έλεγχο μετά την καραντίνα, εξού και οι νάιλον αδιαπέραστες από ιούς, «πανοπλίες».

Η παρέα από το νήπιο, όπως σαρκαστικά αυτοαποκαλούνται τα μέλη της, πλην δύο, είναι συγκεντρωμένη στο café του ξενοδοχείου.

Η Πέγκυ, ο Γιάννης και ο Θοδωρής απολαμβάνουν αμέριμνοι τον καφέ τους, όταν βλέπουν την Βαρβάρα, το άλλο μέλος της παρέας, να έρχεται τρέχοντας προς το μέρος τους. Αυτόματα, η επί αιώνες εκπαιδευμένη παρέα σηκώνεται από το τραπέζι. Ο Γιάννης παίρνει από το τραπέζι τους δύο καφέδες. Η Πέγκυ παίρνει τον δικό της. Ευτυχώς δεν έχουν φέρει νερά!

Τώρα όλοι μαζί φωνάζουν προς τη Βαρβάρα: «Το χαλί, το χαλί»!

Η Βαρβάρα κοιτάζει το χαλί, το οποίο πράγματι είναι ελαφρώς ανασηκωμένο από το πάτωμα στην αρχή του. Η Βαρβάρα, μόλις περνάει το πόδι της πάνω από το χαλί, σηκώνει το βλέμμα της και χαμογελάει στους φίλους της και αμέσως σκοντάφτει και πέφτει στην ασφάλεια της αγκαλιάς του Θοδωρή, ο οποίος έχει ήδη προχωρήσει προς το μέρος της.

Η εκπαιδευμένη παρέα βρίσκεται ήδη στις θέσεις της, προτού οι γύρω θαμώνες να καταλάβουν τι έγινε.

Ο καθένας είναι στην καρέκλα του και οι καφέδες στις θέσεις τους. -Κατέβηκε; Ρώτησε η Βαρβάρα τους φίλους της με αγωνία.

-Όχι ακόμα, της απάντησε η Πέγκυ.

-Ευτυχώς. Και ήμουν σίγουρη ότι είχα αργήσει.

-Έχεις αργήσει, αλλά δεν είναι η πρώτη φορά, ούτε η τελευταία, οπότε ας μην το κάνουμε θέμα!

-Τι της κάνουν; Ρωτάει συνωμοτικά η Βαρβάρα.

-Τι θες να της κάνουν; Απαντάει γελώντας ο Γιάννης. Λοβοτομή. -Μμμ, κρυάδες. Να πάρω καφέ;

-Όχι, να μην πάρεις. Όπου να 'ναι πρέπει να κατεβαίνει. -Καλά, θα πιώ από τον δικό σου.

-Πιες.

Γυρίζει το φλιτζάνι αλλά δεν πέφτει καφές.

-Έλα ρε συ! Καθόλου δεν άφησες. Και ήξερες ότι έρχομαι. Εκείνη τη στιγμή έρχεται από το βάθος η Κατερίνα.

Η παρέα γυρίζει ενθουσιασμένη προς το μέρος της. Η Βαρβάρα έχει αρχίσει να χειροκροτάει ενθουσιασμένη. Το ύφος της όμως δεν δείχνει να συμμερίζεται τον ενθουσιασμό της παρέας. Περπατάει γρήγορα προς το μέρος τους, σαν κάτι να είναι επείγον και επιπλέον είναι συνοφρυωμένη. Φτάνει την παρέα και αρχίζει να φτύνει διαταγές με ταχύτητα.

-Πληρώστε, φεύγουμε. Τώρα!

Οι υπόλοιποι της παρέας σηκώνονται. Ο Γιάννης της λέει πως έχουν ήδη πληρώσει.

-Πάρτε τα αυτοκίνητά σας να πάμε σπίτι μου.

Όλοι μαζί ξεκινούν ψιλοτρέχοντας, προσπαθώντας να ακολουθήσουν τη φίλη τους και βγαίνουν από το ξενοδοχείο.

Στο σπίτι η Κατερίνα μπαίνει στο σαλόνι, ερχόμενη από την κουζίνα κρατώντας στα χέρια της μία νάιλον σακούλα. Πλησιάζει τους φίλους της και χωρίς να μιλήσει πιάνει το κινητό της και το βάζει μέσα στην τσάντα. Μετά παίρνει το κινητό της Πέγκυ.

Αυτή την ρωτάει απορημένη: «Τι ακριβώς κάνεις»; Η Κατερίνα βάζει τον δείκτη της μπροστά από τα χείλια της, προτρέποντας τους φίλους της να σωπάσουν. Αυτοί υπακούν και η Κατερίνα αφού μαζέψει όλα τα κινητά μέσα στην τσάντα, ανοίγει την μπαλκονόπορτα, τα αφήνει στην βεράντα και κλείνει καλά την πόρτα πίσω της.

-Αρχίσαμε τα συνωμοτικά, είπε γελώντας ο Γιάννης.

-Γι' αυτό δεν έβγαλες τσιμουδιά σε όλη τη διαδρομή; Πρόσθεσε ο Θοδωρής.

-Γι' αυτό, είπε η Κατερίνα και κάθισε δίπλα στους φίλους της. Πρέπει να σας μιλήσω για κάτι πολύ σοβαρό. Μόνο σε σας έχω εμπιστοσύνη. Αλλά προσέξτε. Αυτά που θα σας πω, δεν πρέπει να τα μάθει κανείς, για κανέναν λόγο.

-Εντάξει Βαρβάρα; Συνέχισε κοιτώντας τη φίλη της. -Και γιατί παρακαλώ, εντάξει Βαρβάρα;

-Το λέω γιατί είναι ωραία ιστορία για bestseller. Οπότε, μην σου μπαίνουν ιδέες!

-Λεν μας λες αυτό που είναι να μας πεις; Μας έσκασες, διέκοψε η Πέγκυ.

-Ωραία! Λοιπόν, τα νέα είναι τα εξής: Στην Κίνα που πήγα και έκανα έρευνα για τον covid-19, ανακάλυψα ότι ο ιός δεν είναι φυσικός.

-Και τι είναι; Διέκοψε η Βαρβάρα.

-Τεχνητός. Κάποιος τον δημιούργησε και ίσως τον αμόλησε, αν και γι' αυτό το τελευταίο δεν είμαι σίγουρη.

-Και ποιος τον έφτιαξε; Ρώτησε η Πέγκυ. -Δεν ξέρω.

-Καλά είσαι ηλίθια; Ξαναπετάχτηκε η Πέγκυ.

-Σου έχω πει, χρόνια τώρα, να μην με αποκαλείς έτσι. Με εκνευρίζει. Το πράγμα είναι πολύ μπερδεμένο. Έχω στοιχεία ότι κάποιος έδωσε εντολή να φτιαχτεί ο ιός. Έχω όλες τις λεπτομέρειες. Ποια εταιρεία, από ποιο τμήμα, αλλά δεν μπορώ να βρω ακριβώς τον άνθρωπο. Η έρευνα συνεχίζεται βέβαια, αλλά αυτό δεν μου έχει ξανατύχει. Σα να συναντάω έναν τοίχο. Σαν κάποιος να κρύβεται ή μάλλον σα να μην τον γνωρίζει κανείς, ενώ αυτός-αυτή δεν ξέρω τι είναι, κάνει κουμάντο σε όλους.

-Είσαι σίγουρη; Ρώτησε ο Γιάννης.

-100%. Το θέμα τώρα είναι, ποιος το έφτιαξε και γιατί;

-Ας ξεκινήσουμε από αυτά που ξέρουμε είπε η Πέγκυ.

-Είμαστε στην Αθήνα, είμαστε μία παρέα που γνωριζόμαστε από το νηπιαγωγείο...

-Βαρβάρα, διέκοψε Πέγκυ εκνευρισμένη, τι λες πάλι; -Λέω αυτά που ξέρουμε.

-Εννοεί να συζητήσουμε αυτά που ξέρουμε για την πανδημία, είπε η Κατερίνα.

-Συνεχίζω, είπε η Πέγκυ. Ξέρουμε πως όλο αυτό το πράγμα ξεκίνησε από τη Ουχάν στην Κίνα. Ξέρουμε δηλαδή ότι ο ιός είναι τεχνητός και όχι φυσικός. Είμαστε σχεδόν σίγουροι πως κάποιος τον αμόλησε στην ανθρωπότητα αλλά δεν ξέρουμε ποιος.

-Και τι μπορούμε να κάνουμε για να το βρούμε; Είπε ο Θοδωρής.

-Δε νομίζω να μπορούμε να κάνουμε και πάρα πολλά πράγματα, είπε ο Γιάννης. Όταν μιλάμε για τέτοια εργαστήρια που μπορούν να παράξουν τέτοιους ιούς, μιλάμε για υψηλά πρωτόκολλα ασφαλείας και πολύ περιορισμένη ροή πληροφοριών.

-Ναι, αλλά εγώ πρέπει να ανακαλύψω πάση θυσία ποιος ήταν αυτός και αν το άφησε επίτηδες, πρόσθεσε η Κατερίνα και συνέχισε, είναι η δουλειά μου. Έτσι κι αλλιώς έχω υποσχεθεί στον αρχισυντάκτη μου αποκλειστικό ρεπορτάζ. Αυτό σημαίνει ότι δεν γίνεται να μη βρω ποιος το έκανε, θα χάσω τη δουλειά μου! Αλλά πέρα από την επαγγελματική μου διαστροφή, έχω κι εγώ την απλή περιέργεια, να μάθω ποιος και γιατί έφτιαξε αυτόν τον ιό. Εσείς δεν είστε περίεργοι;

-Αυτή είναι η ερώτηση του ενός εκατομμυρίου δολαρίων αυτή τη στιγμή. Όλη η ανθρωπότητα θα ήθελε να μάθει ποιος είναι υπεύθυνος για την πανδημία. Έτσι δεν είναι; αναρωτήθηκε ο Γιάννης.

-Και τι σκέφτεσαι να κάνεις; Ρώτησε η Πέγκυ. -Δεν θα κάνω, θα κάνουμε!

-Τι εννοείς θα κάνουμε; πετάχτηκε ο Θοδωρής.

-Εννοώ ότι εσείς θα με βοηθήσετε στην έρευνα, ώστε να βρούμε ποιος προκάλεσε αυτή την πανδημία. Σας είπα, είστε οι μόνοι που εμπιστεύομαι. Εξάλλου, όπως είπε και ο Γιάννης, όλοι είναι περίεργοι να μάθουν την αλήθεια. Το ίδιο κι εσείς λοιπόν.

-Και τι πρέπει να κάνουμε δηλαδή; ρώτησε ο Γιάννης. -Θα πάμε εκδρομή στην Ουχάν!

Η Βαρβάρα άρχισε να χτυπάει παλαμάκια.

-Τι καλά! Θα πάω στην Κίνα, δεν έχω ξαναπάει!

-Τι εννοείς θα πάμε εκδρομή στην Ουχάν; Δεν μπορούμε έτσι απλά να φύγουμε, συμπλήρωσε η Πέγκυ. Έχουμε δουλειές, και κυκλοφορεί κι αυτός ο ιός.

-Τι; Δηλαδή δεν θα με βοηθήσετε; ρώτησε η Κατερίνα. -Ρε συ, είπε ο Θοδωρής, έχουμε δουλειές εδώ.

-Εγώ πάντως έρχομαι σήμερα, αν χρειάζεται, είπε

ενθουσιασμένη η Βαρβάρα. -Δεν μπορείτε να με αφήσετε έτσι, σας χρειάζομαι όλους. Το θέμα είναι πολύπλοκο. Εγώ είμαι δημοσιογράφος. Χρειάζομαι τον Γιάννη που είναι ερευνητής βιοτεχνολόγος, την Πέγκυ που είναι πολιτικός και ξέρει πώς κινούνται τα νήματα, τη Βαρβάρα που είναι συγγραφέας και έχει μεγάλη φαντασία και φυσικά τον Θοδωρή για ό,τι υπολογιστή και δίκτυο βρούμε μπροστά μας και χρειάζεται να τον χακάρουμε, να τον διαλύσουμε ή απλά να τον γυρίσουμε εναντίον του ιδιοκτήτη του.

-Δεν ξέρω αν μπορώ να τα κάνω όλα αυτά, είπε με ταπεινότητα ο Θοδωρής.

-Και πώς ακριβώς θα πάμε στην Ουχάν; Δηλαδή κάτω από ποια «βιτρίνα», ρώτησε ο Γιάννης.

-Ως απλοί, χαζοχαρούμενοι τουρίστες από την Ελλάδα, τίποτα παραπάνω τίποτα παρακάτω, δεν δηλώνουμε καμία ιδιότητα..

-Και πότε πρέπει να φύγουμε; ρώτησε η Πέγκυ.

-Άμεσα, το πολύ την άλλη εβδομάδα, είπε η Κατερίνα.

-Και πώς θα καταφέρουμε να μπούμε μέσα στα εργαστήρια να έχουμε πρόσβαση; Δεν είμαστε ούτε καν οι Κινέζοι πρόσθεσε απαισιόδοξα ο Θοδωρής.

-Αυτό δεν μπορώ να το ξέρω από τώρα, θα αυτοσχεδιάσω

όταν φτάσουμε, αλλά να ξέρεις έτσι κι αλλιώς σ' αυτά τα εργαστήρια οι περισσότεροι που δουλεύουν είναι Ευρωπαίοι και Αμερικάνοι, όχι Κινέζοι.

-Θα αυτοσχεδιάσουμε! Ωραίο σχέδιο, κάγχασε ο Γιάννης..

-Τι να κάνουμε ρε φίλε, έτσι είναι δικιά μου δουλειά, δεν είναι σαν τη δικιά σου που είναι όλα μελετημένα και με σχέδιο, εμείς πρέπει να είμαστε και λίγο αυθόρμητοι και να αντιμετωπίζουμε κάθε κατάσταση τη στιγμή που έρχεται.

-Δεν ξέρω αν έχεις ακούσει τι σημαίνει κινέζικες φυλακές, της είπε η Πέγκυ αλλά δεν θέλεις να ξέρεις, είμαι σίγουρη. Τέλος πάντων, αναστέναξε, θα έρθω. Χρειάζεστε κάποιον να σας ξελασπώσει αν πάει κάτι στραβά – που σίγουρα θα πάει.

-Πάντως θα μπορούσε να γίνει ένα πολύ ωραίο μυθιστόρημα, είπε η Βαρβάρα. Φυλακισμένοι στην Ουχάν. Εξάλλου ό,τι και να πάθουμε θα είναι για το καλό της ανθρωπότητας. Αξίζει να θυσιαστούμε!

-Γεια σου ρε Μπάτμαν, είπε γελώντας ο Γιάννης.

Ο Γιάννης είναι καθισμένος σε ένα καφέ κοντά στο εργαστήριο του και περιμένει την κοπέλα του τη Χριστίνα, η οποία μόλις φτάνει του δίνει ένα φιλί και κάθεται.

-Γεια σου, μωρό μου, τι κάνεις σήμερα;

-Καλά είμαι, εσύ; Δεν δουλεύεις σήμερα;

-Όχι, είχα πάει για κάτι εξετάσεις και πήρα μία μικρή άδεια. Εσύ πού ήσουν; Γύρισε η Κατερίνα;

-Ναι, ήρθε, την παραλάβαμε πριν από λίγη ώρα στο αεροδρόμιο και πήγαμε σπίτι της.

-Τι κάνει; Πώς πέρασε στην Κίνα;

-Εντάξει καλά πέρασε, έτσι κι αλλιώς για δουλειά είχε πάει και όχι για διακοπές.

-Βρήκε τίποτα από αυτά που έψαχνε για το ρεπορτάζ;

-Είναι λίγο πολύπλοκα τα πράγματα. Κάτι έχει βρει, αλλά η έρευνα συνεχίζεται. Θέλει όμως και τη βοήθειά μας.

Η Χριστίνα τον κοίταξε λοξά. Ποιανού τη βοήθεια θέλει; Ρώτησε. -Τη δική μου και των υπόλοιπων παιδιών της παρέας.

-Και πώς ακριβώς θα τη βοηθήσετε;

-Αυτό δεν το ξέρει ούτε και η ίδια. Το μόνο που ξέρει είναι ότι την άλλη εβδομάδα θέλει να πάμε όλοι μαζί στην Κίνα.

-Στην Κίνα; Τι να κάνετε εκεί;

-Συγκεκριμένα στην πόλη της Ουχάν. Θα πάμε να τη βοηθήσουμε στην έρευνα για το ρεπορτάζ της.

-Εσείς; Δεν καταλαβαίνω πώς μπορείτε να τη βοηθήσετε.

-Είναι λίγο μπερδεμένο και δεν μπορώ να σου πω και πολλά πράγματα. -Δηλαδή, τώρα θα έχουμε και απόρρητα μεταξύ μας;

-Έλα ρε, μην το παίρνεις έτσι, δεν είναι μεταξύ μας το απόρρητο, μεταξύ εμένα και της Κατερίνας είναι, αλλά πρέπει να το σεβαστώ.

-Ακόμα και για μένα;

-Όταν λέμε απόρρητο, δεν έχουμε εξαιρέσεις. -Και πόσο καιρό θα κάτσεις εκεί;

-Μερικές μέρες φαντάζομαι αλλά δεν ξέρω ακριβώς.

-Η ουσία είναι ότι με τον ένα ή τον άλλο τρόπο πάλι με τους φίλους θα είσαι και όχι με μένα.

-Τώρα θα μου κάνεις σκηνή;

-Όχι βέβαια. Εξάλλου έχω συνηθίσει. Θυμάσαι που όλη η παρέα παρακολουθούσε τον γκόμενο της Πέγκυ που υποπτευόταν ότι έχει σχέση με άλλη; Την άλλη τη στήνουμε καραούλι έξω από το σπίτι του Θοδωρή να δούμε ποιος του ξεφουσκώνει τα λάστιχα γιατί του είχε χακάρει τον υπολογιστή. Και θυμάσαι τότε που είχαμε πάει διακοπές στην Πάρο και ψάχνετε μία νύχτα ολόκληρη το σκυλάκι της Βαρβάρας και τελικά δεν το βρήκατε; Πρέπει να το παραδεχτείς, η παρέα σου είναι λίγο επεισοδιακή.

-Εντάξει, αυτό μπορώ να το παραδεχτώ αλλά δεν πάει να πει ότι θα παρατήσω την Κατερίνα, τώρα που έχει την ανάγκη μου.

-Μα αυτό σου λέω, πάντα έχουν την ανάγκη σου, αλλά εσύ ποτέ τη δική τους. -Ναι, αλλά όταν τους χρειαστώ θα είναι δίπλα μου έτσι είναι οι φίλοι εξάλλου.

-Και να ρωτήσω κάτι; δεν είναι επικίνδυνο αυτό το πράγμα που πάτε να κάνετε εκεί; Είστε και άσχετοι. Εντάξει, η Κατερίνα είναι δημοσιογράφος, κάνει την δουλειά της. Εσείς τι δουλειά έχετε με αυτά;

-Η Κατερίνα είναι έμπειρη ρεπόρτερ, της έχω εμπιστοσύνη δεν πιστεύω να μας εκθέσει σε κάποιον κίνδυνο, ελπίζω.

-Καλά, κατάλαβα, είπε η Χριστίνα και σηκώθηκε απότομα. Εγώ πρέπει να γυρίσω στη δουλειά, οπότε καλό ταξίδι στην Κίνα.

Ο Γιάννης έπιασε το χέρι της. Σε μερικές μέρες φεύγουμε, είπε. Δεν θα βρεθούμε μέχρι τότε;

-Δεν ξέρω, ρε συ Γιάννη, πρέπει και εγώ να ρωτήσω τους φίλους μου αν θέλουν βοήθεια σε τίποτα, καμία μετακόμιση, καμιά αποκλειστική νοσοκόμα, κάποιος μπορεί να θέλει να του πλύνω το αμάξι. Ποιος ξέρει, όλοι έχουμε ανάγκες μας. Άντε, τα λέμε όταν γυρίσεις. Καλή σου μέρα μωρό μου, γεια.

Η Χριστίνα του έδωσε ένα υπηρεσιακό φιλί και εξαφανίστηκε

στρίβοντας στη γωνία του οικοδομικού τετραγώνου.

Η Βαρβάρα άνοιξε την πόρτα και μπήκε στο διαμέρισμά της. Άφησε κάτω τη μεγάλη τσάντα που μέσα έχει όλη της τη ζωή και τη σέρνει κάθε μέρα μαζί της από τότε που είναι μικρό παιδί. Στο τραπεζάκι δίπλα στην πόρτα άφησε τα κλειδιά της και πήρε το λουρί του Μάιλο και το χάιδεψε με στοργή. Από τότε που έχασε το σκυλάκι της στην Πάρο και δεν το ξαναβρήκε, κάθε φορά που μπαίνει στο σπίτι χαϊδεύει το λουρί του και το θυμάται.

Πήγε και κάθισε κατευθείαν μπροστά στην παλιά της γραφομηχανή. Η Βαρβάρα δεν χρησιμοποίησε ποτέ υπολογιστή ούτε κινητό τηλέφωνο. Ό, τι γράφει το γράφει σε γραφομηχανή ή στο χέρι με μολύβι, ούτε καν με στυλό.

Έβαλε μία καινούργια λευκή σελίδα μες στη γραφομηχανή, τη ζύγισε, την κεντράρισε και έγραψε με bold γράμματα **ΚΑΤΑΣΚΟΠΕΙΑ ΣΤΗΝ ΟΥΧΑΝ**.

Η Πέγκυ βγήκε από το μπάνιο και πήγε και κάθισε στον υπολογιστή της, στο γραφείο της. Τα μαλλιά της είναι ακόμα βρεγμένα και στάζουν πάνω στο πληκτρολόγιο αλλά πάντα έτσι τα αφήνει ποτέ δε σκουπίζεται ή μάλλον κάνει ότι σκουπίζεται, αλλά στάζοντας βγαίνει.

Ο υπολογιστής της, που μένει πάντα ανοιχτός, είναι

γεμάτος email, την προσοχή της όμως τραβάει ένα από άγνωστο παραλήπτη. Το ανοίγει.

Κάνει λίγο πίσω τρομαγμένη από αυτό που διαβάζει στην οθόνη με κεφαλαία γράμματα: ΑΥΤΟ ΤΟ ΤΑΞΙΔΙ ΣΤΗΝ ΟΥΧΑΝ ΘΑ ΕΙΝΑΙ ΤΟ ΤΕΛΕΥΤΑΙΟ ΤΗΣ ΠΑΡΕΑΣ.

Παίρνει κατευθείαν τηλέφωνο τον Θοδωρή.

Εξηγεί τι έγινε και απορούν κι οι δύο ποιος έμαθε για το επικείμενο ταξίδι τους και πώς αφού δεν τα είπανε σε κανέναν και απομόνωσαν τα κινητά τους τηλέφωνα όταν μίλησαν. Ο Θοδωρής, της ζήτησε να μπει στον υπολογιστή της από μακριά για να ψάξει να βρει από που είχε έρθει αυτό το email όπως και έγινε.

Η Κατερίνα κάθισε απέναντι από τον αρχισυντάκτη της.

-Λοιπόν; Ρώτησε ο Μάκης. Μπαρουτοκαπνισμένος ρεπόρτερ από τους παλιούς. Πώς πήγε το θέμα μας;

-Πάρα πολύ καλά.

-Πότε θα μου στείλεις το κομμάτι; -Όταν γυρίσω από την Κίνα.

-Μα, μόλις γύρισες.

-Εννοώ, όταν ξαναγυρίσω.

-Γιατί, πρόκειται να ξαναπάς; -Ναι, σε λίγες μέρες.

-Και ο λόγος;

-Για διακοπές. Καλά ρε Μάκη, τι συζητάμε; Δεν μου έχεις δώσει ένα ρεπορτάζ να σου κάνω;

-Ναι. Και σε έστειλα στην Ουχάν και τώρα που γύρισες περιμένω το ρεπορτάζ.

-Ναι. Αλλά δεν τέλειωσε η έρευνα. -Και γιατί γύρισες;

-Για να ανασυνταχθώ και να ξαναπάω.

-Ωραία. Μπορείς να μου πεις τι έχεις βγάλει μέχρι τώρα; -Όχι. Δεν μπορώ να σου πω.

-Γιατί;

-Γιατί είναι απόρρητο.

-Τι απόρρητο και κουραφέξαλα; Αφού θα το δημοσιεύσουμε.

-Ε, μέχρι να το δημοσιεύσουμε, είναι απόρρητο. Τι δεν καταλαβαίνεις;

-Οκ. Αφού θέλεις να παίξουμε έτσι, έχεις δέκα μέρες. Αν έρθεις με ρεπορτάζ μην ξαναπεράσεις από το γραφείο μου. Να πας κατευθείαν στο λογιστήριο. Θα τους έχω ενημερώσει.

-Οκ. Αυτό θα κάνουμε, του είπε η Κατερίνα και βγήκε από το γραφείο του.

Η Πέγκυ περιμένει πάνω από το τηλέφωνο και αυτό όντως χτυπάει. Είναι ο Θοδωρής.

-Έλα γλυκούλα.

-Έλα, ρε Θοδωρή. Με έχει φάει η αγωνία. Τι βρήκες;
-Φιλενάδα, έχουμε μπλέξει άσχημα.

-Γιατί;

-Γιατί, δεν έχω ιδέα ποιος το έχει στείλει αυτό, ούτε καν από ποια χώρα. Είναι τόσο καλά κρυπτογραφημένο και συγκαλυμμένο το μήνυμα, που όμοιό του δεν έχω δει πραγματικά. Και ξέρεις πόσα mail έχω καταφέρει να εντοπίσω.

-Άρα, κάποιος μας έχει βάλει στο στόχαστρό του. -Και είναι και πολύ καλός μάλιστα.

-Πρέπει να ενημερώσουμε και τους υπόλοιπους.

-Ναι. Άσε θα τους βρω εγώ. Θα τους πω, όπως το λέω και σε σένα τώρα ότι δεν πρέπει να υπάρξει καμία επικοινωνία μέσω τηλεφώνων ή υπολογιστών όσον αφορά το θέμα μας. Μόνο από κοντά και όχι όπου να 'ναι. Μόνο σε ελεγχόμενους χώρους. Τα σπίτια μας αποκλείονται δηλαδή.

-Γιατί;

-Θα σου πω από κοντά. Τι λέμε τόση ώρα; -Εντάξει, γεια σου.

-Γεια σου.

Η Βαρβάρα αφού τάισε τα περιστέρια, κατευθύνθηκε προς

τον έναν από τους δύο τσολιάδες της Προεδρικής Φρουράς. Η αλήθεια είναι ότι δεν πήγε τυχαία σε αυτόν. Είναι πιο όμορφος από τον συνάδελφό του. Έχει καθίσει μπροστά του και τον κοιτάζει. Χαζεύει τη φουστανέλα και τα τσαρούχια του και προσπαθεί να υπολογίσει πόσες φουστανέλες μπορεί να χωράει μία κανονική ντουλάπα αθηναϊκού διαμερίσματος. Μάλλον ούτε μία. Ένα χέρι την πιάνει από τον ώμο και διακόπτει τις σκέψεις της, τρομάζοντάς την. Γυρίζει και βλέπει την Κατερίνα που την ακουμπάει, και πίσω της τους υπόλοιπους φίλους της. Αλληλοχαιρετιούνται και φεύγουν. Μπαίνουν σε ένα από τα καφέ του Συντάγματος και η Κατερίνα οδηγεί την παρέα στο πατάρι του καταστήματος. Κάθονται, παραγγέλνουν. Η Κατερίνα πάει να μιλήσει, αλλά ο Θοδωρής την διακόπτει.

-Κάτσε να έρθει πρώτα η παραγγελία και τα λέμε μετά.
-Γιατί όλα αυτά τα συνωμοτικά; Ρωτάει η Βαρβάρα.

-Θα σου εξηγήσω σε λίγο, της απαντάει ο Θοδωρής.

Τώρα η παρέα κάθεται μουγκή. Κοιτάνε πότε ο ένας τον άλλον και πότε έξω από το παράθυρο την αέναη κίνηση του κέντρου της Αθήνας. Η Κατερίνα σηκώνεται και με νόημα μαζεύει τα κινητά τους στην τσάντα της. Τα βάζει όλα κάτω από άλλο τραπέζι, έτσι κι αλλιώς μόλις ανεβαίνει τις σκάλες ο σερβιτόρος με την παραγγελία τους. Η Κατερίνα ξανακάθεται. Ο σερβιτόρος αφήνει τα ποτά στο τραπέζι και φεύγει.

Η Βαρβάρα ανάβει ένα τσιγάρο.

-Ρε Βαρβάρα. Απαγορεύεται το κάπνισμα σε εσωτερικούς χώρους, εδώ και χρόνια. Αγανακτεί η Πέγκυ.

-Το ξέρω, αλλά εδώ είμαστε μόνοι μας, της απαντά η Βαρβάρα και τραβάει μια γερή τζούρα από το τσιγάρο της.

-Κι εμείς; Ρωτάει ο Γιάννης.

-Εσείς είστε φίλοι μου και θα με ανεχθείτε του λέει γελώντας.

-Εδώ δεν ήρθαμε να μιλήσουμε για την Βαρβάρα, αλλά για το πρόβλημά μας, παίρνει τον λόγο ο Θοδωρής, διακόπτοντας τους φίλους του. Καταρχήν όπως όλοι καταλάβατε είναι η τελευταία φορά που βρισκόμαστε κι έχουμε μαζί μας κινητά τηλέφωνα. Η Πέγκυ έλαβε αυτό.

Βγάζει ένα χαρτί που είναι η εκτύπωση του mail που έλαβε η Πέγκυ. Το δείχνει σε όλους- Αυτό το mail, συνεχίζει ο Θοδωρής, ήρθε στον υπολογιστή της. Όλο το πρωινό προσπαθώ να βρω από πού ήρθε ή ποιος το έστειλε ή κάποιο οπυιοδήποτε στοιχείο. Δεν μπόρεσα να βρω το παραμικρό. Το συμπέρασμα είναι ότι κάποιος ξέρει ότι θα πάμε στην Κίνα και προφανώς ξέρει και τι πάμε να κάνουμε. Δεν γνωρίζω ποιος είναι, αλλά αν κρίνω από την κρυπτογράφησή του θα μπορούσε να είναι επικίνδυνος. Πρέπει να φυλαχτούμε. Συνεπώς εδώ στην Ελλάδα θα ξανασυναντηθούμε στο αεροδρόμιο με τα κινητά μας κλειστά.

Και στην Κίνα θα τα έχουμε σε άλλο δωμάτιο ή τέλος πάντων δεν θα μιλάμε στο δωμάτιο αν υπάρχει κινητό.

-Σας το είπα ότι τα πράγματα είναι σοβαρά, είπε η Κατερίνα. Ο αρχισυντάκτης μου έχει δώσει 10 μέρες διορία να του φέρω τελειωμένο το θέμα.

-Εμείς να μην τελειώσουμε, είπε ο Γιάννης και γέλασε. -Ωραίο αστείο, πρόσθεσε καυστικά η Πέγκυ.

-Κλείνω τώρα εισιτήρια, είπε η Κατερίνα. Αλλά ξενοδοχείο θα κλείσουμε εκεί, επί τόπου. Θα προσπαθήσουμε να βρούμε ένα κατάλυμα με μετρητά, χωρίς πιστωτικές κάρτες και ηλεκτρονικά καταγεγραμμένα στοιχεία.

-Πρέπει να κινηθούμε κάτω από όλα τα ραντάρ, συνέχισε ο Θοδωρής την κουβέντα της Κατερίνας.

-Κουβέντα τέλος λοιπόν, είπε η Κατερίνα, ενώ ταυτόχρονα σηκώθηκε, έφερε την τσάντα της και άφησε όλα τα κινητά πάνω στο τραπέζι. Πήρε το δικό της και άρχισε να κλείνει εισιτήρια.

-Αύριο στις 10 πετάμε για Πεκίνο. Στις 8:30 όλοι στο αεροδρόμιο. Σύμφωνοι; Όλοι ένευσαν καταφατικά.

ΚΕΦΑΛΑΙΟ 3ο

Ταξίδι στην Κίνα

Το ταξί έτρεχε ανάμεσα στα ψηλά κτίρια στο κέντρο της πόλης της Ουχάν. Η Βαρβάρα ήταν σίγουρη ότι ήταν στην κινέζικη συνοικία της Νέας Υόρκης, αφού έχει πολλούς ουρανοξύστες όπως στην Αμερική, απλά οι άνθρωποι που κυκλοφορούν είναι Κινέζοι. Ήταν σίγουρη λοιπόν, αν και έχει πάει πολλές φορές στη Νέα Υόρκη. Η Κατερίνα, η Πέγκυ, η Βαρβάρα και ο Τζέι, ο άνθρωπος της Κατερίνας στην πόλη ήταν στο πρώτο ταξί. Στο ταξί που ακολουθούσε ήταν ο Θοδωρής και ο Γιάννης μαζί με τις 15 βαλίτσες της Βαρβάρας.

Τα δύο ταξί διέσχιζαν με ταχύτητα το κέντρο της Ουχάν και κατευθύνονται προς τις άκρες της πόλης. Και οι δύο παρέες καθ' όλη τη διάρκεια της διαδρομής παραμένουν αμίλητες, εκτός φυσικά από την Βαρβάρα, κατόπιν ρητών εντολών του Θοδωρή. «Ο κοριός είναι μία συσκευή που το μεγάλο της πλεονέκτημα είναι ότι δεν περιμένεις την ύπαρξή του. Οπότε ναι, παντού είναι ύποπτα. Σε καφέ, σε ταξί, παντού. Πρέπει να προσέχουμε πολύ».

Μετά από 40 λεπτά διαδρομής, τα ταξί σταμάτησαν σε ένα ξενοδοχείο που έμοιαζε ερείπιο. Αποβιβάστηκαν, η Κατερίνα πλήρωσε τους ταξιτζήδες με δολάρια και μπήκαν όλοι μαζί στο ξενοδοχείο. Ο ρεσεψιονίστ λαγοκοιμόταν και ο Τζέι ανέλαβε τα διαδικαστικά. Λίγα λεπτά μετά η παρέα είχε τακτοποιήσει τα πράγματά της στα δωμάτια και τώρα ήταν όλοι μαζί, εκτός του Τζέι που έφυγε, στο δωμάτιο της Βαρβάρας. Τα κινητά τα έχουν αφήσει στο δωμάτιο της Κατερίνας.

-Λοιπόν. Ακούστε τώρα ποιες είναι οι επόμενες κινήσεις μας, άρχισε την ενημέρωση της παρέας η Κατερίνα. Ο Τζέι σε λίγο θα μας φέρει ένα αυτοκίνητο.

-Νοίκιασες αυτοκίνητο; Τη διέκοψε ο Γιάννης.

-Σιγά μη νοίκιασα και αεροπλάνο. Ο Τζέι πήρε μετρητά και για δέκα μέρες θα μας παραχωρήσει το όχημα ενός ξαδέρφου του, ούτε χαρτιά, ούτε πιστωτικές. Το ίδιο έγινε και με το ξενοδοχείο. Προπλήρωσα μετρητά για τις δέκα μέρες. Ξέρουν ότι είμαστε στην Ουχάν, αφού ήρθαμε αεροπορικώς, αλλά δεν μπορούν να μάθουν πού είμαστε. Τα κινητά μας θα παραμείνουν κλειστά. Αν χρειαστεί να ανοίξουμε κάποιο για οποιονδήποτε λόγο, θα πρέπει να απομακρυνθούμε από 'δω για να μην προδώσουμε τη θέση μας. Και φυσικά να το κλείσουμε προτού επιστρέψουμε, και να βγάλουμε από μέσα και την κάρτα sim.

Μόλις έρθει το αυτοκίνητο θα πάρω τον Γιάννη και τον Θοδωρή και θα πάμε στα κεντρικά εργαστήρια. Εγώ με τον Θοδωρή θα είμαστε το ανέμελο ζευγαράκι Ελλήνων τουριστών, που θα πίνουμε καφέ αμέριμνοι απέναντι από τα εργαστήρια. Ο Γιάννης που θα τον αφήσουμε πιο μακριά θα πάει και θα κάνει αίτηση για δουλειά.

-Ορίστε; Πετάχτηκε ο Γιάννης έκπληκτος. Τι εννοείς θα κάνω αίτηση για δουλειά;

-Βιοτεχνολόγος δεν είσαι; Τέτοιοι δουλεύουν εκεί μέσα;

-Δηλαδή θα βάλετε εμένα στο στόμα του λύκου κι εσείς θα πίνετε καφέ απ' έξω; Και αν με καταλάβουν; Και αν έχουν ήδη την πληροφορία ότι ήρθαμε και για ποιο λόγο ήρθαμε; Εξάλλου το mail που έλαβε η Πέγκυ αυτό επιβεβαιώνει.

-Μα γι' αυτό θα κάθομαι απ' έξω με τον Θοδωρή. Για ασφάλεια, προσπάθησε να τον καθησυχάσει η Κατερίνα.

-Α, δηλαδή αν γίνει καμία στραβή, εσύ και ο Θοδωρής θα βγάλετε από τις τσάντες σας καλάσνικοφ και μπαζούκες και χειροβομβίδες και θα εισβάλλετε για να με βγάλετε;

-Δεν είπα αυτό, είπε η Κατερίνα διστακτικά.

-Τότε θα μπείτε μέσα με τα φλιτζάνια από τους καφέδες και κάνα τασάκι -καπνίζουν στα καφέ της Ουχάν; - και θα τους τα πετάξετε στο κεφάλι για να με αφήσουν; Καταλαβαίνετε τι έχουμε να αντιμετωπίσουμε;

-Μάλλον δεν έχουμε καταλάβει τι πάμε να κάνουμε, είπε απογοητευμένη η Πέγκυ. Το μόνο που θα καταφέρουμε θα είναι να φάμε το κεφάλι μας.

-Δεν θέλω ηττοπάθειες, λέει η Κατερίνα προσπαθώντας να αναπτερώσει το ηθικό της παρέας. Όλα τα ρεπορτάζ έτσι γίνονται. Τι είμαστε για να έχουμε καλάσνικοφ; Τίποτε λοκατζήδες;

-Αυτοί όμως είναι, αντέτεινε ο Γιάννης.

Εκείνη τη στιγμή χτύπησε η πόρτα του δωματίου. Η Κατερίνα έβγαλε μερικά δολάρια από την τσέπη της. Άνοιξε την πόρτα, έδωσε σε κάποιον που οι υπόλοιποι δεν βλέπουν αφού είναι πίσω από την πόρτα, τα λεφτά. Έκλεισε την πόρτα και επέστρεψε στην παρέα της κρατώντας κλειδιά αυτοκινήτου.

-Το αυτοκίνητο είναι από κάτω.

-Καλά στην Κίνα δεν είμαστε; Γιατί εσύ έχεις κάνει συνάλλαγμα δολάρια; Ρώτησε η Βαρβάρα.

-Όταν θες να κάνεις τουρισμό κάνεις συνάλλαγμα στο τοπικό νόμισμα, είπε η Κατερίνα, όταν θέλεις όμως να ξεσκεπάσεις κάτι, όπου και να πας στον πλανήτη, θέλεις δολάρια.

Η κραυγή ηδονής μίας γυναίκας από τον κάτω όροφο έσκισε τον αέρα. Σαν μαινάδα που της παίρνουν το παιδί.

-Θα έχουμε και ψυχαγωγία από ντόπιους ερασιτέχνες performers όπως φαίνεται, είπε γελώντας ο Θοδωρής.

-Αν θέλεις ξενοδοχείο που δεν ζητάει πιστωτική κάρτα, η μόνη εναλλακτική που απομένει είναι οι γαμιστρώνες. Είναι τα μόνα μέρη που μπορείς να μείνεις οπουδήποτε στον κόσμο διακριτικά.

Η γυναίκα τώρα ουρλιάζει και πάλι, αλλά όχι άπαξ. Ρυθμικά, δείχνει ότι βασανίζεται, ότι υποφέρει.

-Είμαστε σίγουροι ότι δεν θέλει βοήθεια η κοπέλα; Ρώτησε ανήσυχη η Βαρβάρα.

-Κακομοίρα, από πότε έχεις να πας με άντρα; Της απαντάει γελώντας η Πέγκυ.

-Παιδιά, διακόπτει η Κατερίνα. Σε αυτό το ξενοδοχείο ειδικά, αλλά και στην περιοχή γενικότερα και να βρούμε κάποιον που χρειάζεται βοήθεια δεν θα του τη δώσουμε. Η περιοχή είναι κακόφημη και δεν θέλουμε να μπλέξουμε σε καυγά με νταβατζήδες. Έχουμε έρθει εδώ για κάποια δουλειά. Θοδωρή, Γιάννη, ετοιμαστείτε. Φεύγουμε. Εσείς κορίτσια μένετε εδώ μέχρι να γυρίσουμε. Και μην ξεχνάτε. Τα κινητά θα μείνουν όπως είναι κλειστά στο άλλο δωμάτιο.

-Και πως θα ξέρουμε ότι είστε καλά; Ρώτησε ανήσυχη η Πέγκυ. Δεν θα το ξέρετε, γιατί αν το μάθετε εσείς, θα το μάθουν κι άλλοι που δεν θέλουμε να το μάθουν.

Το παλιό, ακαθορίστου μάρκας για Ευρωπαίους αυτοκίνητο έσβησε, αφού πρώτα ο κινητήρας του πήρε μερικές ανάποδες στροφές, ταράζοντας όλο το όχημα και τους δύο επιβάτες του, σύγκορμους.

-Αμαξάρα, είπε ο Θοδωρής γελώντας.

-Είναι αμαξάρα γιατί δεν έχει τίποτα ηλεκτρονικό πάνω του. Ούτε καν αναπτήρα. Άρα δεν μπορούν να μας βρουν. Ας το αφήσουμε εδώ. Δεν μπορούμε να πάμε στο καφέ ως τουρίστες με αυτοκίνητο που ανήκει σίγουρα σε ντόπιο. Πάμε, είπε η Κατερίνα και κατέβηκε από το αυτοκίνητο.

Οι δύο φίλοι έκαναν τον γύρο του τετραγώνου και έφτασαν στο καφέ απέναντι από την πύλη των εργαστηρίων. Κάθισαν αλλά το μυαλό και των δύο είναι στον Γιάννη, ο οποίος βρίσκεται 200 μέτρα μακριά τους, στο φυλάκιο της πύλης των εργαστηρίων. Τον βλέπουν που περιμένει να του επιτραπεί η είσοδος. Δεν μιλάνε, απλά παρακολουθούν ανήσυχοι τον φίλο τους. Αυτός πάλι στέκεται και πότε πότε τους ρίχνει κάποια ανέκφραστη ματιά.

Μισή κούπα καφέ μετά, ο φύλακας δίνει στον Γιάννη ένα καρτελάκι το οποίο πιάνει στο πέτο του με το κλιπ και περνάει κάτω από την μπάρα που σηκώνει ο φύλακας.

Ο Θοδωρής και η Κατερίνα κοιτάζονται αλλά είναι πιο πολύ ανήσυχοι παρά ευχαριστημένοι. Η Κατερίνα ασυναίσθητα πιάνει το χέρι του Θοδωρή. Αυτός αγκαλιάζει την παλάμη της με τις δικές του και την χαϊδεύει τρυφερά, προσπαθώντας να διώξει τις ανησυχίες της.

Είναι ακόμη πρωί και ο κόσμος κινείται πηγαίνοντας στις δουλειές τους. Όλοι φοράνε μάσκες για την πανδημία, αλλά έτσι κι αλλιώς πολλοί φορούσαν και πριν για την ατμοσφαιρική μόλυνση ή για την υποψία ότι είχες απλή γρίπη, ώστε να μην κολλήσεις και τους υπόλοιπους.

Πίσω στο ξενοδοχείο, δύο άλλες γυναίκες έχουν πάρει τη σκυτάλη της γρήγορης και κοφτής ανάσας. Ουρλιάζουν και σταματάνε απότομα, σαν κάποιος να τους έκοψε την δίοδο του αέρα. Η Βαρβάρα κοιτάει την Πέγκυ ανήσυχη.

-Τις γαμάνε ή τις σκοτώνουν; Ρωτάει η Πέγκυ τη Βαρβάρα.
-Δεν ξέρω, αλλά πραγματικά ανησυχώ.

-Είναι στο ίδιο κρεβάτι; Ή τις ακούμε από χωριστά δωμάτια;

-Αν κρίνω από τον συγχρονισμό τους, είναι σε ένα κρεβάτι δύο γυναίκες με έναν άντρα.

-Και πως λες να τις καταφέρνει και τις δύο ταυτόχρονα;
-Πραγματικά δεν καταλαβαίνω.

Ξαφνικά ήχος από πολλαπλά αλλεπάλληλα χαστούκια γεμίζουν τον χώρο. Οι γυναικείες φωνές γίνονται έντονες. Κραυγές πόνου και ηδονής μπλέκονται και γεμίζουν τα αυτιά των δύο γυναικών.

-Μήπως πρέπει να πάρουμε τηλέφωνο την αστυνομία; Λέει η Βαρβάρα.

-Ναι, για δοκίμασε να πάρεις και να τους εξηγήσεις όλο αυτό που ακούμε και αυτό που υποπτευόμαστε στα Ελληνικά, της απαντάει η Πέγκυ και ξεσπάει σε δυνατά γέλια. Και πρώτα από όλα, ποιο είναι το νούμερο της αστυνομίας στην Ουχάν;

-Έχεις δίκιο, δεν μπορούμε να κάνουμε τίποτα.

Τρεις ώρες και 3 καφέδες και 4 χυμούς μετά, ο Γιάννης εμφανίζεται και πάλι στην πύλη των εργαστηρίων. Παραδίδει την καρτέλα του στον φύλακα και αφού ρίξει μια ματιά στους φίλους του, αρχίζει να περπατάει παράλληλα στον ψηλό μαντρότοιχο με το αγκαθωτό σύρμα στην κορυφή του απομακρυνόμενος από αυτούς.

Η Κατερίνα πληρώνει και φεύγει και αυτή μαζί με τον Θοδωρή.

Το αυτοκίνητο είναι ήδη σταματημένο στο σημείο που

άφησαν πριν λίγες ώρες τον Γιάννη. Αυτός μπαίνει στο πίσω κάθισμα και η Κατερίνα ξεκινάει.

-Τόμπολα, λέει ο Γιάννης.

-Τι έγινε ρε; Τον ρωτάει με ανυπομονησία ο Θοδωρής. -Δεν έπαιζα καλύτερα ένα τζόκερ;

-Γιατί, τι έγινε; Μας έσκασες, τον ρωτάει η Κατερίνα.

-Προσλήφθηκα ως επικεφαλής διαχείρισης της κρίσης της πανδημίας. -Πλάκα κάνεις. Πως τα κατάφερες ρε θηρίο; Ρώτησε ο Θοδωρής.

-Κάτσε να σας τα πω από την αρχή. Εκεί μέσα γίνεται πανικός. -Δηλαδή; Ρώτησε η Κατερίνα.

-Δηλαδή ό,τι γίνεται στις τηλεοράσεις και στο διαδίκτυο σε όλο τον πλανήτη λόγω της πανδημίας εκεί γίνεται επί 1.000. Μπήκα μέσα στα εργαστήρια. Κανείς δεν περπατάει. Όλοι τρέχουν. Βάλλονται από παντού ότι αυτοί κατασκεύασαν και διέσπειραν τον ιό επί τούτου. Αυτό το κατάλαβα όταν μπήκα. Στην είσοδο στην πραγματικότητα δεν είχα ελπίδες. Με το ζόρι βρήκαν κάποιον να μιλάει Αγγλικά για να συνεννοηθούμε. Αυτός όμως μου έλεγε ότι δεν χρειάζονται άλλο προσωπικό, ότι αν θέλω να έρθω άλλη μέρα με ραντεβού με το HR για συνέντευξη και τέτοια. Τελικά πήρε μετά από πολύ πίεση ένα τηλέφωνο μέσα και μόλις τους είπε το όνομά μου και την ιδιότητά μου με πέρασαν μέσα σχεδόν «σηκωτό».

-Σηκωτό; Απορεί η Κατερίνα.

-Καλά. Τρόπος του λέγειν. Απλά ήταν εμφανές ότι αυτός που μίλησε με την πύλη ήθελε να με συναντήσει οπωσδήποτε. Και όταν μπήκα στο γραφείο του και μετά τις πρώτες κουβέντες, κατάλαβα. Ο Κινέζος διευθυντής των εργαστηρίων τις Ουχάν είναι παντρεμένος με Ελληνίδα, από τη Θεσσαλονίκη.

-Α, ρε πατρίδα, πάντα μας βγάζεις από τα δύσκολα είπε γελώντας ο Θοδωρής.

-Εντάξει μόλις είδε τις σπουδές μου και τις εργασίες μου ο τύπος ενθουσιάστηκε. Κατάλαβες; Σε μένα βρήκε όλα τα ακαδημαϊκά εχέγγυα από τη μία πλευρά και από την άλλη με εμπιστεύεται απλά επειδή είμαι Έλληνας. Έχει έρωτα με την Ελλάδα και κάθε καλοκαίρι κάνει διακοπές με τη γυναίκα του και το σόι της στην Χαλκιδική. Και το καλύτερο; Μιλάει άπταιστα Ελληνικά. Οπότε με λίγα λόγια μου είπε ότι χρειάζονται έναν Ευρωπαίο ώστε να μιλάει με τους θεσμούς της ΕΕ και τον ΠΟΥ που τους κυνηγάνε.

-Αυτοί τον έφτιαξαν τον ιό; Ρώτησε Κατερίνα.

-Δεν μου είπε και δεν ρώτησα για να μην κινήσω υποψίες. Πάντως αύριο το πρωί πιάνω δουλειά και θα έχω πλήρη ενημέρωση.

-Να προσέχεις σε παρακαλώ, του είπε ανήσυχη η Κατερίνα κοιτώντας τον από το μεσαίο καθρέφτη.

-Εσύ να προσέχεις να καταφέρουμε να γυρίσουμε στο ξενοδοχείο. Σαν τρελοί οδηγούν όλοι εδώ.

Και δεν σας είπα το καλύτερο. Ο τύπος θα μου διαθέσει εργαστήριο, αλλά και τρεις βοηθούς να συνεχίσω τα δικά μου πειράματα που άφησα στη μέση στην Αθήνα.

-Τα οποία σε τι αφορούν, ρώτησε η Κατερίνα. -Α, φιλενάδα, αυτό είναι απόρρητο.

-Κι αυτό απόρρητο; Πράκτορες θα γίνουμε στο τέλος, σχολίασε ο Θοδωρής.

-Αυτό είναι πραγματικά απόρρητο, όχι σαν τα απόρρητα της Κατερίνας που τα γνωρίζει όλος ο πλανήτης. Κανείς δεν έχει ιδέα γι' αυτό στο οποίο πειραματίζομαι τα τελευταία χρόνια. Αν βγουν αληθινές οι υποψίες μου, τότε δεν θα αλλάξει απλά ο πλανήτης, αλλά η ζωή η ίδια.

-Μιλάς με γρίφους, γέροντα, συμπλήρωσε η Κατερίνα και έβαλαν τα γέλια. -Τι ασφάλεια έχουν; Διέκοψε ο Θοδωρής.

-Εμένα με σκάναραν στην είσοδο για όπλα αλλά και ηλεκτρονικές συσκευές και μου έκαναν σωματική έρευνα. Είδα όμως μία εργαζόμενη, η οποία μάλλον γυρνούσε από διάλειμμα ή τέλος πάντων για κάποιο λόγο αφίχθη αργότερα. Πέρασε ελεύθερα.

-Αύριο θα πας γυμνός.

-Πολύ extreme προσέγγιση έχεις για μυστικές αποστολές, σχολίασε γελώντας η Κατερίνα.

-Εννοώ γυμνός από ηλεκτρονικές συσκευές και τέτοια. Θα δεις από τι έλεγχο θα περάσεις ως εργαζόμενος και μεθαύριο θα σου δώσω ότι θα σου χρειαστεί για αντιγραφή σκληρών δίσκων, παρεμβολέα δικτύων κ.λπ.

-Είδες που τελικά θα γίνουμε πράκτορες;

Η παρέα των τριών μπαίνει χαρούμενη στο δωμάτιο της Βαρβάρας. Εκεί είναι η Πέγκυ, η οποία μόλις τους βλέπει σηκώνεται όρθια. Δείχνει ανακουφισμένη. Πιάνει τον Γιάννη και τον πνίγει στα φιλιά.

-Καλά, μην κάνεις έτσι, δεν γύρισα και από τον πόλεμο, της λέει αυτός, ενώ ταυτόχρονα δεν εναντιώνεται στα χάδια και τα φιλιά της.

Η παρέα εξιστορεί, εν μέσω κραυγών ηδονής από τα διπλανά δωμάτια, στην Πέγκυ τι ακριβώς έγινε. Αυτή είναι πολύ χαρούμενη που ο Γιάννης τα κατάφερε και δεν πιστεύει στην τύχη τους, να βρουν στα εργαστήρια της Ουχάν έναν γνήσιο λάτρη της Χαλκιδικής. Το σχέδιο πάει καλύτερα και από τις πιο αισιόδοξες προβλέψεις.

Ξαφνικά γαυγίσματα εκατοντάδων σκυλιών διακόπτουν τη συζήτηση και σκεπάζουν ακόμη και τις κινέζικες κραυγές ηδονής, που δεν έχουν σταματήσει από την ώρα που έφτασαν.

Ο Γιάννης σηκώνεται και πάει στο παράθυρο. -Ελάτε να δείτε. Δεν θα το πιστεύετε.

Σηκώνονται και οι άλλοι τρεις και πλησιάζουν στο παράθυρο. Το θέαμα είναι σουρεαλιστικό. Εκατοντάδες σκυλιά τρέχουν σαν δαιμονισμένα κάτω από το ξενοδοχείο και χάνονται στην γωνία του δρόμου, μαζί με τις φωνές τους. Μπορεί να είναι και πάνω από χίλια. Τρέχουν όλα προς την ίδια κατεύθυνση. Από λυκόσκυλα μέχρι Τσιουάουα. Όλα τα μεγέθη, οι ηλικίες και οι ράτσες. Οι τέσσερις φίλοι έχουν μείνει με το στόμα ανοιχτό, κοιτάζονται μεταξύ τους απορημένοι.

Τώρα εμφανίζονται καμιά δεκαπενταριά Κινέζοι άντρες γυναίκες με απόχες στα χέρια που προσπαθούν να πιάσουν κάποια από τα σκυλιά. Έτσι κι αλλιώς είναι πάρα πολλά για να τα πιάσουν όλα.

-Άλλα ήθη άλλα έθιμα, λέει ο Γιάννης σκωπτικά και ξανακάθεται στον καναπέ. -Πέγκυ, ρωτάει καχύποπτα η Κατερίνα. Η Βαρβάρα που πήγε;

-Πήγε μία βόλτα να πάρει αέρα.

-Δεν ξέρω αν είναι σώφρων να την αφήνουμε να τριγυρνάει

μόνη της σε μία ξένη χώρα και ειδικά σε μια τέτοια περιοχή.

-Και τι ήθελες; Να της το απαγορεύσω; Ενήλικη είναι και στο κάτω κάτω δεν είναι η πρώτη φορά που πάει μόνη της στο εξωτερικό.

-Η Βαρβάρα δεν ενηλικιώθηκε ποτέ και γι' αυτό την αγαπάμε, αλλά πρέπει και να την προσέχουμε.

Η πόρτα του δωματίου ανοίγει και ένα μικροκαμωμένο σκυλί ράτσας Τζακ Ράσελ μπαίνει μόνο του μέσα στο δωμάτιο.

-Ελπίζω να μην τον ακολουθούν και τα υπόλοιπα που είδαμε, είπε λίγο ανήσυχη η Πέγκυ.

Το σκυλί, με κινήσεις σα να είναι στο σπίτι του, ανεβαίνει και θρονιάζεται στον καναπέ.

-Ωραίος, λέει ο Γιάννης.

Εκείνη τη στιγμή μπαίνει στο δωμάτιο η Βαρβάρα θριαμβολογώντας. Βρήκα τον Μάιλο. Βρήκα τον Μάιλο.

-Τι λες μωρή ζουρλή, την αποπαίρνει η Πέγκυ. Ποιον Μάιλο;

-Αυτόν που χάσαμε στην Πάρο. Εδώ ήταν όλο αυτό τον καιρό. Αγάπη μου, λέει και πέφτει πάνω στο σκυλί το οποίο δείχνει καταχαρούμενο με τα χάδια της και τα φιλιά της.

Η παρέα έχει μείνει αποσβολωμένη. Το λόγο παίρνει

ο Γιάννης, προσπαθώντας να ξεκαθαρίσει την κατάσταση. Καταρχάς μπορείς να μας πεις που τον βρήκες;

-Θα σας τα πω όλα, αλλά πρώτα θέλω ένα ποτήρι νερό, ή μάλλον ένα μπουκάλι.

Ο Θοδωρής της φέρνει μία μπουκάλα νερό την οποία κατεβάζει σχεδόν ολόκληρη.

-Καλά, έτρεχες; Τη ρωτάει η Πέγκυ.

-Και αυτό, μεταξύ πολλών άλλων. Καταρχήν, κατέβηκα και βγήκα από το ξενοδοχείο για να ακούσω πού ακριβώς βασανίζουν αυτές τις γυναίκες όλη μέρα. Για να είμαι σίγουρη, έκανα τον γύρο του οικοδομικού τετραγώνου. Αφουγκραζόμουν και κοιτούσα τα παράθυρα ένα-ένα. Όταν βρέθηκα στην πίσω μεριά του ξενοδοχείου όμως, από το βάθος του δρόμου άκουσα σκυλιά να κλαίνε.

-Οπότε είπες να αφήσεις τους ανθρώπους και να σώσεις τα σκυλιά, συμπλήρωσε ο Γιάννης.

-Όχι ακριβώς. Σκέφτηκα να πάω να δω τι είναι αυτά τα γαυγίσματα και μετά να γυρίσω να δω πάλι για τις γυναίκες. Ακολούθησα τις φωνές των σκυλιών λοιπόν και κάνα χιλιόμετρα πιο κάτω είδα τον Μάιλο.

Όση ώρα μιλάει δεν έχει πάψει να παίζει με το σκυλί στην αγκαλιά της. Ήταν ένα υπόγειο όπου βρίσκονταν εκατοντάδες σκυλιά. Το παράθυρο ήταν κλεισμένο με χοντρό σύρμα. Πλησίασα το σύρμα και τότε είδα τον Μάιλο. Είχε τα χεράκια του στο σύρμα και μόλις με είδε άρχισε να κουνάει την ουρά του και να πηδάει πάνω κάτω σαν τρελός. Πλησίασα και του έδωσα το χέρι μου. Μου έδωσε το δικό του. Τον αναγνώρισα, είναι ο Μάιλο. Τότε βγάζω έναν κόφτη από την τσάντα μου, κόβω το σύρμα...

-Συγνώμη, έχεις κόφτη στην τσάντα σου; Ρώτησε ο Γιάννης έκπληκτος.

-Τι ρωτάς; Έχεις δοκιμάσει να την σηκώσεις; Ένα τόνο ζυγίζει, σχολίασε ο Θοδωρής.

-Απλά πρέπει να φεύγω πάντα προετοιμασμένη από το σπίτι. Και τι σας κόφτει εσάς που έχω κόφτη; Εξάλλου, να που χρειάστηκε. Μόλις έκοψα το σύρμα, ο Μάιλο χύθηκε στην αγκαλιά μου, τον πήρα και τρέχοντας τον έφερα εδώ.

-Τα υπόλοιπα σκυλιά εσύ τα αμόλησες; Την ρώτησε η Κατερίνα. -Ποια υπόλοιπα σκυλιά; Ρώτησε η Βαρβάρα έκπληκτη.

-Α, καλά, είπε η Κατερίνα. Παιδάκι μου δεν έκοψες το σύρμα που ήταν στο υπόγειο όλα αυτά τα σκυλιά που περιέγραψες;

-Ναι.

-Και τι περίμενες; Θα έκοβες το σύρμα και τα υπόλοιπα δεν

θα έφευγαν; -Έφυγαν;

-Μόνο έφυγαν; Εκατοντάδες σκυλιά πέρασαν σε αλλόφρονα κατάσταση κάτω από το παράθυρό μας και οι Κινέζοι ιδιοκτήτες τα κυνηγούσαν να τα πιάσουν με κάτι απόχες, μάταια όμως.

-Ωραία. Σώθηκαν όλα τα σκυλάκια. Και τώρα έχω και τον Μάιλο. -Και που το ξέρεις ότι είναι ο Μάιλο; Απλά είναι ίδια ράτσα.

-Κοίτα. Η Βαρβάρα αφήνει το σκυλί στο πάτωμα μπροστά της. Ο Μάιλο στέκεται και την κοιτάζει γεμάτος προσμονή. Αυτή φωνάζει το όνομά του με νόημα και ο σκύλος κρύβει τη μουσούδα του παιχνιδιάρικα ανάμεσα στα μπροστινά του πόδια.

-Αγάπη μου, αναφωνεί ενθουσιασμένη η Βαρβάρα και τον παίρνει αγκαλιά. Ορίστε η απόδειξη. Αυτό μόνο ο Μάιλο το έκανε.

-Και πώς, ρε Βαρβάρα, ο Μάιλο βρέθηκε από την Πάρο στην Ουχάν;

-Θυμάστε πόσους Κινέζους τουρίστες είχε τότε στην Πάρο; Κάποιος τον βούτηξε και τον έφερε εδώ να τον κάνει κεμπάπ. Αλλά εγώ τον βρήκα. Μαιλάκο μου, αγόρι μου, αγάπη μου!

-Δεν έχουμε έρθει στην Κίνα. Σε άλλη διάσταση έχουμε έρθει, είπε η Πέγκυ απελπισμένη. Ποιος θέλει να πάμε για ένα ποτό; Εμένα μου χρειάζεται οπωσδήποτε.

-Άντε, σηκωθείτε πάμε, είπε και η Κατερίνα, κι εγώ θέλω.

-Έχει κάτι σαν μπαρ εδώ πιο κάτω, πετάχτηκε ο Θοδωρής.

-Τον Μάιλο θα τον αφήσεις εδώ, έτσι; είπε η Πέγκυ στην Βαρβάρα. -Γιατί;

-Γιατί δεν έχουμε λουρί. Δεν θέλεις να τον χάσεις τώρα που τον ξαναβρήκες, της είπε και έκλεισε παιχνιδιάρικα το μάτι στους υπόλοιπους.

-Ο Μάιλο πάντα με ακολουθεί χωρίς λουρί. Είχα λουρί στην Πάρο;

Η παρέα των πέντε περπατάει προς το μπαρ. Ο Μάιλο ακολουθεί την Βαρβάρα κατά πόδας–χωρίς λουρί!

Οι τρεις βοηθοί του Γιάννη τον περιμένουν από νωρίς όρθιες στο εργαστήριο το οποίο με εντολή του επικεφαλής στήθηκε αποβραδίς γι' αυτόν. Είναι γυναίκες και οι τρεις, κάτω από τριάντα, μοιάζουν με τρίδυμες αλλά δεν είναι, και λέγονται και οι τρεις Lee.

Ο Γιάννης τις καλημερίζει στα Αγγλικά και τις ευχαριστεί που τον περίμεναν. Επιθεωρεί μαζί τους το εργαστήριο. Του δείχνουν όλες τις διαθέσιμες υποδομές, αλλά και τα πειραματόζωα – κάμποσα χάμστερ. Ευχαριστημένος ο Γιάννης δίνει οδηγίες στις βοηθούς για αυτά που πρέπει να γίνουν και μετά από μία ώρα περίπου φεύγει για την αίθουσα ενημέρωσης.

Εκεί τον περιμένει ο φιλέλληνας διευθυντής της μονάδας. Του ζητάει ευγενικά να καθίσει, τον ρωτάει αν έχει μαζί του κινητό τηλέφωνο. Ο Γιάννης απαντάει αρνητικά και επικεφαλής γνέφει ευχαριστημένος. Κάθεται απέναντί του, ανοίγει τον ηλεκτρονικό μηχανισμό απενεργοποίησης κοριών και του λέει.

-Ωραία θα ήταν να είμαστε τώρα σε κάποια παραλία της Χαλκιδικής. -Τέλεια θα ήταν, απαντάει ο Γιάννης.

-Θα πάμε όταν ξεμπερδέψουμε αυτό εδώ το κουβάρι. Θέλω την προσοχή σου για λίγη ώρα.

-Την έχεις. Αμέριστη!

ΚΕΦΑΛΑΙΟ 4ο

Εστιάζοντας στον Στόχο

Η Πέγκυ μόλις έχει ξυπνήσει. Έκανε το πρωινό της ντους και τώρα πίνει μια γουλιά από τον καφέ που παρήγγειλε από το room service. Γεύση λάσπης και φυκιών γεμίζει το στόμα της και με το ζόρι συγκρατείται να μην κάνει εμετό. Τρέχει στο μπάνιο και φτύνει στο νιπτήρα. Πίνει ένα ποτήρι νερό και αφήνει την ιδέα του καφέ.

Διάφορες γυναίκες από διάφορα δωμάτια του ξενοδοχείου ουρλιάζουν είτε γιατί τους αρέσει, είτε γιατί πληρώνονται γι' αυτό— πώς μπορείς να ξέρεις άλλωστε; Η Πέγκυ πλησιάζει το παράθυρο και κοιτάει στο δρόμο. Καμιά δεκαπενταριά σκυλιά βολτάρουν ακόμη κάτω από το ξενοδοχείο. Πρέπει να ξέμειναν από τη μεγάλη απόδραση της Βαρβάρας. Τα κοιτάζει και χαμογελάει. Όμως κάτι άλλο τραβάει την προσοχή της και την κάνει να οπισθοχωρήσει λίγο. Τώρα φροντίζει να βλέπει τον δρόμο χωρίς να είναι ορατή στους περαστικούς.

Λίγο πιο μακριά από την είσοδο του ξενοδοχείου είναι σταθμευμένο ένα τρίκυκλο με δύο πολύ εύσωμους Κινέζους μέσα. Οι τύπου δείχνουν τόσο ευτραφείς που το μπροστινό μέρος του οχήματος έχει «κάτσει».

Η Πέγκυ παρατηρεί, χωρίς αυτοί να την βλέπουν, ότι κοιτάνε προς την μεριά του ξενοδοχείου. Μπορεί και να μην είναι τίποτα, μπορεί να είναι και κάτι. Ποιος ξέρει;

Αποφασίζει να βγει έξω να πιει έναν καφέ. Ντύνεται και φεύγει. Περπατάει και περνάει αρκετά κοντά από το τρίκυκλο. Τώρα που είναι στο ίδιο επίπεδο με τους επιβάτες του, μπορεί να δει και τα πρόσωπά τους, τα οποία έκρυβε η οροφή του οχήματος και η προοπτική που τους έβλεπε από ψηλά.

Εκείνη φοράει γυαλιά ηλίου τόσο σκούρα που δεν φαίνεται πού πέφτει το βλέμμα της. Κοιτάει διακριτικά κι ένας φόβος την κυριεύει. Συνεχίζει με κανονικό βηματισμό, προσπαθώντας να μην κινήσει υποψίες και το κυριότερο να μην δείξει ότι η ίδια τους υποψιάζεται για κάτι.

Μερικά λεπτά αργότερα έχει καθίσει σε ένα από τα εξωτερικά τραπεζάκια του καφέ. Ο καφές είναι καλός, καμία σχέση με το μπουγαδόνερο του ξενοδοχείου, αλλά ο αέρας είναι τόσο μολυσμένος που σου καίει τα ρουθούνια. Έτσι όση ώρα δεν *πίνει καφέ προτιμά να κάθεται φορώντας τη μάσκα της, που είναι μεν για την πανδημία, αλλά κάνει και για την μόλυνση.*

-Καρκίνο θα βγάλουμε, εδώ που μας έφερε η άλλη η τρελή, μονολογεί.

Η Κατερίνα περιμένει έξω από το γραφείο ενός Κινέζου βουλευτή για να του πάρει συνέντευξη. Το ραντεβού είναι κανονισμένο εδώ και κάποιες μέρες και η διοργάνωση του ήταν πραγματικός εφιάλτης.

Ο πολιτικός την υποδέχτηκε ευγενικά στο γραφείο του. Η Κατερίνα ξεκίνησε τη συνέντευξη με άσχετες ερωτήσεις. Έτσι κι αλλιώς το θέμα της συνέντευξης επίσημα ήταν η σύσφιξη των δύο χωρών, Ελλάδος και Κίνας.

Όταν κάποια στιγμή έφτασαν στο θέμα της πανδημίας, ο βουλευτής ξέσφιξε αμήχανα τη γραβάτα του. Μέχρι τότε η έκφραση του ήταν ουδέτερη και δεν είχε προδώσει κάποιο έντονο συναίσθημα. Η Κατερίνα κατάλαβε ότι αυτή η μικρή ταραχή του, προφανώς έκρυβε κάτι πολύ μεγαλύτερο.

Ο βουλευτής δεν απάντησε ξεκάθαρα στην ερώτηση της. Το μόνο που της είπε ήταν: «Όταν το ποτάμι είναι βαθύ και έχει δυνατό ρεύμα, δεν προσπαθείς να το περάσεις. Ψάχνεις να βρεις πού έχει γέφυρα». Η Κατερίνα προσπάθησε ξανά, αλλά η επιμονή της δεν έφερε κανένα αποτέλεσμα. Έτσι, αφού η συνέντευξη τελείωσε, χαιρέτισε ευγενικά για να φύγει. Ο βουλευτής προσφέρθηκε να την πάει μέχρι την έξοδο του κτιρίου, κάτι που έκανε εντύπωση στη νεαρή δημοσιογράφο.

Όταν στάθηκαν και οι δύο λίγο πιο έξω από την πόρτα και ενώ χαιρετιόντουσαν με τη γνωστή «μπουνίτσα» της πανδημίας, αυτός την πλησίασε λίγο περισσότερο και της είπε ψιθυριστά.

-Πρόσεξε. Κινδυνεύεις. Φύγε από την Ουχάν και από την Κίνα άμεσα».

Και αμέσως έκανε μεταβολή και έφυγε με γρήγορα βήματα προς το εσωτερικό του κτιρίου. Η Κατερίνα έμεινε για λίγο μετέωρη από την έκπληξη. Δεν περίμενε ποτέ ένας υψηλόβαθμος Κινέζος αξιωματούχος να της κάνει τέτοια «εξομολόγηση», έστω και κρυπτική, έστω και χωρίς εξήγηση.

Μετά από μισή ώρα οδήγηση η Κατερίνα βρέθηκε στο καφέ έξω από τα κεντρικά εργαστήρια της Ουχάν. Εκεί είχε αφήσει από το πρωί τον Θοδωρή.

Αυτός είχε δύο δουλειές να κάνει. Η μία ήταν ως back up για τον Γιάννη ο οποίος είχε πάει για «δουλειά» και η δεύτερη ήταν να παρακολουθεί και να καταγράφει ποιος μπαίνει και ποιος βγαίνει, όχι ότι γνώριζε κανέναν, αλλά πάντα πρέπει να παρακολουθείς τον στόχο σου, ποτέ δεν ξέρεις τι θα «σκάσει» μπροστά στα μάτια σου, από εκεί που δεν το περιμένεις.

Η Κατερίνα κάθισε δίπλα του. -Λοιπόν;

-Λοιπόν όλα ήσυχα εδώ. Εσύ; -Εγώ; Λίγο περίεργα τα πήγα. -Δηλαδή;

-Δηλαδή ήταν μία συνηθισμένη συνέντευξη με έναν κυβερνητικό αξιωματούχο μέχρι που στο τέλος μου είπε ευγενικά να γκρεμοτσακιστώ να φύγω από την Κίνα, γιατί κινδυνεύω.

-Κατάλαβα. Όσο πάει γίνεται και πιο ενδιαφέρον. -Ακριβώς.

-Και τι θα κάνουμε; Θα φύγουμε;

-Πας καλά, Θοδωρή; Με τίποτα. Περιμένουμε να βγει ο Γιάννης, τον παίρνουμε και πάμε κατευθείαν στο ξενοδοχείο να δούμε τι έμαθε.

Η Πέγκυ περνάει μπροστά από τη ρεσεψιόν και χαμογελάει γλυκά στον ιδιοκτήτη ο οποίος την κοιτάζει καχύποπτα, προφανώς λόγω επαγγελματικής διαστροφής. Στο ένα χέρι κρατάει την τσάντα της και στο άλλο κρατάει πέντε καφέδες γι' αυτήν και τους φίλους της, αφού αυτοί του ξενοδοχείου δεν πίνονται με τίποτα. Φροντίζει όμως να τους κρατάει στην «τυφλή» γωνία του ξενοδόχου, ώστε να μην τους δει ο ιδιοκτήτης, και το πετυχαίνει.

«Και γιατί κρύβομαι;» Μονολογεί, καθώς το παλιό

ασανσέρ την ανεβάζει αργά και τρίζοντας στον τέταρτο όροφο όπου βρίσκονται τα δωμάτιά τους.

«Οι καφέδες του είναι δημόσιος κίνδυνος. Αλλά τι τα θέλεις, αν δεν ξέρεις τη γλώσσα, δεν μπορείς να συνεννοηθείς και στο τέλος κινδυνεύεις να χάσεις και το δίκιο σου».

Ανοίγει την πόρτα του δωματίου της Βαρβάρας και βλέπει ότι και οι φίλοι της μόλις έχουν μπει.

-Καφές, επιτέλους καφές! Αναφωνεί η Βαρβάρα κι απλώνει τα χέρια της όλο προσμονή προς τη φίλη της.

Η Πέγκυ της δίνει τον καφέ της. Η Βαρβάρα τραβάει μια γερή τζούρα. «Εντάξει, έχω πιει και καλύτερους», λέει και κατευθείαν ανάβει τσιγάρο.

-Δεν ήρθαμε εδώ για καφέ, της λέει η Κατερίνα ενώ παίρνει και αυτή τον καφέ της από το τραπεζάκι.

Όλοι παρατηρούν την Πέγκυ που πάει ύπουλα προς το παράθυρο και κοιτάζει έξω.

-Συμβαίνει κάτι; Τη ρωτάει ο Γιάννης, ανήσυχος.

-Μπορεί, μπορεί και όχι, απαντάει αυτή, χωρίς να πάρει τα μάτια της από τον δρόμο. Ακόμη εκεί είναι, συνεχίζει.

-Ποιος; Τη ρωτάει ο Γιάννης. -Δύο Κινέζικα βουνά.

-Μάλλον σε πείραξε η μόλυνση της ατμόσφαιρας, της λέει

γελώντας η Κατερίνα. Βουνά στον δρόμο;

-Από το πρωί, είναι παρκαρισμένο ένα περίεργο τρίκυκλο εδώ από κάτω, με δύο τεράστιους Κινέζους μέσα. Οι τύποι είναι θηρία. Είναι σαν παλαιστές του Σούμο.

-Είναι παλαιστές του Σούμο, πετάχτηκε η Βαρβάρα. -Κι εσύ που το ξέρεις; Τους μίλησες;

-Και τους μίλησα και μου μίλησαν. -Ορίστε; Πώς; Πού; Πότε;

-Νωρίτερα, ξέρετε δεν ξυπνάω και πάρα πολύ νωρίς γενικά.

-Έλα ρε Βαρβάρα, άσε τις εισαγωγές, την παροτρύνει ανυπόμονα η Πέγκυ.

-Τέλος πάντων κατέβασα τον Μάιλο για βόλτα και είδα τους τύπους να κάθονται εκεί. Ο οδηγός μόλις είδε τον Μάιλο, έλιωσε. Κατέβηκε και άρχισε να τον χαϊδεύει, να του μιλάει. Στην αρχή φοβήθηκα ότι θέλουν να μου τον ξαναπάρουν, αλλά ο τύπος είναι τέρμα φιλόζωος. Έτσι συστηθήκαμε, δεν θυμάμαι τα ονόματά τους, μην με ρωτάτε. Τους είπα ότι είμαι τουρίστρια και αυτοί μου είπαν ότι είναι παλαιστές του Σούμο. Καλά, δεν χρειαζόταν και να μου το πουν. Πρέπει να είναι οι πιο τεράστιοι άνθρωποι που έχω δει ποτέ στη ζωή μου.

-Και σε ποια γλώσσα τα είπατε όλα αυτά; Ξαναρώτησε η Πέγκυ.

-Σε καμία. Με νοήματα, και αυτοί μου έδειξαν κάτι φωτογραφίες στο κινητό τους από αγώνες Σούμο.

-Αμάν ρε Βαρβάρα, της είπε απεγνωσμένα ο Γιάννης.

-Τι έκανα πάλι;

-Μα καλά, κάθεσαι και πιάνεις κουβέντα στον δρόμο με όποιον να 'ναι; Έχουμε έρθει για μια δουλειά εδώ, η οποία είναι απόρρητη και δεν θέλουμε να αποκαλυφθούμε. Είναι πολύ πιθανόν αυτοί οι δύο τύποι να παρακολουθούν εμάς. Κι εσύ πας και τους πιάνεις την κουβέντα;

-Καταρχήν, αυτοί μου έπιασαν την κουβέντα. Τι ήθελες να αρχίσω να τρέχω μακριά τους φοβισμένη; Τότε θα κινούσα υποψίες. Ενώ τώρα σαν μία ανέμελη τουρίστρια πιάνω κουβέντα με τους ντόπιους και εντρυφώ στο cooler local.

-Εντάξει, ας μην φέρνουμε την καταστροφή, επενέβη ο Θοδωρής. Κακόφημη γειτονιά είναι, τι πιο φυσιολογικό σε ένα τέτοιο μέρος από το να κάθονται δύο νταβατζήδες στο δρόμο και να κόβουν κίνηση. Μπορεί και να μην είναι για μας.

-Μπορεί, συμπλήρωσε η Κατερίνα. Τι να πω;

-Πως πήγε με τον πολιτικό, άλλαξε κουβέντα η Πέγκυ.

-Μου είπε, όχι απειλητικά, μάλλον περισσότερο σαν συμβουλή να τα μαζέψω και να φύγω άμεσα και από την Ουχάν και από την Κίνα.

-Από το καλό στο καλύτερο πάμε, σχολίασε η Πέγκυ, σκεπτική. Ωραία τα πάμε. Τα νέα από το μεγάλο μέτωπο του κορονοϊού, είναι τουλάχιστον καλύτερα; Ρώτησε απευθυνόμενη στον Γιάννη.

-Τα νέα είναι πάρα πολύ περίεργα, πραγματικά. -Δηλαδή, ξαναρώτησε η Πέγκυ με ενδιαφέρον.

-Κοιτάξτε, τα είπα στον Θοδωρή και την Κατερίνα. Δεν έχουν ιδέα. Ούτε ποιος έφτιαξε τον ιό, ούτε ποιος τον διέσπειρε στον γενικό πληθυσμό της πόλης.

-Αστειεύεσαι τώρα, του είπε πολύ ανήσυχη η Πέγκυ.

-Καθόλου. Κι εγώ αυτό σκεφτόμουν όταν άρχισε να μου μιλάει ο επικεφαλής των εργαστηρίων. Είμαι μέσα στην αίθουσα συσκέψεων του κτιρίου μέσα από το οποίο αποδεδειγμένα ξέφυγε ή άφησαν τον ιό. Χιλιάδες κόσμου πεθαίνουν καθημερινά σε όλο τον πλανήτη και ο επικεφαλής, αφού με καθίζει κάτω, μου λέει πόσο του αρέσει η Χαλκιδική και τι ωραία που θα ήταν να είμαστε εκεί τώρα. Μετά την ψιλή κουβέντα, βάζει τα συστήματα αντιπαρακολούθησης και μου επιβεβαιώνει ότι ο ιός δημιουργήθηκε και ξεκίνησε από τα εργαστήριά τους, αλλά δεν έχουν ιδέα ούτε ποιος τον έφτιαξε ούτε ποιος έδωσε την εντολή γι' αυτό, ούτε ποιος είναι ο υπεύθυνος που ο ιός τους τελευταίους μήνες βρίσκεται εκτός εργαστηρίου και σκοτώνει κόσμο.

-Ωραία. Δηλαδή αυτό που κάναμε είναι μια τρύπα στο νερό, είπε απογοητευμένη η Κατερίνα.

-Ευτυχώς τα πράγματα δεν είναι ακριβώς έτσι. Ο επικεφαλής της μονάδας, ο Dan-Si με έχει συμπαθήσει και με εμπιστεύεται τρελά. Εκεί που συζητούσαμε του ήρθε μία αναλαμπή. Μου είπε ότι θέλει να με βάλει επικεφαλής των μυστικών ερευνών για την υπόθεση. Το επιχείρημα που χρησιμοποίησε είναι ότι είμαι καινούριος, άρα θα δω την κατάσταση με «φρέσκο μάτι», όπως επίσης ότι δεν έχω κάποια προτίμηση ή συναισθηματική εμπλοκή με τους εργαζόμενους εκεί, αφού δεν γνωρίζω κανέναν. «Εμείς έχουμε ψάξει τα πάντα μου είπε. Μέχρι και η αστυνομική διεύθυνση της Ουχάν συμμετέχει στις έρευνες, αλλά μέχρι τώρα δεν έχουμε βρει τίποτα». Αυτά ήταν τα λόγια του. Εσύ, μου είπε, έχεις την επιστημονική κατάρτιση για την κατασκευή και διασπορά ιών και συν τοις άλλοις είσαι ξένος, άρα αντικειμενικός. Μπορεί να δεις κάτι που είναι μπροστά στα μάτια μας κι εμείς δεν το βλέπουμε, συμπλήρωσε.

-Σωστό το σκεπτικό του Dan, δεν μπορώ να πω. Δίκιο έχει, είπε η Πέγκυ. -Και δέχτηκες; Ρώτησε η Βαρβάρα.

-Εννοείται ότι δέχτηκε, πετάχτηκε η Κατερίνα. Θα άφηνε τέτοια ευκαιρία να πάει χαμένη; Για να βρούμε ποιος έφτιαξε και ποιος διέσπειρε τον ιό είμαστε εδώ και μας δίνουν, δηλαδή στον Γιάννη δίνουν, τη διεύθυνση της επίσημης έρευνας και θα έλεγε όχι; Είμαστε πολύ τυχεροί.

-Για να δούμε αν θα καταφέρουμε να μάθουμε τίποτα. Αύριο έχω συνάντηση με τον επικεφαλής ασφαλείας των κεντρικών εργαστηρίων. Για να δούμε τι θα βγει και από αυτό.

-Πώς τα πήγες στον έλεγχο;

-Τίποτα απολύτως. Είμαι το δεξί χέρι του διευθυντή. Πρέπει να έχει πέσει σύρμα γιατί ούτε στα μάτια δεν με κοιτάνε οι υπόλοιποι. Έχω την ανώτατη πρόσβαση.

-Ωραία. Αύριο θα σε εξοπλίσω με όσα σου χρειάζονται. Πάρτα, και κλείδωσέ τα κάπου στο γραφείο σου. Υπάρχει κάποιο ασφαλές μέρος;

-Μου έχουν παραχωρήσει ένα δικό μου μικρό χρηματοκιβώτιο.

-Εξαιρετικά. Αφήνεις και κλειδώνεις εκεί τον εξοπλισμό και μόλις βρεις κάτι που πρέπει να το αντιγράψεις, πας τον παίρνεις και το κάνεις.

-Το σχέδιο συνεχίζεται κανονικά. Ο Γιάννης στο εργαστήριο. Εγώ έχω να συναντηθώ με κάποιες πηγές, μπας και βγάλω κάποια άκρη. Ο Θοδωρής κάθεται απ' έξω στο café για back up του Γιάννη.

Πέγκυ, θέλω να πας σε ένα internet café να ψάξεις μερικά πράγματα που θα σου δώσω. Όχι από το κινητό ή από το laptop σου.

ΚΕΦΑΛΑΙΟ 5ο
Στα Ενδότερα του Εργαστηρίου

Το πρωί ο Γιάννης πάει από νωρίς στο γραφείο του. Οι τρεις Lee έχουν φροντίσει, και όλα τα αναλυτικά report από τη σειρά πειραμάτων της προηγούμενης ημέρας είναι πάνω στο γραφείο του, καθώς και ο καφές του.

Ο Γιάννης κοιτάζει τα αποτελέσματα. Ανοίγει την τσάντα του. Κοιτάζει και συμπληρώνει τις σημειώσεις του αλλά κάτι τον παραξενεύει. Σηκώνεται από το γραφείο του. Οι τρεις Lee, συνεχίζουν την ακολουθία των πειραμάτων και των δράσεων που πρέπει να γίνουν. Αυτός πλησιάζει ένα από τα υποκείμενα των πειραμάτων της προηγούμενης ημέρας. Βγάζει το χάμστερ από το κλουβί του και το παίρνει απαλά στα χέρια του. Το φέρνει κοντά στο πρόσωπό του. Τώρα κοιτάζονται κατάματα.

-Από πού έχεις έρθει εσύ ρε φίλε; Μονολογεί. Ξαναβάζει το χάμστερ στο κλουβί και φεύγει από το εργαστήριο. Κατευθύνεται και πάλι προς την αίθουσα συσκέψεων. Εκεί τον περιμένει ο Dan και του συστήνει τον υπεύθυνο ασφαλείας του κτιριακού συγκροτήματος. Τους αφήνει μόνους τους και κλείνει την πόρτα.

Η Βαρβάρα κάθεται στο δωμάτιό της αγκαλιά με τον Μάιλο. Βλέπει ειδήσεις. Οι νεκροί σε όλο τον κόσμο αυξάνονται και οι επιστήμονες προσπαθούν να βρουν εμβόλια, φάρμακα ή οτιδήποτε τέλος πάντων που να μπορεί να ανακόψει για πάντα την πορεία του φονικού ιού.

Η Πέγκυ κάθεται δίπλα της και βάφει βαριεστημένα τα νύχια της. -Μου τη δίνει αυτή η αναμονή.

-Εμένα πάλι μου αρέσει. -Γιατί;

-Γιατί μπορώ να κάθομαι ήσυχη στον καναπέ, να παίζω με τον Μάιλο και να σκέφτομαι.

-Τι να σκέφτεσαι δηλαδή;

-Οτιδήποτε. Απλά μου αρέσει να έχω χρόνο ώστε να μπορώ να οργανώσω τις σκέψεις μου.

-Ο κόσμος θέλει χρόνο για να οργανώσει τις δράσεις του. Οι δράσεις είναι που παίρνουν τον περισσότερο χρόνο και όχι οι σκέψεις.

-Μπορεί για τους άλλους. Όχι όμως για μένα. Θέλω να σκεφτώ πολύ καλά προτού κάνω οτιδήποτε. Τόσο, ώστε όταν το κάνω να μου πάρει μικρότερο χρόνο από ότι μου πήρε να το σκεφτώ.

-Και με αυτό το ταξίδι τι έκανες;

-Τι θέλεις να πεις;

-Εννοώ ότι το ταξίδι θα κρατήσει δέκα μέρες. Κι εσύ το έμαθες δύο μέρες πριν φύγουμε, άρα δεν σου βγαίνει σωστά το ισοζύγιο. Έπρεπε να το σκεφτείς για έντεκα μέρες τουλάχιστον και να έρθεις μετά για ένα ταξίδι δέκα ημερών. Βάσει της δικής σου λογικής.

-Τι να κάνουμε; Υπάρχουν και περιπτώσεις όπου πρέπει να βγεις από το πρόγραμμα και τις συνήθειές σου. Δεν μπορούμε να κάνουμε πάντα σωστά τα πράγματα. Κάποιες φορές οι συνθήκες μας αναγκάζουν να προβούμε και σε εκπτώσεις.

-Ωραία φαγητά έχει στην Ουχάν, είπε η Πέγκυ ενώ μασούσε την ζουμερή γλυκόξινη πάπια της.

Η παρέα έχει καθίσει για δείπνο σε ένα εστιατόριο με ιδιαίτερη διακόσμηση και χαμηλό φωτισμό. Έχουν βρει ένα απομονωμένο σχετικά τραπέζι στο βάθος, μακριά από τους υπόλοιπους πελάτες. Βοηθάνε και οι αποστάσεις λόγω πανδημίας.

-Μια χαρά είναι όλα, πρόσθεσε ο Θοδωρής, αλλά σαν τα παϊδάκια ή τον ξιφία στο Πασσαλιμάνι δεν υπάρχει πουθενά.

-Απλά είσαι κολλημένος με την Ελλάδα και δεν αφήνεις το μυαλό σου να δεχτεί κι άλλες κουλτούρες και γεύσεις, είπε η Πέγκυ και ήπιε μερικές γουλιές από το κρασί της.

-Μπορεί αλλά Κινέζοι, Γερμανοί, Γάλλοι, Αμερικάνοι και πολλοί άλλοι έχουν πάει για 15 μέρες διακοπές στην Ελλάδα και έμειναν εκεί, μόνιμα. Οι μόνοι Έλληνες που έχουν μείνει στις χώρες που μόλις σου ανέφερα πήγαν για δουλειά και έμειναν για δουλειά. Δεν έχω ακούσει κάποιον Έλληνα να πάει κάπου διακοπές και να του αρέσει τόσο πολύ ώστε να μείνει μόνιμα. Άρα δεν είμαι εγώ ο κολλημένος. Η Ελλάδα είναι πολύ ωραία χώρα. Και μάλιστα αυτό που σου λέω είναι απόλυτα αντικειμενικό, αφού δεν βασίζεται στην κρίση των Ελλήνων, αλλά στην κρίση υπηκόων άλλων χωρών οι οποίοι κάποια στιγμή αποφασίζουν να κάνουν την Ελλάδα σπίτι τους.

-Παιδιά, διέκοψε η Κατερίνα, ωραία είναι η Ελλάδα, αλλά όπως σε κάθε χώρα του κόσμου, πρέπει να έχεις και δουλειά για να είναι ωραία. Ας αφήσουμε λοιπόν τις πάπιες και τα παϊδάκια και ας δούμε λίγο τι ψάρια πιάσαμε σήμερα. Αρχίζω εγώ. Τζίφος οι πηγές μου. Γύρισα όλη την Ουχάν σήμερα και δεν βρήκα τίποτα. Άρα μας μένει ο κ. επιστήμονας.

-Τα πράγματα εξακολουθούν να είναι περίεργα, άρχισε να μιλάει ο Γιάννης. Σήμερα μιλούσα πάνω από δύο ώρες με τον υπεύθυνο ασφαλείας των εργαστηρίων. Μου έχει δώσει πλήρη χωρική και χρονική αναφορά. Ορίστε. Άνοιξε τον χαρτοφύλακά του και έβγαλε από μέσα κάποια έγγραφα, τα οποία έδωσε στην Πέγκυ. Αυτή τα κοιτάζει μαζί με τον Θοδωρή, που κάθεται δίπλα της, ενώ ταυτόχρονα ακούνε ότι τους λέει ο Γιάννης.

-Ξέρουμε πού φτιάχτηκε ο ιός. Είναι το εργαστήριο 54. Επίσης ξέρουμε ποιος ήταν ο πρώτος ξενιστής. Λεγόταν Λι-Ζιν αρρώστησε και πέθανε πριν από δύο μήνες. Ήταν ο ασθενής μηδέν. Εξακολουθούμε όμως να μην ξέρουμε ποιος έφτιαξε τον covid – 19 μέσα στο εργαστήριο 54.

Κι εδώ αρχίζουν τα περίεργα. Ο Λι-Ζιν δεν ανήκε στο επιστημονικό προσωπικό. Ήταν προσωπικό συντήρησης. Ηλεκτρολόγος. Αυτός λοιπόν κλήθηκε από το σύστημα για να επιδιορθώσει μία καμένη λάμπα σε αυτό το εργαστήριο. Ο επικεφαλής ασφαλείας από την δική του πλευρά μου τόνισε και ο Dan μου το επιβεβαίωσε, ότι το εργαστήριο 54 δεν ήταν ούτε και είναι εν χρήσει. Είναι πλήρως λειτουργικό και έτοιμο να δουλέψουν άνθρωποι, αλλά το είχαν ως εργαστήριο ρεζέρβα. Αν δηλαδή είχαν κάποιους επισκέπτες επιστήμονες θα τους έβαζαν να εργαστούν εκεί ή αν τέλος πάντων κάποιο από τα κανονικά εργαστήρια δεν μπορούσε να λειτουργήσει για οποιονδήποτε τρόπο, τότε τα πειράματα θα συνεχίζονταν εκεί.

Το εργαστήριο 54 παραμένει κλειστό και ανενεργό από τότε που άνοιξε όλη η εγκατάσταση. Είναι εργαστήριο back up.

-Ναι, αλλά κάποιος πρέπει να ήταν εκεί μέσα και να έφτιαξε τον ιό, παρατήρησε ο Θοδωρής.

-Όπως καταλαβαίνεις, σε τέτοιες εγκαταστάσεις υπάρχει πολύ υψηλό επίπεδο ασφάλειας. Όλα τα εργαστήρια είναι υπό παρακολούθηση με κάμερες επί 24ώρου βάσεως και τα video, δεν τα σβήνουν ποτέ.

-Έχεις τα video; Ρώτησε ενθουσιασμένος ο Θοδωρής.

-Εδώ είναι όλα, είπε ο Γιάννης και χτύπησε τον χαρτοφύλακά του με την παλάμη του. Το βράδυ στο ξενοδοχείο έχει ξενύχτι για να τα δούμε. Ετοιμαστείτε.

-Και τι να δούμε, αναστέναξε η Βαρβάρα . Να κοιτάμε το video από τις κάμερες ασφαλείας που παρακολουθούν ένα εργαστήριο στο οποίο δεν έχει πατήσει ποτέ κανείς;

-Μόνο ένας ηλεκτρολόγος πήγε, είπε η Κατερίνα και αυτός πέθανε και δεν μπορεί να μας βοηθήσει.

-Το video θα είναι πολύ βαρετό, μουρμούρισε η Βαρβάρα. Ήδη χασμουριέμαι.

-Περίεργα όλα αυτά, αλλά πρέπει να τα ερευνήσουμε, είπε η Πέγκυ. Πάντως η πάπια γαμάει!

-Να σας πω. Αν είναι να το ξενυχτίσουμε, να πάρουμε και κάνα ποτάκι, καμιά μπιρίτσα, κάνα πατατάκι. Πως θα τη βγάλουμε ξεροσφύρι;

-Να πάρουμε, πετάχτηκε η Κατερίνα. Κερνάει η εφημερίδα. No problem.

-Υπάρχει και άλλο ένα σοβαρό ζήτημα όμως, διέκοψε ξαφνικά ο Γιάννης.

-Ποιο είναι αυτό; Ρώτησε ο Θοδωρής; Λες να έχουν κλείσει όλα και να μην βρούμε μπύρες; Συμπλήρωσε αστειευόμενος.

-Χαχα, γελάσαμε και σήμερα. Το πρόβλημα είναι με τα δικά μου πειράματα. Τα οποία σας θυμίζω ότι είναι επίσης απόρρητα, Βαρβάρα, και την κοιτάει με νόημα.

-Στόμα έχω και μιλιά δεν έχω. Εξάλλου, όπως βλέπεις είμαι μπουκωμένη με τη δική μου πάπια και με το ζόρι μπορώ να μιλήσω, πόσο μάλλον να σας ακούσω.

-Δεν έχω πρόβλημα να με ακούσεις. Να μην πεις πουθενά αυτά που θα ακούσεις θέλω. Η έρευνα που κάνω έχει ξεκινήσει εδώ και χρόνια. Για να μην σας πρήξω με τεχνικούς όρους, η έρευνα ήταν γύρω από τον θάνατο και τις επιθανάτιες εμπειρίες. Σας έχω ξαναπεί, μέσες άκρες. Τέλος πάντων μέσα από πολύπλοκες διαδικασίες και από συγκεκριμένες ακολουθίες πειραμάτων, έχω φτάσει σε ένα σημείο που η φάση έχει αρχίσει και γίνεται περίεργη.

Προσπαθώντας να καταλάβω αν τα υποκείμενα που

χρησιμοποιούσα στο εργαστήριό μου πέθαιναν ή όχι, αποφάσισα να δοκιμάσω τον εντοπισμό στίγματος του υποκειμένου. Τι εννοώ. Βλέπεις το υποκείμενο, το ακουμπάς, είναι εκεί μπροστά σου πάνω στο εργαστηριακό τραπέζι. Αν όμως λάβουμε υπόψιν μας μύθους και δοξασίες, τότε κάθε ζωντανό ον έχει και ψυχή, η οποία, όπως λέει η αναπόδεικτη θεωρία θρησκειών και μύθων, δεν πεθαίνει.

Για να αποκλείσω και την παραμικρή πιθανότητα λάθους, αποφάσισα να αποδείξω κβαντικά την ύπαρξη του υποκειμένου. Ώστε να είμαι σίγουρος ότι κανενός είδους ενέργεια, ύλη κ.λπ. δεν ξεφεύγει από τις μετρήσεις, επηρεάζοντας έτσι την ακρίβειά τους.

Αυτό λοιπόν που ανακάλυψα είναι ότι το πειραματικό μου υποκείμενο δεν είναι εκεί μπροστά μου, στο τραπέζι του εργαστηρίου. Αυτό που ανακάλυψα με λίγα λόγια είναι πως το χάμστερ που πέθανε μπροστά μου και επανήλθε με ανάνηψη δεν υπάρχει. Και όταν λέω δεν υπάρχει, εννοώ ότι δεν μπορώ να αποδείξω με ξεκάθαρο επιστημονικό τρόπο και με μαθηματικές πράξεις ότι το χάμστερ είναι εκεί μπροστά μου. Οι υπολογισμοί μου το βρίσκουν σε άλλο τόπο και σε άλλο χρόνο.

-Σε ποιον τόπο και σε ποιον χρόνο; Ρώτησε η Βαρβάρα με γεμάτο το στόμα.

-Μη γελάσετε, αλλά το χάμστερ είναι στις Βρυξέλλες και χρονικά είναι στο 2.635μ.Χ., κι εσύ πρώτα να καταπίνεις και μετά να μιλάς.

-Αν πω ότι κατάλαβα, θα είναι ψέματα, είπε η Βαρβάρα, πίνοντας μονορούφι το κρασί της.

- Εδώ δυσκολεύομαι να καταλάβω εγώ που έχω όλα τα δεδομένα στα χέρια μου. Πώς να καταλάβεις εσύ; Είπε ο Γιάννης.

-Το έχεις επιβεβαιώσει; Ρώτησε η Πέγκυ γέρνοντας προς το μέρος του.

- Μόνο μια φορά; Το πρόβλημα είναι ότι έχω επιβεβαιώσει πως όλα μου τα πειραματόζωα προέρχονται από το μέλλον. Από διάφορες ημερομηνίες οι οποίες όλες είναι από το 2.400 και μετά. Άρα δεν μπορώ να αποδείξω μαθηματικά αυτό που βλέπουν τα μάτια μου, ότι δηλαδή το χάμστερ είναι μπροστά μου, πάνω στο τραπέζι του εργαστηρίου μου, σήμερα. Το λες και πρόβλημα.

- Και ποια είναι η εξήγηση που δίνεις;

- Καμία. Δεν έχω πραγματικά καμία εξήγηση. Και το χειρότερο όλων, ξέρετε ποιο είναι; Δεν μπορώ να δώσω ούτε κάποια πιθανότητα ερμηνείας. Όλο αυτό είναι εντελώς ανεξήγητο. Έχω κάνει ξανά και ξανά τους υπολογισμούς. Με όλους τους τρόπους. Τίποτα. Ή μάλλον όχι και τίποτα. Τα ίδια ακριβώς.

- Και ποιο είναι το κοινό τους; ρώτησε η Κατερίνα.

-Το μόνο κοινό, εντελώς κοινό για τα όλα τα υποκείμενα, είναι η χωρική τους υπόσταση. Όλα τους, βάση υπολογισμών, βρίσκονται στις Βρυξέλλες.

- Και γιατί δεν πας να τα βρεις, ώστε να επιβεβαιώσεις αν είναι σωστοί οι υπολογισμοί σου; Ρώτησε η Βαρβάρα που τώρα έχει αρχίσει και μπερδεύει τα λόγια της από το κρασί, αλλά δεν σταματάει να γεμίζει το ποτήρι της, παρόλα αυτά.

- Γιατί, μανίτσα μου, οι υπολογισμοί δείχνουν ότι δεν είναι τώρα στις Βρυξέλλες, αλλά σε ημερομηνίες μετά το 2.400 μ.Χ. Δηλαδή αν οι υπολογισμοί μου είναι σωστοί, ο μόνος τρόπος να επιβεβαιωθούν είναι να ταξιδέψει κάποιος στο μέλλον ή να βρω τρόπο να ζήσω μέχρι το 2.400.

- Άλλα 380 χρόνια δηλαδή; Ρώτησε η Κατερίνα και απάντησε μόνη της. Τώρα με την πανδημία, δεν ξέρουμε αν θα ζούμε τον άλλο μήνα. Τα 380 χρόνια μου φαίνονται πολύ αισιόδοξο σενάριο.

- Εγώ πάντως δεν σκοπεύω να πεθάνω σύντομα, είπε η Βαρβάρα και ήπιε μονορούφι άλλο ένα ποτήρι κρασί.

- Νομίζω πως είναι η ώρα να την κάνουμε, είπε η Πέγκυ. Αν καθυστερήσουμε κι άλλο, κάποιος θα πρέπει να κουβαλήσει την Βαρβάρα.

- Με λες χοντρή;

- Μάλλον σε λέει μεθυσμένη, είπε η Κατερίνα γελώντας. Άντε. Έχουμε να δούμε και τα video.

Στο ξενοδοχείο κάθονται όλοι στο δωμάτιο της Βαρβάρας. Ο Γιάννης κοιτάζει τις ημερομηνίες και ψάχνει να βρει στην τηλεόραση τα επίμαχα video. Οι υπόλοιποι έχουν στρωθεί στο σαλονάκι, τσιμπολογάνε πατατάκια και πίνουν μπίρες.

- Εγώ δηλαδή, γιατί να μην πιώ μια μπίρα; Γκρινιάζει η Βαρβάρα. - Γιατί έπεσες μικρή στη μαρμίτα, την πειράζει ο Θοδωρής.

- Μμμμ, εξυπνάδες, απαντάει αυτή.

- Πάμε λοιπόν. Λέει ο Γιάννης και σηκώνεται όρθιος.

- Τι βλέπουμε; Ρωτάει ο Θοδωρής, ενώ ανοίγει και δίνει μια μπίρα στον φίλο του. - Βλέπουμε την κάμερα που κοιτάει τον αντιδραστήρα.

- Πολύ ενδιαφέρον, κοροϊδεύει η Βαρβάρα.

- Ξεκινάμε μερικές μέρες προτού μπει ο ηλεκτρολόγος. Παρακολουθούμε τον αντιδραστήρα σε fast forward φυσικά.

- Πάλι καλά, διακόπτει η Βαρβάρα. Βαρέθηκα ήδη.

Το στατικό πλάνο δεν έχει κανένα ενδιαφέρον. Έτσι όλοι έχουν αρχίσει να ψιλοκουβεντιάζουν μεταξύ τους ρίχνοντας μόνο πότε πότε καμιά ματιά στην τηλεόραση. Μόνο ο Γιάννη και την Κατερίνα, δεν παίρνουν τα μάτια τους από την οθόνη.

Μετά από 40 λεπτά και αρκετές μπίρες, ξαφνικά η Κατερίνα πετάγεται ενθουσιασμένη.

-Τι είναι αυτό; Τι κάνει εκεί; Αφού δεν έχει μπει κανείς μέσα στο δωμάτιο, γιατί ο αντιδραστήρας δείχνει να λειτουργεί; Λειτουργεί ρε Γιάννη; Τι κάνει η μαλακία, δεν έχω ιδέα από αυτά.

- Λειτουργεί. Αλλά πώς λειτουργεί; Ποιος του έδωσε την εντολή. Αναρωτιέται ο Γιάννης ενώ κοιτάζει την τηλεόραση με τα μάτια γουρλωμένα.

-Μήπως μπορεί κάποιος να το λειτουργήσει απομακρυσμένα; Και αν ναι, ποιος και από πού; Πρέπει να βρούμε που είναι συνδεδεμένο, με ποιον.

- Σταμάτησε. Δεν λειτουργεί πια. Το έχει ήδη φτιάξει, λέει ενθουσιασμένος ο Γιάννης.

- Τι έχει φτιάξει, ρωτάει ανυπόμονα η Κατερίνα.

-Τον ιό. Τον έφτιαξε και σταμάτησε να λειτουργεί. -Και τώρα τι γίνεται; Ρωτάει απορημένη η Πέγκυ.

-Κανονικά, έρχεται ειδικευμένο προσωπικό με κατάλληλο εξοπλισμό και τον αφαιρεί από τον αντιδραστήρα με ασφάλεια. Αλλά εδώ δεν έχει γίνει κάτι τέτοιο. Ο αντιδραστήρας με κάποιον τρόπο πήρε εντολή να δημιουργήσει τον ιό. Και αφού τον δημιούργησε δεν ενημέρωσε το σύστημα με το οποίο είναι μόνιμα συνδεδεμένο. Δεν ενημερώθηκε κανείς.

- Ώπα. Σταμάτα το, φωνάζει ο Θοδωρής.

Τώρα η παρέα βλέπει στο εργαστήριο 54 να μπαίνει ένας τεχνικός σε fast forward. Ο Γιάννης βάζει κανονική ταχύτητα. Όλοι κοιτάνε με κομμένη την ανάσα.

-Τον κακομοίρη, λέει η Βαρβάρα. Δεν έχει ιδέα. -Δυστυχώς δεν έχει, επιβεβαιώνει ο Γιάννης.

Ο Κινέζος τεχνικός μπαίνει μέσα στο εργαστήριο. Η πόρτα σφραγίζει πίσω του. Αφού βεβαιώνεται ότι είναι μόνος του, κοιτάζει τις κάμερες που βλέπουν περιμετρικά από το συγκεκριμένο εργαστήριο. Σιγουρεύεται ότι οι γύρω διάδρομοι είναι άδειοι. Κάθεται στην καρέκλα πίσω από το γραφείο και βάζει τα πόδια του πάνω του. Βγάζει από την τσέπη του τσιγάρο και το ανάβει. Έχει ανοίξει και μία μικρή νάιλον σακούλα και την κρατάει ανάποδα σαν αλεξίπτωτο. Ο καπνός του τσιγάρου μπαίνει μέσα στην ανάποδη σακούλα και μένει εκεί εγκλωβισμένος. Κάθε τζούρα την φυσάει στη σακούλα.

-Να φανταστώ ότι το κάνει για τους ανιχνευτές καπνού; Ρωτάει η Κατερίνα. -Ακριβώς, επιβεβαιώνει ο Γιάννης.

Μετά από λίγο ο τεχνικός σηκώνεται, δένει σφιχτά τη

σακούλα και την βάζει απαλά στην τσέπη του προσέχοντας να μην την πιέσει πολύ και βγει από μέσα της ο καπνός.

Πλησιάζει τώρα μία λάμπα που δείχνει να μην κάνει πολύ καλή επαφή και όλο αναβοσβήνει. Παίρνει ένα σκαμπό, πατάει πάνω του, τη σφίγγει λίγο και τώρα αυτή φωτίζει απρόσκοπτα. Κατεβαίνει από το σκαμπό, τινάζει τις παλάμες του μεταξύ τους, ευχαριστημένος που έφερε εις πέρας το έργο του με επιτυχία. Εκείνη τη στιγμή ένα πράσινο λαμπάκι αρχίζει να αναβοσβήνει πάνω στον αντιδραστήρα και του τραβάει την προσοχή.

Ο ηλεκτρολόγος πηγαίνει διστακτικά προς το μέρος του μηχανήματος και το εξετάζει με προσοχή.

Η παρέα των Ελλήνων έχουν ανέβει πάνω στον καναπέ, σε καρέκλες, η Βαρβάρα έχει ανέβει πάνω στο τραπέζι. Όλοι μαζί σαν αρχαία τραγωδία ουρλιάζουν: «Μη!» «Όχι». «Φύγε από 'κει ρε γαμώτο, την έφτιαξες την κωλολάμπα».

Ο ηλεκτρολόγος πατάει το κουμπί και το πορτάκι του αντιδραστήρα ανοίγει διάπλατα. Η παρέα παγώνει όπως τα στρατιωτάκια ακούνητα, αμίλητα, αγέλαστα που έπαιζαν μικροί. Παρακολουθούν τον ηλεκτρολόγο που πλησιάζει το πρόσωπό του στο άνοιγμα του αντιδραστήρα. Αφού βεβαιώνεται ότι είναι άδειος, ξανακλείνει το πορτάκι. Δοκιμάζει τη λάμπα, που έφτιαξε, ανάβοντας και σβήνοντας μερικές φορές τον διακόπτη. Η λάμπα λειτουργεί μια χαρά. Ο τεχνικός φεύγει από το εργαστήριο 54. Η πανδημία έχει αρχίσει. Η ημερομηνία στο video δείχνει 17-9-2018. 15:32 τοπική ώρα.

-Είναι τραγικό αν σκεφτείς πως μόλις τέλειωσε η βάρδια του, πήγε στο σπίτι και αγκάλιασε την οικογένειά του, είπε θλιμμένα η Βαρβάρα πάνω από το τραπέζι.

-Είναι πολύ τραγικό, πρόσθεσε ο Γιάννης, ειδικά επειδή δεν ήξερε τίποτα.

-Εντάξει, ο τύπος άνοιξε μια πόρτα και είδε ότι μέσα δεν είχε τίποτα. Που να το φανταστεί, πρόσθεσε η Πέγκυ.

-Ωραία όλα αυτά, είπε ο Γιάννης. Τώρα τι κάνουμε; Και Βαρβάρα, κατέβα από το τραπέζι. Το video τέλειωσε.

-Μου αρέσετε που σας βλέπω από 'δω πάνω. Λέω να μείνω. Ξέρεις πως λέγεται αυτό το πλάνο στον κινηματογράφο Γιάννη;

-Όχι.

-Πλάνο καπέλο.

-Πως λέμε μουνί καπέλο; Προσθέτει η Κατερίνα και όλη η παρέα ξεσπά σε γέλια.

-Έλα ρε σεις, προσπαθεί να τους μαζέψει ο Γιάννης, πρέπει να δούμε ποιες είναι οι επόμενες κινήσεις μας.

-Εδώ βγαίνει ο χάκερ, λέει η Κατερίνα και δείχνει τον

Θοδωρή.

-Λοιπόν. Τα πράγματα είναι απλά. Αύριο πας στο εργαστήριο 54 και συνδέεις τον αντιδραστήρα με αυτά που σου έχω δώσει. Αν όλα πάνε καλά θα έχει καταγραφεί στη μνήμη του τι έφτιαξε και ποια διαδικασία ακολούθησε, όπως επίσης θα έχει καταγράψει και από πού πήρε την εντολή για να το φτιάξει.

-Οκ. Αύριο λοιπόν ίσως να λυθεί το μυστήριο. Μια κραυγή ηδονής έσκισε τον αέρα.

-Πάμε πάλι, τα όργια του Καλιγούλα, είπε βαριεστημένα η Πέγκυ.

-Γιατί σε ενοχλεί μωρό μου; Ζηλεύεις; Απάντησε περιπαικτικά η Βαρβάρα. -Να ζηλεύω; Ακόμα δεν έχω καταλάβει αν περνάει καλά ή πονάει.

Είναι το μεσημέρι της επόμενης μέρας και ο Γιάννης βγαίνει από την πύλη των κεντρικών εργαστηρίων με γρήγορο βηματισμό. Ρίχνει μία συνωμοτική ματιά στον Θοδωρή που κάθεται στο café. Αυτός πληρώνει, σηκώνεται και πάει στο αυτοκίνητο. Συναντιέται με τον Γιάννη εκεί που τον άφησε. Ο φίλος του μπαίνει μέσα και κάθεται στη θέση του συνοδηγού. Ο Θοδωρής ξεκινάει.

-Έχουμε πρόβλημα, λέει ο Γιάννης.

-Τι έγινε; Ρωτάει ανήσυχος ο Θοδωρής.

-Σύνδεσα στην κεντρική υπολογιστική μονάδα της συσκευής δημιουργίας διπλότυπου, όπως μου είπες.

-Και;

-Και η μονάδα που αντιγράφει την ακολουθία δημιουργίας του ιού λειτούργησε μία χαρά. Ολοκλήρωσε την αντιγραφή στο 100%. Δηλαδή έχουμε το blueprint του ιού. Αλλά αυτό δεν είναι κάποιο επίτευγμα. Υπάρχει ήδη. Βέβαια πρέπει να το μελετήσω γιατί άλλο τι ανακοινώνεται επίσημα και άλλο τι έχει γίνει στην πραγματικότητα, μέσα στο εργαστήριο.

-Συμφωνώ. Με το άλλο διπλότυπο; Τι έγινε;

-Με αυτό που θα μας έδειχνε τη διαδρομή της εντολής; -Ναι.

-Με αυτό είναι το πρόβλημα. Not enough space. Όλη μέρα προσπαθώ να το κάνω και πάντα μου βγάζει το ίδιο μήνυμα.

-Δεν είναι δυνατόν. -Κι όμως είναι.

-Τα data του σχεδιαγράμματος του ιού, είναι σίγουρα πολύ περισσότερα από αυτά της εντολής. Είναι πραγματικά πολύ περίεργο.

-Το ξέρω. Γι' αυτό σου λέω πως έχουμε πρόβλημα.

-Πάμε στο ξενοδοχείο να το συνδέσω και να προσπαθήσω να δω τι γίνεται. Έτσι στο κουβεντιαστό δεν πρόκειται να βρούμε άκρη. Πρέπει να δούμε τα δεδομένα.

Λίγο αργότερα ο Θοδωρής είναι στο δωμάτιό του και προσπαθεί να δει τι κατάφερε να αντιγράψει ο φίλος του από την υπολογιστική μονάδα του εργαστηρίου.

Οι υπόλοιποι παρέα είναι μαζεμένη στο δωμάτιο της Κατερίνας και συζητάνε, εκτός από την Βαρβάρα που παίρνει τον μεσημεριανό της υπνάκο.

-Μίλησα με έναν παλιό μου φίλο, ο οποίος εργαζόταν επί πολλά χρόνια στην ελληνική πρεσβεία στο Πεκίνο, είπε η Πέγκυ στους δύο φίλους της και συνέχισε: Αυτός μου είπε λοιπόν ότι το μόνο εύκολο στην Κίνα, είναι να βρεις ποιος έδωσε εντολή για κάτι. Είναι τόσο λεπτομερείς στην γραφειοκρατία τους που υπάρχει υπογραφή ακόμη και για την προμήθεια μιας γομολάστιχας.

-Ναι, καλά τα λέει ο φίλος σου, αντέτεινε η Κατερίνα και συμφωνώ κι εγώ, αλλά η δική μας περίπτωση είναι εξαίρεση. Εδώ η εντολή δεν φαίνεται πουθενά. Ξέρουμε ότι ο ιός δημιουργήθηκε στο εργαστήριο 54 και μεταδόθηκε από άγνοια, μέσω του ηλεκτρολόγου. Αλλά ποιος έδωσε την εντολή για τη δημιουργία του, δεν το γνωρίζει κανείς.

-Είναι πραγματικά περίεργο, πήρε το λόγο ο Γιάννης, και το πιο περίεργο απ' όλα είναι αυτό που γίνεται με τους υπολογιστές. Σαν κάποιος να προσπαθεί να κρύψει κάτι.

-Τι λέει ο Θοδωρής; Τον ρώτησε η Πέγκυ.

-Τι να πει, δίπλα είναι, στο δωμάτιό του και προσπαθεί να βρει μία άκρη. Κι αυτός θεωρεί ότι όλα αυτά είναι παράξενα.

-Είναι παράξενα για κάποιον που δεν έχει να κρύψει κάτι, είπε η Κατερίνα. Για κάποιον όμως που έχει κάτι να κρύψει, όλη αυτή η αποσιώπηση είναι αναμενόμενη.

-Ναι, αλλά οι Κινέζοι διατείνονται ότι ο ιός δεν ήταν κάτι κρυφό, απλά η διαφυγή του από το εργαστήριο ήταν ατύχημα.

-Αυτό αποδεικνύει και το video, είπε ο Γιάννης.

-Το video δεν αποδεικνύει τίποτα, πετάχτηκε η Κατερίνα.

-Αφού είδαμε τον ηλεκτρολόγο. Προφανώς και δεν ήξερε τίποτα, γιατί αν ήξερε δεν θα πήγαινε να βάλει το κεφάλι του μέσα στον αντιδραστήρα.

-Αυτός μπορεί να μην ήξερε, αλλά μπορεί να ήξεραν άλλοι, είπε η Κατερίνα.

-Κάτσε ρε Κατερίνα. Αυτό που λες δεν στέκει. Αν ήθελα να διασπείρω τον ιό, θα έστελνα έναν ειδικό, έναν επιστήμονα που ξέρει να τον χειριστεί.

-Και τι θα έκανες εσύ στην θέση του; Τον ρώτησε η Κατερίνα.

-Θα τον αφαιρούσα από το εργαστήριο σε ασφαλή συσκευασία, ώστε, πρώτα από όλα να προφυλαχθώ εγώ. Και μετά θα πήγαινα αυτή τη συσκευασία κάπου έξω, σε ένα σταθμό του μετρό, σε μία υπαίθρια αγορά, όπου υπάρχει πλήθος κόσμου γενικότερα. Θα έπαιρνα μία βαθιά ανάσα, θα απασφάλιζα τη συσκευή, αφήνοντας ελεύθερο τον ιό και θα απομακρυνόμουν όσο πιο γρήγορα μπορούσα, αρχικά από το σημείο και μετά από την χώρα.

-Ναι, του απάντησε η Κατερίνα, αλλά αυτό σημαίνει ότι θα γνώριζες τι ακριβώς είναι αυτός ο ιός και τι ακριβώς θα γίνει απελευθερώνοντάς τον.

-Ναι, απάντησε ο Γιάννης. Αν λοιπόν θεωρήσουμε ότι εγώ έδωσα την αρχική εντολή και υφιστάμενός μου είναι η Πέγκυ, δίνω σε αυτή την εντολή και αυτή βρίσκει εσένα ώστε να την εκτελέσεις. Σωστά;

-Σωστά, απάντησε ο Γιάννης.

-Έτσι όμως, αμέσως – αμέσως γινόμαστε τρεις που γνωρίζουμε το μυστικό. Σωστά;

-Σωστά απάντησε πάλι ο Γιάννης.

-Όταν όμως πρόκειται για ένα τέτοιο μυστικό, που κάνει κάθε θεωρία συνομωσίας να ωχριά μπροστά του, πώς μπορώ να εξασφαλίσω ότι δεν θα μαθευτεί;

-Πώς Ρώτησε και πάλι ο Γιάννης.

-Αν θέλεις να μείνει κάτι μυστικό, μην το λες σε κανέναν αναφώνησε η Πέγκυ. -Ναι, αλλά αν δεν το πεις σε κανέναν και ο κανένας στην προκειμένη

περίπτωση, είναι ο ηλεκτρολόγος, πώς θα είσαι σίγουρος ότι θα ανοίξει το πορτάκι του αντιδραστήρα, ενώ δεν του έχεις πει να το κάνει;

-Ξέρεις ότι οι Αμερικάνοι, για παράδειγμα, έχουν ρίξει κυβερνήσεις σε ξένα κράτη, κατά καιρούς, έτσι δεν είναι; Τον ρώτησε η Κατερίνα.

-Ναι, βέβαια, απάντησε ο Γιάννης.

-Σε αυτή την περίπτωση λοιπόν δεν πάει ένας Αμερικάνος πράκτορας στις αντιπολιτευόμενες ομάδες της χώρας, να διοργανώσει μία συνάντηση με όλα τα μέλη και να τους πει ότι η Αμερική θα στηρίξει τον αγώνα τους κατά της κυβέρνησης. Ποτέ. Μπορεί όλοι να το ξέρουμε ή να το υποπτευόμαστε, αλλά ποτέ δεν το κάνουν στα ίσια. Το κάνουν με πολλούς και διάφορους, αλλά πάντοτε συγκαλυμμένους τρόπους, τέτοιους ώστε στο τέλος, οι ηγέτες της αντιπολίτευσης είναι σίγουροι, ότι οι ίδιοι οργάνωσαν την εξέγερση και το χρήμα που έρευσε προς τούτο, ήταν κάποιος πλούσιος εξόριστος ομοεθνής του, που και αυτός πολλές φορές πείθεται να δώσει χρήματα, χωρίς να γνωρίζει και ο ίδιος τη λεπτομέρεια του πλάνου.

Αν λοιπόν θέλω να διασπείρω τον covid -19 στον πλανήτη, αντί για το προηγούμενο σχέδιο να σου προτείνω ένα άλλο; Ρώτησε η Κατερίνα, απευθυνόμενη στον Γιάννη.

-Παρακαλώ, απάντησε αυτός γελώντας.

-Αντί να το πω στην Πέγκυ, να το πει σε σένα, το κάνω μόνη μου. Και το ξέρω μόνο εγώ. Και ένα μυστικό που το γνωρίζει ένας μόνο άνθρωπος, έχει πολλές πιθανότητες να μείνει μυστικό.

-Και ο ηλεκτρολόγος; Πώς ξέρεις ότι θα ανοίξει το πορτάκι; Απόρησε ο Γιάννης.

-Εκτός από την ψηλή θέση που κατέχω στα εργαστήρια της Ουχάν, ή στην ίδια την κυβέρνηση, είμαι και profiler, συνέχισε η Κατερίνα.

-Δηλαδή; Ρώτησε ο Γιάννης.

-Δηλαδή, αντί να δίνω εντολές για να γίνει κάτι, προβλέπω ποιος μπορεί να κάνει αυτό που εγώ θέλω, χωρίς ο ίδιος να το ξέρει.

-Μπερδεμένα μας τα λες γέροντα, απάντησε αστειευόμενος ο Γιάννης. -Ρε παιδάκι μου, πες ότι θέλεις να βάλεις μία βόμβα σε μια πλατεία.

-Θέλω; Ρώτησε απορημένος ο Γιάννης.

-Έλα, ρε Γιάννη. Υπόθεση εργασίας είναι και βέβαια θέλεις,

αφού είσαι τρομοκράτης.

-Ωραία, θέλω λοιπόν, απάντησε αυτός.

-Ας υποθέσουμε ότι η έκρηξη θέλεις να γίνει στις 10 το πρωί, αλλά εσύ δεν θέλεις να είσαι στη γύρω περιοχή για να μην σε πιάσουν, είτε επ' αυτοφώρω, είτε σε δεύτερο χρόνο από τον έλεγχο των καμερών ασφαλείας.

-Ναι, καλύτερα θα ήταν να μην ήμουν εκεί την ώρα της έκρηξης, συμφώνησε ο Γιάννης.

-Πριν βάλεις τη βόμβα λοιπόν, συνέχισε η Κατερίνα, κάνεις επόπτευση του χώρου και κάποιες «πρόβες».

-Πολύ δουλειά να είσαι τρομοκράτης, είπε ειρωνικά ο Γιάννης.

-Ναι, έχει, έγνεψε η Κατερίνα και συνέχισε. Εκεί λοιπόν που μελετάς το πεδίο δράσης, πριν προχωρήσεις στην τρομοκρατική επίθεση που σχεδιάζεις, βλέπεις ότι εγώ που μένω πάνω σε αυτή την πλατεία όπου εσύ θέλεις να κάνεις το χτύπημα κάθε πρωί μπαίνω στο γκαράζ του σπιτιού μου στις 10 το πρωί.

-Όποτε έρχομαι, σου δίνω το τηλεχειριστήριο και σου λέω ευγενικά: «Μπορείτε αύριο το πρωί στις 10 να πατήσετε το κόκκινο κουμπάκι; Θα με υποχρεώνατε», είπε γελώντας ο Γιάννης.

-Τρομοκράτης είσαι, δεν πιάνεις κουβέντες με τον κόσμο. Μπορεί αυτή η περίοικος, να κάνει αυτό που θέλεις λοιπόν, χωρίς η ίδια να έχει ιδέα.

-Θα το ακούσουμε κι αυτό, τι άλλο να πω;

-Αντί να ρωτάς βλακείες τις γειτόνισσες λοιπόν, κάνεις κάτι άλλο που είναι πολύ πιο απλό.

Πριν από το χτύπημα, τη στήνεις με ένα αυτοκίνητο κοντά στο σπίτι της γειτόνισσας. Έχεις μαζί σου μηχάνημα ανίχνευσης συχνοτήτων και περιμένεις. Μόλις αυτή πατήσει το κουμπί του τηλεχειριστηρίου της για να ανοίξει την γκαραζόπορτα, εσύ ανιχνεύεις την συχνότητα στην οποία χειριστήριο και γκαραζόπορτα επικοινωνούν. Έτσι λοιπόν απλά ρυθμίζεις τη βόμβα σου να πάρει εντολή για πυροδότηση στη συχνότητα της γειτόνισσας. Την επόμενη μέρα λοιπόν αυτή εν αγνοία της, μαζί με την γκαραζόπορτα πυροδοτεί και τη δική σου βόμβα και σκοτώνει εκατοντάδες κόσμου ενώ δεν έχει ιδέα.

-Κι εκεί είναι που τις επόμενες ημέρες, όταν θα περιγράφει το συμβάν στους φίλους της, θα λέει ότι η βόμβα έτυχε να σκάσει, ακριβώς μόλις πάτησε το κουμπί του τηλεχειριστηρίου της, συμπλήρωσε η Πέγκυ.

-Ακριβώς, συνέχισε η Κατερίνα. Εσύ εντωμεταξύ, έχεις γυρίσει στο κρησφύγετο σου, έχεις κάνει το μπάνιο σου και πίνεις το καφεδάκι σου, βλέποντας την βομβιστική σου επίθεση από τα έκτακτα δελτία ειδήσεων στην τηλεόραση.

-Ναι, αλλά αυτό αφορά μία πράξη που γίνεται κάθε μέρα, αντέτεινε ο Γιάννης. Αυτός που ήθελε να διασπείρει τον ιό, που ήξερε τι θα κάνει ο ηλεκτρολόγος;

-Πόσο αθώος επιστήμονας είσαι. Αυτό κάνει ο profiler. Παρακολουθεί, συλλέγει δεδομένα και στο μέλλον χρησιμοποιεί αυτές τις πληροφορίες προς όφελός του. Πάμε λοιπόν στο σχέδιο. Εγώ που θέλω να διασπείρω τον ιό, έχω προφανώς πρόσβαση πρώτον στους φακέλους όλων των εργαζόμενων, αλλά και στις κάμερες ασφαλείας του κτιρίου, ώστε να τους παρακολουθώ. Δεν ήξερα πως θα το κάνω, αλλά ήξερα τι θα κάνω. Κι εκεί που παρακολουθούσα, είδα ότι ο ηλεκτρολόγος σε όποια βλάβη τον καλούν, αν είναι μόνος του στον χώρο, κάνει ένα τσιγαράκι στη ζούλα και είναι και περίεργος και ψάχνει τα πάντα, συρτάρια, ντουλάπια κ.λπ. Έτσι λοιπόν έχω αφήσει τον ιό στον αντιδραστήρα του εργαστηρίου 54. Το γνωρίζω μόνο εγώ. Σωστά;

-Σωστά, απάντησε ο Γιάννης.

-Μετά, μπαίνω στο σύστημα συντήρησης και καλώ όταν ξέρω ότι ο ηλεκτρολόγος που έχει τις συνήθειες που με εξυπηρετούν έχει βάρδια. Βουαλά.

-Οκ, τώρα έχεις αρχίσει και με τρομάζεις, είπε ο Γιάννης.

-Δεν είναι να τρομάζεις αγάπη μου, έτσι λειτουργεί ο κόσμος, του απάντησε η Κατερίνα.

-Συνεπώς ψάχνουμε να αποκαλύψουμε ένα μυστικό που πολύ πιθανόν να το γνωρίζει μόνο ένας άνθρωπος στον κόσμο, είπε η Πέγκυ συνοφρυωμένη.

-Μάλλον, απάντησε η Κατερίνα. Αλλά αυτό είναι το πιο πιθανό, αφού όσο πιο μεγάλο και επικίνδυνο το μυστικό, τόσο λιγότεροι το ξέρουν. Ένα μυστικό που μπορεί να αποδεκατίσει τον πληθυσμό του πλανήτη, θα μου φαινόταν απόλυτα φυσιολογικό, αν το ήξερε μόνο ένας άνθρωπος.

-Και πρέπει εμείς να βρούμε αυτόν τον άνθρωπο, πρόσθεσε ο Γιάννης. -Ακριβώς απάντησε η Κατερίνα.

-Στην Κίνα, πρόσθεσε η Πέγκυ.

-Σαν να ψάχνεις ψύλλο στ’ άχυρα, είπε ο Γιάννης.

-Κάποιος έστησε τον φόνο του ηλεκτρολόγου και πρέπει να τον βρούμε.

-Και αυτός ο κάποιος είναι πολύ έξυπνος, είπε ο Θοδωρής, που μόλις μπήκε στο δωμάτιο.

-Καλώς τον χάκερ, αστειεύτηκε Ο Γιάννης. Είχαμε κανένα αποτέλεσμα; -Λίγα πράγματα, αλλά ένα πολύ σημαντικό.

-Για λέγε, είπε ανυπόμονα η Κατερίνα.

-Αυτός που το έκανε όλο αυτό είχε την καλύτερη ιδέα.
-Δηλαδή; Ρώτησε η Πέγκυ.

-Δηλαδή, συνέχισε ο Θοδωρής, όλα τα στοιχεία οδηγούν στην κεντρική υπολογιστική μονάδα.

-Για κάντα μας λίγο πιο λιανά ρε χάκερ, να καταλάβουμε κι εμείς οι αδαείς, του είπε η Κατερίνα.

-Πολύ ευχαρίστως, απάντησε ο Θοδωρής και συνέχισε. Έχουμε τα εξής δεδομένα που μπορούμε να ψάξουμε. Κάποιος έδωσε εντολή να δημιουργηθεί ο covid-19. Αυτό είναι το ένα στοιχείο που έχουμε. Το άλλο στοιχείο είναι ότι κάποιος έδωσε εντολή για την επισκευή της λάμπας στο εργαστήριο 54. Οι εντολές για κατασκευή ιών είναι έτσι κι αλλιώς διαβαθμισμένες. Οι εντολές όμως για απλές εργασίας συντήρησης είναι για τα μάτια όλων. Έτσι λοιπόν αντί να ψάξω να αποκωδικοποιήσω την εντολή για την κατασκευή του ιού, η οποία είναι διαβαθμισμένη και άρα πολύ δύσκολο να ανιχνευθεί η διαδρομή της, ώστε στο τέλος να βρούμε την αρχική διεύθυνση IP που την συνέταξε και την έστειλε, έψαξα να βρω το απλό. Ποιος έδωσε εντολή να φτιαχτεί η λάμπα.

-Και; Ρώτησε ξέπνοα η Κατερίνα.

-Υπάρχουν καλά και κακά νέα σε αυτή την περίπτωση. Από

ποια θέλεις να αρχίσω;

-Από τα καλά, είπε η Κατερίνα.

-Πάντα αισιόδοξη η φίλη μας, σχολίασε ο Θοδωρής. Τα καλά νέα είναι ότι η βρήκα την εντολή για τη λάμπα. Δόθηκε μισή ώρα πριν πάει ο ηλεκτρολόγος. Και είμαι σίγουρος ότι αυτός που έδωσε την εντολή για τη λάμπα, είναι ο ίδιος που έδωσε την εντολή για τον ιό.

-Και τα κακά νέα; Ρώτησε η Κατερίνα.

-Τα κακά νέα, είναι αποτέλεσμα των κακών νέων, είπε γελώντας ο Θοδωρής. -Δηλαδή; Ρώτησε η Πέγκυ.

-Δηλαδή, η εντολή για την επισκευή της λάμπας υπάρχει, αλλά όταν προσπαθώ να την ακολουθήσω ώστε να βρω από ποιον έφυγε, πέφτω πάνω σε κωδικοποιημένα μηνύματα, τόσο πολύ καλά κρυπτογραφημένα που θα περίμενες να δεις κάτι τέτοιο αν αφορούσε πυρηνικό πρόγραμμα. Για να έχει τόση ασφάλεια απορρήτου μια τέτοια απλή εντολή, σημαίνει ότι αυτός που την έστειλε είναι ο ίδιος που έδωσε την εντολή να δημιουργηθεί ο ιός.

-Δηλαδή οι επιστήμονες που δούλευαν στο εργαστήριο 54 και δημιούργησαν τον ιό, δεν ξέρουν από ποιον πήραν την εντολή για όλο αυτό;

-Όχι, δεν το ξέρουν, της απάντησε ο Θοδωρής. Οι εντολές είναι αυτοματοποιημένες. Πριν από δύο χρόνια η ομάδα ερευνητών που εργαζόταν σε αυτό το εργαστήριο πήραν brief να κατασκευάσουν έναν ιό με κάποια συγκεκριμένα χαρακτηριστικά, και αυτοί ως όφειλαν, το έκαναν. Όταν τέλειωσαν την έρευνά του, έστειλαν αναφορά αποτελεσμάτων στο σύστημα. Το σύστημα υποτίθεται ότι θα έδινε εντολή σε άλλη ομάδα που θα ήταν υπεύθυνη για τη διαχείριση του ιού. Αυτοί ή θα συνέχιζαν τις εργαστηριακές δοκιμές με αυτό τον ιό, ή θα προσπαθούσαν να τον εξελίξουν σε κάτι άλλο, ανάλογα με τι εντολές θα τους έστελνε το σύστημα.

-Το οποίο σύστημα, μάλλον δεν έστειλε καμία εντολή, διέκοψε η Κατερίνα.

-Ακριβώς, απάντησε ο Θοδωρής. Δεν δόθηκε καμία εντολή από το σύστημα για το μέλλον του ιού, και γι' αυτό έμεινε μέσα στο αντιδραστήριο. Η μόνη εντολή που δόθηκε τελικά σε σχέση με το εργαστήριο 54 ήταν η επισκευή της λάμπας.

-Κάτι που σε πρώτη ανάγνωση μοιάζει να μην έχει καμία σχέση με τον ιό, είπε η Κατερίνα.

-Και που τελικά αποδεικνύεται ότι η αλλαγή της λάμπας δεν είναι τίποτε άλλο από την εντολή διασποράς στον γενικό πληθυσμό, απλά συγκαλυμμένη, είπε η Πέγκυ.

-Ακριβώς, απάντησε ο Θοδωρής. Αυτό που μένει τώρα είναι να βρω από ποιανού τον υπολογιστή ή το κινητό έφυγε η εντολή.

-Θα τα καταφέρεις; Ρώτησε η Κατερίνα.

-Τι να σου πω; Απάντησε ο Θοδωρής. θα το προσπαθήσω. Κάτι θα βρούμε στο τέλος.

Αύριο θα πάρεις και αυτό μαζί σου στη δουλειά, είπε στον Γιάννη και ακούμπησε ένα USB μπροστά του.

-Θα ξανατρέξεις τη διαδρομή της εντολής.

-Μα αυτό το κάναμε ήδη, αντέτεινε ο Γιάννης.

-Ναι, και μας έβγαλε ότι δεν υπάρχει χώρος για κατασκευή διπλότυπου της εντολής, κάτι που είναι αδύνατον πρακτικά. Οπότε, μέσα στο στικάκι αυτό υπάρχει ένα ωραίο προγραμματάκι που έχω φτιάξει, το οποίο θα αναλύσει τη διαδρομή και θα την κάνει να χωρέσει και να αντιγραφεί στον σκληρό δίσκο που σου έχω δώσει. Πρέπει να βρούμε από πού έφυγε η εντολή είτε για να βάλει μπροστά τον αντιδραστήρα, είτε την εντολή για την επισκευή της λάμπας.

Ο Γιάννης πήρε το USB και το έβαλε στην τσέπη του. - Ας το δοκιμάσουμε κι αυτό.

ΚΕΦΑΛΑΙΟ 6ο

Το Μεγάλο Κυνηγητό

Ο Γιάννης πλησιάζει το τραπέζι στο οποίο κάθεται η υπόλοιπη παρέα του. Είναι χλωμός σα να είδε φάντασμα. Κάθεται στην άδεια καρέκλα δίπλα στην Κατερίνα. Παίρνει το ποτήρι της που είναι γεμάτο νερό και το πίνει μονορούφι. Οι φίλοι του τον κοιτάνε πραγματικά ανήσυχοι.

-Τι έπαθες; Ρωτάει ο Θοδωρής αν και όλοι είναι ανήσυχοι για τον φίλο τους. Ο Γιάννης δεν απαντάει, ξαναγεμίζει το ποτήρι και ξαναπίνει.

-Ρε συ, τι έγινε, θα μας πεις;

-Ποιος πίνει αλκοόλ; Ρωτάει ο Γιάννης κοιτώντας τα ποτήρια των φίλων του.

-Η Βαρβάρα απαντάνε όλοι μαζί. Ο Γιάννης παίρνει το ποτήρι της και το κατεβάζει. Μένει για λίγο ακίνητος καταπνίγοντας το κάψιμο και λέει.

-Πάρε άλλα δύο για μένα. Η Πέγκυ κάνει νόημα στον σερβιτόρο, σηκώνοντας το άδειο ποτήρι.

-Ρε συ, τι έγινε; Μας έσκασες επαναλαμβάνει ο Θοδωρής.

-Παιδιά δεν ξέρω τι είναι αυτό και δεν ξέρω πώς να σας το εξηγήσω. Ή μάλλον για να είμαι ακριβής, δεν ξέρω πώς να το εξηγήσω γενικότερα, όχι μόνο σε σας, αλλά και σε μένα τον ίδιο.

-Με δικά σου λόγια, παρενέβη η Πέγκυ, προσπαθώντας να ελαφρύνει την ατμόσφαιρα.

-Θυμάστε αυτά που σας έλεγα για τα πειράματα που κάνω;

-Αυτά για τα χάμστερ που είναι από άλλη εποχή; Ρώτησε ο Θοδωρής.

-Ναι, αυτό, συμφώνησε ο Γιάννης. Λοιπόν. Ελέγχοντας όλα τα πειραματόζωα, τα αποτελέσματα ήταν τα ίδια. Προέρχονται από το μέλλον και αν και είναι μπροστά μου στο τραπέζι, ο κβαντικός έλεγχος πιστοποιεί ότι βρίσκονται στις Βρυξέλλες.

-Ναι, αλλά αυτό το ξέρεις ήδη, είπε η Κατερίνα.

-Ναι, αυτό το ήξερα. Αυτό που δεν ήξερα είναι πως κι εγώ δεν είμαι εδώ. -Τι εννοείς, δεν είσαι εδώ; Ρώτησε απορημένη η Πέγκυ.

-Έβαλα τις τρεις Lee να μου κάνουν κι εμένα το πείραμα.

-Δηλαδή πέθανες και ξαναγύρισες όπως τα χάμστερ; Ρώτησε ενθουσιασμένη η Βαρβάρα.

-Ακριβώς, απάντησε ο Γιάννης.

-Και τι είδες; Ξαναρώτησε αυτή, ενώ έβγαζε από την τσάντα ένα μπλοκάκι και ένα μολύβι.

-Ρε Βαρβάρα, τι κάνεις εκεί; Ρώτησε η Κατερίνα τη φίλη της;

-Κρατάω σημειώσεις, τι θες να κάνω; Δεν έχω ξαναμιλήσει με άνθρωπο που έχει πεθάνει και αναστήθηκε. Μπορεί να μου χρησιμεύσει σε κάποιο μυθιστόρημα.

-Δεν έχεις το Θεό σου, ρε Βαρβάρα, την έκοψε ο Θοδωρής εκνευρισμένος. Κι εσύ ρε Γιάννη, πας καλά; Τι κάθεσai και κάνεις χωρίς να μας έχεις ενημερώσει.

-Είπαμε, τα πειράματα είναι άκρως απόρρητα.

-Ναι, είναι, αλλά με τις μαλακίες που κάνεις θα σε βρούμε τούμπανο στο τέλος, αντέτεινε εκνευρισμένος ο Θοδωρής. είμαστε σε μία ξένη χώρα, δεχόμαστε απειλές, ψάχνουμε ίσως την πιο επικίνδυνη υπόθεση στην ανθρώπινη ιστορία κι εσύ βρήκες τώρα να παίξεις το πείραμα των ζόμπι; Κι αν πέθαινες εκεί μέσα εμείς τι θα κάναμε; Πώς θα ξέραμε ότι απλά έφαγες το κεφάλι σου από τις μαλακίες που κάνεις και ότι δεν στο πήραν αυτοί που διευθύνουν αυτή τη συνομωσία που ερευνούμε;

-Κοίτα να δεις. Δέχτηκα να έρθω μαζί σας για να βοηθήσουμε την Κατερίνα, αλλά τα πειράματά μου βρίσκονται σε πολύ κρίσιμο σημείο και αφού μου δόθηκε η ευκαιρία να τα συνεχίσω, θα το κάνω. Ακόμη και στον Άρη να ήμασταν, θα συνέχιζα αν μπορούσα.

Ο σερβιτόρος έφερε τα δύο ποτά. Ο Γιάννης πήρε το ένα ποτήρι και το κατέβασε πάλι μονορούφι.

-Αυτό που είδες, πρέπει να σε επηρέασε πολύ, είπε η Κατερίνα κοιτώντας τον.

-Δε λες τίποτα, είπε αυτός. Έκανε στην άκρη το άδειο ποτήρι. Πήρε το άλλο που είναι ακόμη γεμάτο και ήπιε μια γουλιά. Θα μου δώσεις ένα τσιγάρο; Είπε στη Βαρβάρα.

-Αφού δεν καπνίζεις, του είπε αυτή, ενώ του έδινε το τσιγάρο.

-Με αυτά που βλέπω στο τσακ είμαι να αρχίσω και τα ναρκωτικά, είπε αυτός και άναψε το τσιγάρο. Προσπάθησε να καταπνίξει τον βήχα του και σκούπισε τα δάκρυα που του έφερε ο καπνός.

Λοιπόν, παιδιά, κάτι συμβαίνει και είναι περίεργο και ανεξήγητο. Έκανα το πείραμα, αλλά, Βαρβάρα, θα σε στεναχωρήσω. Πέθανα, αλλά δεν είδα τίποτα ή ούτε θυμάμαι κάτι από εκεί που πήγα. Δεν έμεινα νεκρός όσο άφηνα εγώ τα χάμστερ. Οι τρεις Lee με επανέφεραν πολύ πιο γρήγορα από ό,τι θα έπρεπε. Φοβήθηκαν μήπως τους μείνω.

-Να και κάποιοι άνθρωποι που έχουν συναίσθηση της κατάστασης, είπε ο Θοδωρής εκνευρισμένος.

-Πριν οι τρεις Lee με ρίξουν σε κώμα, συνέχισε απτόητος ο Γιάννης, μου έκανα όλες τις μετρήσεις. Και το σώμα μου, αλλά και όλη η ενέργεια που αυτό παράγει και μπορούμε να τα δούμε με μετρήσεις κβάντων έδειχναν ότι είμαι εδώ στην Ουχάν, στο σήμερα. Μόλις επέστρεψα από το κώμα, ξανακάναμε τις μετρήσεις και έχω τα ίδια αποτελέσματα με τα χάμστερ. Βρίσκομαι στις Βρυξέλλες, κάπου 400 χρόνια μετά.

-Έχει ένα ωραίο αρωματοπωλείο, αφού είσαι εκεί, μπορείς να μου φέρεις κάτι; Η Πέγκυ κοίταξε αυστηρά την Βαρβάρα

- Αρκετά.

-Εντάξει, μου ήπιε το ποτό μου με το έτσι θέλω και θα μου βάλετε και χέρι;

-Θα σου πάρω άλλο ποτό καλή μου, συνέχισε η Πέγκυ, σκάσε τώρα να δούμε τι θα πει ο άνθρωπος.

-Σκάω, είπε η Βαρβάρα κατσουφιασμένη σαν μικρό παιδί και άρχισε να δίνει φιλάκια στη μουσούδα του Μάιλο.

-Τι συμπέρασμα έχεις βγάλει από όλα αυτά; Ρώτησε η Πέγκυ τον Γιάννη.

-Ολικό συμπέρασμα που να εξηγεί την κατάσταση δεν υπάρχει. Θα σας πω αυτά που ξέρω, και αυτά όχι με απόλυτη βεβαιότητα.

Αφού όλα τα πειραματόζωα βγάζουν τα ίδια αποτελέσματα και αφού το ίδιο αποτέλεσμα βγαίνει και όταν κάνουμε το πείραμα με άνθρωπο. Η μόνη λογική εξήγηση που μπορώ να δώσω είναι πως δεν ζει κανείς εδώ. Είναι ένα virtual περιβάλλον το οποίο ελέγχεται, «τρέχει», λειτουργεί, όπως θες πες το στις Βρυξέλλες, 400 χρόνια μετά από τη σημερινή εποχή.

-Κάτι τέτοιο είναι δυνατόν να γίνει;

-Ναι. Θεωρητικά μπορείς να «λυγίσεις» το χρόνο και να μεταφέρεις χωροχρονικά έμψυχα ή άψυχα αντικείμενα. Όμως η ενέργεια που απαιτείται να γίνει κάτι τέτοιο είναι τεράστια, κτηνώδης θα μπορούσα να πω. Το μόνο σίγουρο είναι ότι αυτή η ενέργεια δεν υπάρχει, τουλάχιστον όχι στον δικό μας πλανήτη.

Με λίγα λόγια: η επιστήμη παραδέχεται θεωρητικά πως είναι κάτι που γίνεται. Αλλά μέχρι να γίνει δεν έχουμε απτή απόδειξη γι' αυτά που λέμε.

-Δηλαδή κι εγώ και όλοι μας δεν είμαστε εδώ αυτή τη στιγμή; Ρώτησε η Κατερίνα.

-Σε απλά Ελληνικά, ναι. Και αν αυτό ισχύει, δεν ζούμε την πραγματικότητα, αλλά μία κατασκευασμένη πραγματικότητα, την οποία όμως κατανοούμε ως αληθινή πραγματικότητα.

-Εγώ περίμενα να μας πεις τίποτα πιο εντυπωσιακό. Ξέρω γω, ότι είδες τον Θεό, άλλους νεκρούς. Ότι σου αποκαλύφθηκαν τα μυστικά της λειτουργίας του σύμπαντος. Απογοητεύτηκα, είπε η Βαρβάρα και ήπιε δύο γερές γουλιές από το φρέσκο της ποτό που μόλις της έφερε ο σερβιτόρος.

-Μπορεί και να μου αποκαλύφθηκαν τα μυστικά του σύμπαντος μωρό μου και απλά εγώ δεν τα καταλαβαίνω. Με λίγα λόγια. Συμβαίνει κάτι πολύ μεγάλο και το χειρότερο είναι ότι συμβαίνει μπροστά στα μάτια μας και δεν το έχει πάρει χαμπάρι κανείς.

-Εγώ πάλι δεν καταλαβαίνω γιατί μπορεί να συμβαίνει αυτό, είπε η Πέγκυ, προβληματισμένη.

-Μα αν ήταν τόσο απλό να το καταλάβουμε, λέει η Κατερίνα, θα ήταν οφθαλμοφανές για όλους και δεν θα χρειάζονταν τα πειράματα του Γιάννη για να αποκαλυφθεί.

-Παιδιά, είμαι πραγματικά ταραγμένος. Ανακαλύπτω ότι ο κόσμος που ξέρουμε δεν υπάρχει και μάλιστα με αποδείξεις. Αυτό καλό δεν μπορεί να είναι.

-Δεν μπορείς να ξέρεις αν είναι καλό ή κακό, πρόσθεσε ο Θοδωρής. Σίγουρα είναι περίεργο.

-Εγώ δεν νοιώθω καλά όταν απλά με παρασύρει ένα μικρό

ρεύμα στην θάλασσα. Δεν μπορώ να μην έχω τον έλεγχο των πραγμάτων. Και αυτό το πείραμα μου έδειξε ότι όχι μόνο δεν έχω τον έλεγχο, αλλά δεν είναι καθόλου σίγουρο πως ότι βλέπω ζω και αντιλαμβάνομαι είναι η πραγματικότητα. Είναι στην καλύτερη περίπτωση μία από τις πολλές πραγματικότητες και, στην χειρότερη, δεν είναι τίποτε απολύτως, παρά κάτι σαν πρόγραμμα σε υπολογιστή, σαν όνειρο ή σαν εφιάλτης κι εμείς ζούμε μέσα του νομίζοντας πως αυτή είναι η ζωή μας.

-Σε όποια πραγματικότητα και να βρισκόμαστε πάντως, ο κόσμος συνεχίζει να πεθαίνει από την πανδημία, συμπλήρωσε ο Θοδωρής σκεπτικός, κοιτώντας τον πάτο του ποτηριού του.

-Έχω όμως και καλά νέα. Το USB δούλεψε και αντέγραψε τη διαδρομή της εντολής για την επιδιόρθωση της λάμπας.

Ο Θοδωρής, σήκωσε ενθουσιασμένος τα μάτια από το ποτήρι του. -Έχεις το διπλότυπο της εντολής;

-Ναι, με το πρόγραμμα που μου έδωσες στο USB, κατάφερε να την αντιγράψει στον σκληρό δίσκο.

-Έφερες τον σκληρό;

-Εννοείται. Ο Γιάννης άνοιξε την τσάντα του και έβγαλε το κουτί του σκληρού δίσκου και το έδωσε στον Θοδωρή. Ορίστε, δικό σου.

-Έλα ρε άνθρωπε. Αυτό έπρεπε να το πεις πρώτο. -Γιατί;

Ρώτησε ο Γιάννης.

-Γιατί αυτό είναι η είδηση, απάντησε ενθουσιασμένος ο Θοδωρής.

-Εγώ λέω να ρωτήσουμε την επαγγελματία για το τι είναι είδηση. Λοιπόν Κατερίνα; Ποιο είναι το πρωτοσέλιδο; Ότι όλα αυτά που ζούμε μπορεί να είναι ένα ολόγραμμα ή ότι μέσα στο ολόγραμμα έχει ενσκήψει μία πανδημία, σε ολόγραμμα επίσης αφού ούτε αυτή υπάρχει, κι εγώ βρήκα μάλλον ποιος έδωσε την εντολή για τη δημιουργία της;

-Φυσικά το πρώτο, απάντησε αβίαστα η Κατερίνα.

-Τα βλέπεις, μικρέ χάκερ; Είπε ειρωνικά ο Γιάννης στον Θοδωρή, ακουμπώντας τον δείκτη του στο μηνίγγι του.

-Δεν πα να λες ότι θέλεις. Virtual ξεvirtual, εδώ ζούμε. Οπότε σηκωθείτε να πάμε πίσω στα δωμάτια να ελέγξουμε τη διαδρομή της εντολής μπας και βγάλουμε άκρη.

Η παρέα σηκώθηκε, μπήκαν και οι πέντε, μαζί και ο Μάιλο στο παλιό αυτοκίνητο και εν μέσω καπνών από καμένα λάδια, πήραν το δρόμο της επιστροφής για το ξενοδοχείο.

Είναι νύχτα και κάποιος χτυπάει επίμονα την πόρτα του Γιάννη, φωνάζοντας επανειλημμένα το όνομά του. Ο Γιάννης ξυπνάει, σηκώνεται και πάει νυσταγμένος να ανοίξει την πόρτα. Εκεί βλέπει τον Θοδωρή, ο οποίος στέκεται έχοντας στα χέρια του το laptop του ανοιχτό.

Εκείνη τη στιγμή πίσω από τον Θοδωρή, περνάει μία ημίγυμνη Κινέζα, ντυμένη με δερμάτινα BDSM ρούχα. Δίπλα της στον διάδρομο του ξενοδοχείου περπατάει ένα λυκόσκυλο. Και οι δύο φοράνε φίμωτρο. Μπροστά τους περπατάει ένας σωματώδης Κινέζος, ντυμένος με πανάκριβο κουστούμι. Στα χέρια του έχει δύο λουριά. Με το ένα είναι δεμένο το σκυλί και με το άλλο, επίσης από το λαιμό, είναι δεμένη η γυναίκα. Περπατάνε φυσιολογικά χωρίς να δώσουν σημασία στους δύο εμβρόντητους ξένους.

Ο Θοδωρής, μπαίνει στο δωμάτιο και ο Γιάννης κλείνει γρήγορα την πόρτα πίσω του.

-Βρήκα από πού δόθηκε η εντολή.

-Αλήθεια λες; Τον ρώτησε ενθουσιασμένος αν και νυσταγμένος ακόμη Ο Γιάννης.

-Ναι. Είναι ένας υπολογιστής που βρίσκεται μέσα στα κτίρια των εργαστηρίων.

Οι δύο άντρες κάθονται στον καναπέ και ο Θοδωρής, δείχνει στον Γιάννη αυτά που βρήκε στον υπολογιστή του.

-Ξέρεις τι είναι σε αυτή την πλευρά του κτιρίου; Τον ρωτάει ανυπόμονα. -Ναι, αποθήκες, του απαντάει ο Γιάννης.

-Αποθήκες, αναρωτιέται απογοητευμένος ο Θοδωρής. Πίστευα ότι θα ήταν γραφεία.

-Όχι. Εκεί είναι οι αποθήκες. Είμαι σίγουρος.

-Όπως και να 'χει. Αυτή η κάμερα είναι μέσα στα εργαστήρια και δείχνει ακριβώς το σημείο στο οποίο βρίσκεται η υπολογιστική μονάδα που έδωσε την εντολή για την αντικατάσταση της λάμπας στο εργαστήριο 54.

-Μα το μόνο που βλέπω είναι ένας τοίχος, είπε απορημένος ο Γιάννης. -Πίσω από αυτόν τον τοίχο θα είναι η μονάδα μας.

-Και τι πρέπει να κάνουμε;

-Θα την απαλλοτριώσουμε, απάντησε γελώντας ο Θοδωρής.

-Ωραία. Αλλά πως;

-Είναι απλό. Έχω χακάρει τις κάμερες. Ό,τι και να γίνει, αυτές θα συνεχίσουν να δείχνουν αυτό που βλέπεις τώρα.

-Τον τοίχο;

-Ακριβώς. Τον τοίχο και τίποτε άλλο. Αυτό σημαίνει ότι σηκώνεσαι, ντύνεσαι, παίρνουμε το αυτοκίνητο και πάμε στα εργαστήρια. Μπαίνεις μέσα με την διαπίστευσή σου. Πας εκεί, αφού ξέρεις που είναι. Βρίσκεις τη μονάδα. Το πιθανότερο είναι αυτό που βλέπουμε να είναι ψεύτικος τοίχος. Ή θα υπάρχει κάποιο δωμάτιο από πίσω. Ή ό,τι είναι τέλος πάντων, θα το βρεις. Τώρα, αν είναι μικρή υπολογιστική μονάδα, την βάζεις στην τσάντα σου και φεύγεις, έτσι και αλλιώς δεν σε ελέγχουν πια, σωστά;

-Σωστά.

-Αν είναι μεγάλη, μεταφέρεις όλα τα αρχεία σε αυτόν τον σκληρό πάλι και τα παίρνεις μαζί σου.

-Οκ. Να μην ξυπνήσουμε τους υπόλοιπους;

-Όχι. Δεν υπάρχει λόγος. Δεν μπορεί να σε συνοδέψει άλλος μέσα στις εγκαταστάσεις. Οπότε δεν χρειαζόμαστε άλλον. Εγώ θα οδηγήσω κι εσύ θα ψαχουλέψεις. Πάμε;

Ο Γιάννης σκέφτηκε για μερικά δευτερόλεπτα και ξαφνικά τινάχτηκε από τη θέση του.

-Πάμε λοιπόν.

Τώρα στο δωμάτιο της Βαρβάρας είναι όλη η παρέα αγουροξυπνημένη. Πάνω στο τραπέζι είναι μία περίεργη συσκευή. Μοιάζει λίγο με υπολογιστή από ταινία επιστημονικής φαντασίας. Είναι από τα μηχανήματα που πιστεύεις ότι μπορούν να κλείσουν, να ανοίξουν ή τέλος πάντων να λειτουργήσουν με δική τους βούληση και απόφαση. Αυτό από μόνο του το κάνει αρκετά τρομακτικό.

-Τι έγινε; Γιατί αυτό το εγερτήριο; Ρώτησε η Κατερίνα.

Και πού βρήκατε αυτό το πράγμα και τι είναι; Συνέχισε να βομβαρδίζει με ερωτήσεις τους φίλους της.

Κάθονται όλοι γύρω από το τραπέζι με το μηχάνημα μπροστά τους. είναι 4 το πρωί και όλοι κουτουλάνε από τη νύστα. Ο Θοδωρής που είναι ο μόνος που στέκεται όρθιος παίρνει τον λόγο.

-Αγαπητοί μου φίλοι. Αυτό είναι το μηχάνημα που έδωσε την εντολή να αλλαχθεί η λάμπα στο εργαστήριο 54. Εξ' αυτού συμπεραίνουμε ότι από το ίδιο δόθηκε και η εντολή για την κατασκευή του ιού στο ίδιο εργαστήριο.

-Τι εννοείς, υποθέτουμε; Τον έκοψε η Πέγκυ. Και κυρίως τι εννοείς ότι αυτό είναι το μηχάνημα που έδωσε την εντολή; Κανένα μηχάνημα δεν μπορεί να δίνει εντολές μόνο του, εκτός αν πάρει εντολή από κάποιον άνθρωπο να δώσει εντολή. Ποιος χειρίζεται το μηχάνημα; Και τι στο διάολο είναι αυτό, εν πάσει περιπτώσει;

-Αγαπητοί μου φίλοι. Αυτό που βλέπετε μπροστά σας είναι ένας υπολογιστής ΑΙ.

-Τι είναι ΑΙ; Διέκοψε η Βαρβάρα.

-Αν δεν με διακόπτετε συνέχεια θα σας εξηγήσω, απάντησε ο Θοδωρής. Συγκρατηθείτε παρακαλώ για να μην μας πάρει όλη τη νύχτα.

Λοιπόν, από την ώρα που γυρίσαμε στο ξενοδοχείο προσπαθώ να βρω τον εντολέα για την επισκευή της λάμπας. Τελικά τον βρήκα. Είναι αυτό το μηχάνημα, το οποίο ήταν κρυμμένο σε μία ειδικά διαμορφωμένη κρύπτη σε έναν τοίχο μέσα στις εγκαταστάσεις των εργαστηρίων.

Μέχρι εδώ όλα θα ήταν ας πούμε καλά. Το πρόβλημα είναι ότι αυτή η μονάδα δεν είναι από αυτές που ξέρουμε. Είναι μια ολοκληρωμένη μονάδα artificial intelligence. Δηλαδή είναι ένας υπολογιστής ο οποίος μπορεί να σκεφτεί, να αποφασίσει και να εκτελέσει εντολές οι οποίες είναι δικής του έμπνευσης. Δεν περιμένει δηλαδή από κάποιον χειριστή ή από άλλη υπολογιστική μονάδα να πατήσει κάποιο κουμπί για να του δώσει εντολή. Την δημιουργεί μόνο του, λαμβάνοντας υπόψιν τις παραμέτρους που έχει για να ολοκληρώσει την αποστολή του. Μην με ρωτάτε ποια είναι η αποστολή του, δεν έχω ιδέα. Επίσης η μονάδα αυτή δεν έχει κάποια εμφανή μορφή ενέργειας που την τροφοδοτεί. Δεν έχει πρίζα, ούτε ηλιακά πάνελ. Πώς θα μπορούσε άλλωστε αφού ήταν χωμένη μέσα σε έναν τοίχο, αλλά ούτε και μπαταρία;

Με λίγα λόγια, και για να είμαι πιο σαφής: έχω δει τόσους υπολογιστές, ακόμη και πειραματικούς, όσο λίγοι άνθρωποι σε αυτόν τον πλανήτη. Αλλά ποτέ δεν έχω ξαναδεί ή ακούσει για κάτι τέτοιο.

Κάναμε καταδρομική με τον Γιάννη και το φέραμε εδώ. Δεν θέλω να λέτε πολλά μπροστά σε αυτό, γιατί δεν ξέρουμε αν μας ακούν ή αν μας βλέπουν με τη βοήθειά του. Γι' αυτό τώρα θα προσπαθήσω να το απομονώσω. Δεν ξέρω βέβαια πώς ακριβώς γίνεται αυτό, αφού δεν ξέρω πώς δουλεύει, αλλά θα προσπαθήσω.

Ο Θοδωρής πήρε το αντικείμενο πάνω από το τραπέζι. Έβγαλε από την τσάντα του ένα γυαλιστερό ύφασμα σαν αυτά με τα οποία τυλίγουν τους εγκαυματίες στα νοσοκομεία. Το τύλιξε πολλές φορές, το έβαλε μέσα στην τσάντα του και το πήγε στην τουαλέτα του δωματίου.

Λίγα δευτερόλεπτα αργότερα επέστρεψε.

-Ξέχασες ανοιχτή την βρύση στο μπάνιο, του είπε η Βαρβάρα.

-Δεν την ξέχασα, της απάντησε αυτός. Την άφησα ανοιχτή για να κάνει θόρυβο και να καλύπτει, όσο γίνεται, αυτά που λέμε.

Ο Θοδωρής κάθισε τώρα και αυτός ανάμεσα στους φίλους του που τον κοιτάζουν με αγωνία.

-Μην με ρωτήσετε. Το βλέπω στα μάτια σας ότι θέλετε να με ρωτήσετε, αλλά δεν ξέρω. Δεν ξέρω ούτε ποιος το έβαλε εκεί, αλλά ούτε καν πως δουλεύει. Προσπάθησα να «επικοινωνήσω» μαζί του, αλλά δεν βρήκα κάποιον από τους συνηθισμένους τρόπους.

Είναι μία μονάδα που λειτουργεί με πλάσμα, μάλλον. Δεν έχει υποδοχές για USB, δεν έχει καλώδια. Είναι μονοκόμματο σαν γρανίτης. Δοκίμασα τα πάντα. Όλες τις ασύρματες επικοινωνίες που έχω στη διάθεσή μου. Έτσι έκανα μια απελπισμένη προσπάθεια. Άνοιξα την εφαρμογή αντιραντάρ που έχω στο κινητό μου.

Μην ανησυχείς, πήρα το αυτοκίνητο και πήγα αρκετά μακριά για να ανοίξω το κινητό μου, είπε απολογητικά προς την Κατερίνα.

-Έχεις πρόγραμμα αντιραντάρ στο κινητό σου; Ρώτησε η Κατερίνα εντυπωσιασμένη.

-Όταν λέμε πρόγραμμα αντιραντάρ, είναι για την τροχαία, δεν είναι για τα ραντάρ που πιάνουν υποβρύχια. Δεν είμαι ο Πράκτωρ 007, αν και έχω γίνει τις τελευταίες μέρες μαζί σου.

-Μην στεναχωριέστε βρε, πρόσθεσε η Κατερίνα για να εμψυχώσει την παρέα. Μετά από χρόνια, όταν βγούμε στη σύνταξη, θα καθόμαστε γύρω από το τζάκι, θα τα θυμόμαστε και θα γελάμε.

-Αν ζούμε, πρόσθεσε πικρόχολα η Πέγκυ.

-Στο θέμα μας, συνέχισε ο Θοδωρής. Το μόνο που κατάφερα είναι να βρω μία τοποθεσία.

-Δηλαδή, επικοινώνησες με την συσκευή; Ρώτησε

ενθουσιασμένη η Κατερίνα.

-Ξέρω γω; Μάλλον. Δεν έλαβα και mail επιβεβαίωσης, αλλά έτσι νομίζω. -Και τι σημαίνει η τοποθεσία που βρήκες; Ρώτησε η Πέγκυ.

-Ειλικρινά δεν έχω ιδέα, απάντησε ο Θοδωρής. Όπως επίσης δεν μπορώ να επιβεβαιώσω ότι η διεύθυνση που βρήκα προέρχεται από αυτή τη συσκευή. Σας είπα. Είναι τόσο προχωρημένη συσκευή artificial intelligence που δεν έχω καταλάβει ούτε καν από πού παίρνει ενέργεια. Δεν ξέρω αν είναι ανοιχτή. Δεν ξέρω αν κάποιος μπορεί να μας παρακολουθήσει μέσω αυτής. Το μόνο που ξέρω, είναι ότι μόλις άνοιξα τη συσκευή αντιραντάρ στο κινητό, αυτή συνδέθηκε αυτόματα, εγώ δεν έκανα τίποτα και το GPS και μου έβγαλε ένα γραφείο του πρώτου ορόφου στο Μουσείο Πολεμικής Ιστορίας του Βλαδιβοστόκ.

-Του ποιου; Πετάχτηκε η Βαρβάρα, σαν να την χτύπησε ρεύμα. -Του Βλαδιβοστόκ, επανέλαβε ο Θοδωρής.

-Της Ρωσίας; Ξαναρώτησε η Βαρβάρα.

-Όχι, των Άνω Πετραλώνων, απάντησε ειρωνικά ο Θοδωρής. -Έχει Βλαδιβοστόκ, στα Άνω Πετράλωνα;

-Ναι, μία κάβα που λέγεται Βλαδιβοστόκ και ειδικεύεται στις βότκες, τρολάρισε η Κατερίνα.

-Αλήθεια, να πάμε για να...

-Ρε συ Βαρβάρα, επιτέλους, τη διέκοψε ο Γιάννης. Σοβαρέψου ρε κορίτσι μου. -Καλά, κι εγώ δεν ξαναμιλάω. Θα κάτσω και θα μιλάω μόνο στον Μάιλο. Έτσι

δεν είναι αγόρι μου;

Ένας απίστευτα εκκωφαντικός θόρυβος έσκισε την ησυχία του δωματίου. 15 δευτερόλεπτα μετά από αυτό, η Βαρβάρα δεν μπορεί να δει τίποτα γύρω της. Κρατάει σφιχτά πάνω της τον Μάιλο, ενστικτωδώς. Γύρω της είναι σα να περνάει τυφώνας. Έχει σκοτεινιάσει. Τα φώτα έχουν σβήσει. Την χτυπάνε στο πρόσωπο και σε όλο της το σώμα αντικείμενα. Ο θόρυβος συνοδεύτηκε και από ένα ρούφηγμα. Κάτι σα να άδειασε σε κλάσματα δευτερολέπτων όλο τον αέρα από το δωμάτιο. Η Βαρβάρα προσπαθεί να αναπνεύσει και να καταλάβει, τι ακριβώς έχει συμβεί. Κοιτάζει γύρω της, όσο της επιτρέπουν να ανοίγει τα μάτια της τα ιπτάμενα συντρίμμια που τη χτυπούν με μανία από όλες τις κατευθύνσεις. Δεν βλέπει τίποτα, ούτε τους φίλους της, ούτε καν το ίδιο το δωμάτιο μέσα στο οποίο βρίσκεται. Αρχίζει να φωνάζει σαν τρελή τα ονόματά της. Ξέρει ότι ουρλιάζει, αφού το κορμί της δονείται από την ίδια της τη φωνή, όπως ένα ηχείο δονείται από τον ήχο που το ίδιο αναπαράγει. Και όμως. Το σφύριγμα που έχει κατακλύσει τα αυτιά της είναι πιο δυνατό από τη φωνή της.

Σιγά σιγά ο αέρας επανέρχεται και η Βαρβάρα αναπνέει

όσο πιο βαθιά μπορεί. Είναι πραγματικά περίεργο πως αντιλαμβανόμαστε όλα αυτά που θεωρούμε φυσιολογικά, όπως τον αέρα που αναπνέουμε μόνο όταν πάψουν να υπάρχουν. Σιγά σιγά το οπτικό της πεδίο διευρύνεται, αφού σκόνη κατακάθεται. Ουρλιαχτά ακούγονται από παντού και συναγερμοί που χτυπούν λυσσασμένα, αλλά η Βαρβάρα δεν ακούει τίποτα. Ο Μάιλο έχει κουρνιάσει στην αγκαλιά της προσπαθώντας να κρυφτεί και αυτός από την καταστροφή.

Τώρα η Βαρβάρα βλέπει ότι είναι μόνη της μέσα στο δωμάτιο, όπου πριν από λίγο καθόταν μαζί με τους φίλους της. Το μόνο που υπάρχει είναι αυτή, ο Μάιλο στην αγκαλιά της και ο καναπές στον οποίο κάθεται. Δεν υπάρχουν οι φίλοι της, τα έπιπλα, αλλά ούτε και μεσοτοιχίες. Μπορεί να δει ότι τα πέντε διπλανά δωμάτια έχουν ισοπεδωθεί. Γυναίκες γυμνές μέσα στα αίματα τρέχουν ανάμεσα στα χαλάσματα, χωρίς να ξέρουν ακριβώς που πάνε. Δύο άντρες που μοιάζουν νεκροί είναι πεσμένοι στο πάτωμα του διπλανού δωματίου ανάμεσα στα χαλάσματα.

Ξαφνικά κάποιος τη σηκώνει στον αέρα, μαζί με τον Μάιλο. Είναι ο ένας από τους δύο παλαιστές Σούμο. Ο τεράστιος Κινέζος κλωτσάει και ρίχνει στο πέρασμά του, τα πάντα. Πόρτες, κασώματα, μισογκρεμισμένους τοίχους. Κατεβαίνει τις σκάλες με την Βαρβάρα στην αγκαλιά του και τον Μάιλο στη δική της. Βγαίνουν στον δρόμο. Από εκεί η Βαρβάρα μπορεί να δει το μέγεθος της καταστροφής. Ο όροφος στον οποίο ήταν τα δωμάτιά τους έχει καταστραφεί εντελώς. Φωτιές πετάγονται από παντού. Μία πυροσβεστική στρίβει στη γωνία με ταχύτητα και σταματάει μπροστά από το μισογκρεμισμένο ξενοδοχείο.

Ένα λυκόσκυλο με φίμωτρο που τόση ώρα κατούραγε τη ρόδα ενός αυτοκινήτου, τρομάζει από τις σειρήνες τις πυροσβεστικής και φεύγει.

Το επόμενο πράγμα που είδε η Βαρβάρα, είναι τα πρόσωπα των φίλων της. Τώρα βρίσκονται και οι πέντε στρυμωγμένοι στην κλειστή καρότσα του τρίκυκλου, το οποίο ξεκινάει με ταχύτητα.

Ο Κινέζος οδηγεί σαν τρελός ανάμεσα στον κόσμο που έχει μαζευτεί και χαζεύει τη φωτιά, τα συντρίμμια που πέφτουν από ψηλά και τις πυροσβεστικές που έρχονται η μία μετά την άλλη.

Η Βαρβάρα βλέπει με ανακούφιση ότι οι φίλοι της είναι καλά. Τα ρούχα όλων είναι σκισμένα και καψαλισμένα και όλοι έχουν την ίδια έκφραση έκπληξης και τρόμου ζωγραφισμένη στα πρόσωπά τους.

Τους μιλάει αλλά δεν ακούνε. Και η ίδια εξακολουθεί να μην ακούει τη φωνή της. Και οι υπόλοιποι μιλάνε και ρωτούν ο ένας τον άλλον γεμάτοι ανησυχία, αν είναι καλά και αν έχουν χτυπήσει. Αλλά δεν μπορούν να συνεννοηθούν.

Ξαφνικά οι πέντε φίλοι και ο Μάιλο βρίσκονται πεσμένοι με τον Γιάννη, τον Θοδωρή και την Πέγκυ στο μικρό πάτωμα της καρότσα με την Βαρβάρα και την Κάθριν πάνω στους φίλους τους με τον Μάιλο να στέκεται στην πλάτη της Βαρβάρας. Πρώτα ακούστηκε ήχος σύγκρουσης, που οι κουφοί προς ώρας φίλοι δεν αντελήφθησαν. Ένοιωσαν όμως το τρίκυκλο να εκτρέπεται τις πορείας του, λόγω της σύγκρουσης. Για μερικά δευτερόλεπτα το μικρό και πολύ φορτωμένο τρίκυκλο πήρε μεγάλη δεξιά κλίση. Οι φίλοι στην καρότσα ουρλιάζουν φοβισμένοι ότι θα τουμπάρουν. Το τρίκυκλο ξανακάθεται στις ρόδες του για μετά κλάσματα του δευτερολέπτου και αμέσως παίρνει αριστερή κλίση. Αυτό επαναλαμβάνεται αρκετές φορές και δείχνει τον αγώνα που κάνει ο οδηγός, στρίβοντας απότομα μία δεξιά και μία αριστερά του τιμόνι, για να μην τουμπάρουν.

Ο Γιάννης καταφέρνει να σηκωθεί όρθιος πατώντας πάνω στους άλλους και στηριζόμενος στο εσωτερικό της καρότσας. Κοιτάζει πάνω από την πόρτα προς τα πίσω, ενώ πασχίζει να παραμείνει όρθιος μέσα στην καρότσα του τρίκυκλου που πάει σαν βάρκα σε τρικυμία.

-Μας κυνηγάνε, ουρλιάζει ο Γιάννης προς τους φίλους του.

-Ποιοι μας τραγουδάνε; Φωνάζει η Κατερίνα που δεν ακούει

όπως όλοι.

-Ένα μαύρο αυτοκίνητο, με τέσσερις τύπους μέσα. Λέει ο Γιάννης και τώρα γουρλώνει τα μάτια. Έχουν όπλα, θα μας ρίξουν. Καλυφθείτε! Φωνάζει και ξαπλώνει προστατευτικά πάνω στους υπόλοιπους.

ΚΕΦΑΛΑΙΟ 7ο
Καλυφθείτε

Σπίθες από σφαίρες που γαζώνουν την καρότσα πετάγονται προς όλες τις κατευθύνσεις κάνοντας το σκοτάδι της καρότσας φωτεινό. Το τρίκυκλο επιταχύνει σε μία τρελή πορεία. Χτυπάει στις γωνίες, καβαλάει κράσπεδα. Οι πέντε φίλοι χτυπιούνται σαν παγάκια σε σέικερ. Όλοι ουρλιάζουν και ο Μάιλο κλαίει φοβισμένος.

Ο ήχος από τους πυροβολισμούς και τις μικροσυγκρούσεις του τρίκυκλου με κάδους σκουπιδιών και θάμνους είναι εκκωφαντικός, αν η παρέα άκουγε. Επίσης, αν η παρέα άκουγε, θα μπορούσε να διακρίνει τον μεταλλικό ήχο της χειροβομβίδας που κυλάει στην άσφαλτο με γκελ. Αφέθηκε από το παράθυρο του συνοδηγού του τρίκυκλου. Χτύπησε στην άσφαλτο, αναπήδησε, χτύπησε τα πλαϊνά της καρότσας και μετά κατέληξε πάλι στην άσφαλτο, κυλώντας πίσω από το τρίκυκλο παρασυρμένη από την αδράνεια της ταχύτητας. Που παρόλα αυτά και αφού οι χειροβομβίδες δεν έχουν μοτέρ και ρόδες, δεν μπόρεσε να αποφύγει την απομάκρυνση του τρικύκλου, του οποίου το γκάζι είχε γίνει ένα με το πάτωμα, κάτω από την πίεση του 47 νούμερου παπουτσιού του μεγαλόσωμου οδηγού.

Στα 7 δευτερόλεπτα, η χειροβομβίδα έκανε αυτό ακριβώς το οποίο είναι κατασκευασμένη να κάνει: έσκασε σε πολλά μικρά κομμάτια. Κι επειδή την ώρα που έσκαγε περνούσε από πάνω της το αυτοκίνητο που ακολουθεί το τρίκυκλο, τα θραύσματα τρύπησαν το πάτωμα του αυτοκινήτου, γεμίζοντας καυτό μέταλλο τα σώματα των επιβαινόντων. Ως απόρροια της οδύνης και του πόνου του οδηγού, το μεγάλο μαύρο αυτοκίνητο με τα φιμέ τζάμια κατέληξε αφρενάριστο σε παρακείμενο τοίχο. Η μετωπική σύγκρουση του αυτοκινήτου με τον τοίχο, άφησε ολικά κατεστραμμένο το αυτοκίνητο. Σε αυτές τις περιπτώσεις πάντα κερδίζει ο τοίχος. Οι τέσσερις επιβάτες έγιναν σχεδόν ένα, αφού η σύγκρουση ήταν σφοδρότατη. Η φωτιά που έπιασε αμέσως, μαζί με τα πυρομαχικά που υπήρχαν στο πόρτ παγκάζ είναι η εγγύηση για έναν βασανιστικό θάνατο, μέχρι να γίνει η έκρηξη. Οι εκρήξεις είναι πάντα βιαστικές. Δεν σου αφήνουν το περιθώριο ούτε να στεναχωρηθείς για την κατάστασή σου και τον επερχόμενο θάνατό σου. Δεν σου δίνουν το περιθώριο ούτε καν να πονέσεις, αν και τα θραύσματα και τα αποσυμπιεσμένα αέρια διαλύουν σάρκες, ρούχα και ιστούς. Αλλά έτσι είναι η έκρηξη, πάντα βιαστική, πάντα σαν κάποιος να την κυνηγάει. Ενώ η φωτιά φουντώνει μπροστά σου. Σε τσουρουφλίζει και μετά αρχίζει να σε γλείφει αργά και βασανιστικά. Και όσο βλέπει τον τρόμο στα μάτια σου, τόσο ερεθίζεται και φουντώνει.

Μετά από μισής ώρας ράλι μέσα στα στενά της Ουχάν, το τρίκυκλο σταματάει απότομα. Η πόρτα της καρότσας ανοίγει και εμφανίζονται χαμογελαστοί οι δύο τεράστιοι Κινέζοι. Βοηθούν τους σοκαρισμένους επιβάτες να αποβιβαστούν και τους οδηγούν σε μία μικρή πόρτα η οποία βρίσκεται σε ένα μικρό στενό.

Η παρέα ακολουθεί τους Κινέζους και περνάει από την πόρτα που σε μία μεγάλη κουζίνα εστιατορίου. Το προσωπικό δουλεύει πυρετωδώς ετοιμάζοντας πιάτα και κανείς δεν δίνει σημασία στους δύο τεράστιους κινέζους και στους ξένους με τα κουρελιασμένα ρούχα και τα μπαρουτοκαπνισμένα πρόσωπα.

Βγαίνοντας από την κουζίνα, η παρέα κατευθύνεται τώρα σε έναν μεγάλο μισοσκότεινο διάδρομο ο οποίος έχει πολλές πόρτες, όλες ίδιες.

Ο ένας από τους δύο Κινέζους ανοίγει μία πόρτα και κάνει νόημα στην παρέα να περάσουν.

Τώρα βρίσκονται σε ένα επίσης μισοσκότεινο δωμάτιο με

ένα χαμηλό τραπέζι και γύρω από αυτό υπάρχουν κρεβάτια. Η παρέα κάθεται στα κρεβάτια. Η πόρτα πίσω τους κλείνει. Αμέσως πέφτουν ο ένας στην αγκαλιά του άλλου συγκινημένοι που είναι ζωντανοί.

Ο Γιάννης χτυπάει τα δάχτυλά του κοντά στα αυτιά του για να διαπιστώσει αν επανήλθε η ακοή του.

-Με ακούτε; Φωνάζει αβέβαια στους υπόλοιπους. -Κάτι λίγο, απαντάει η Βαρβάρα.

-Στο βάθος, του λέει η Πέγκυ.

-Είστε όλοι καλά; Φωνάζει η Κατερίνα. Χρειάζεται κανείς γιατρό, νοσοκομείο; Όλοι γνέφουν αρνητικά.

-Κατάλαβε κανείς τι έγινε; Ρωτάει η Πέγκυ.

-Έκρηξη και μάλιστα μεγάλη, απαντάει ο Θοδωρής. -Από τι; Ξαναρωτάει η Πέγκυ;

-Μπορεί να ήταν οτιδήποτε, της απαντάει ο Θοδωρής. Αλλά εγώ είμαι σίγουρος ότι ήταν για μας.

-Καλά, ρε Θοδωρή. Μέχρι και ο Μάιλο κατάλαβε ότι ήταν για μας. Αλλιώς γιατί μας κυνηγούσαν και μας έριχναν μετά την έκρηξη;

-Και το θέμα είναι, ποιοι μας κυνηγούσαν και γιατί; Συνέχισε τον συλλογισμό της Πέγκυ η Κατερίνα.

-Καλά, δεν θέλει και μεγάλη φαντασία, απάντησε και στις δύο ο Γιάννης. Το ρεπορτάζ σου προφανώς είναι στην σωστή κατεύθυνση μανάρι μου, συνέχισε απευθυνόμενος στην Κατερίνα.

-Αν ζήσεις να το ολοκληρώσεις, πρόσθεσε η Πέγκυ.

-Είναι προφανές ότι κάποιοι ενοχλήθηκαν, μονολόγησε η Κατερίνα.

-Ενοχλήθηκαν; Πολύ κομψά το θέτεις Κατερίνα, της είπε ο Θοδωρής. Πίσω μας αφήσαμε κατεστραμμένο ένα ολόκληρο οικοδομικό τετράγωνο και ένα διαλυμένο αυτοκίνητο και ίσως τέσσερις νεκρούς. Δεν το λες απλή ενόχληση.

-Για να μην πούμε πόσες σφαίρες μας έριξαν μέχρι να σκάσουν στον τοίχο. -Ποιοι ήταν αυτοί; Ρώτησε η Βαρβάρα. Και γιατί μας κυνηγούσαν;

-Η επιτροπή υποδοχής της Κίνας. Και μας κυνηγούσαν για να μας δώσουν το κλειδί της πόλης που πάμε και χώνουμε τις μύτες μας στις δουλειές τους, της απάντησε ο Γιάννης, ενώ ταυτόχρονα πάλευε να βγάλει ένα κάρβουνο από τα μαλλιά του, πριν καταλάβει ότι τελικά ήταν απλά μία δική του τούφα καρβουνιασμένη.

-Χάσαμε και όλα μας τα πράγματα, παραπονέθηκε η Πέγκυ.

-Ρε συ Θοδωρή, πετάχτηκε αλαφιασμένος ο Γιάννης. Αυτό

το ακαθορίστου προέλευσης και λειτουργίας μηχάνημα που πήραμε από το Κέντρο Ερευνών;

Ο Θοδωρής έβαλε το χέρι του μέσα από τα καρβουνιασμένα ρούχα και το ακούμπησε πάνω στο τραπέζι.

-Έχουν γνώση οι φύλακες.

-Καλά, κρύφ' το τώρα γιατί η πόρτα είναι ξεκλείδωτη και δεν ξέρουμε ποιος μπορεί να μπει μέσα, συμβούλεψε η Πέγκυ.

Ο Θοδωρής πήρε το περίεργο μηχάνημα και το έκρυψε κάτω από το μαξιλάρι του κρεβατιού.

-Καλά, όταν έγινε η έκρηξη, εγώ βρισκόμουν στο δωμάτιο. Εσείς τι γίνατε; Ρώτησε η Βαρβάρα.

-Εγώ βρέθηκα ανάμεσα σε κάτι άπλυτα σεντόνια και αμέσως με βούτηξε το βουνό και με πήγε σηκωτό στο τρίκυκλο, είπε ο Γιάννης.

-Εγώ βρέθηκα σε ένα άλλο δωμάτιο, δεν ξέρω αν ήταν πιο πάνω ή πιο κάτω σε σχέση με αυτό που καθόμασταν. Κι εμένα με σβέρκωσε ο Κινέζος και πριν καταλάβω τι γίνεται, βρέθηκα στην καρότσα του τρίκυκλου, είπε ο Θοδωρής.

-Εγώ βρέθηκα πάνω σε έναν γυμνό ιδρωμένο Κινέζο, ο οποίος δεν ξέρω αν είχε τραυματιστεί ή αν απλά φοβήθηκε, αλλά ούρλιαζε σαν γουρούνι μέσα στο αυτί μου. Δεν ξέρω αν το σφύριγμα που ακούω ακόμη ήταν από τις φωνές του ή από την έκρηξη. Ευτυχώς με πήρε κι εμένα το βουνό που λέει και ο Γιάννης, πριν προλάβω να κάνω εμετό από τη σιχαμάρα μου. Χρειάζομαι όμως επειγόντως ένα μπάνιο, συμπλήρωσε η Πέγκυ.

-Όλοι θέλουμε μπάνιο και ρούχα. Κι εμένα ο ένας από τους Κινέζους με βούτηξε δίπλα από το ασανσέρ όπου βρέθηκα λόγω της έκρηξης και με έβγαλε έξω. Τελικά ποιοι είναι αυτοί; Ρώτησε η Κατερίνα.

-Δεν ξέρω, είπε ο Γιάννης. Όσο με κουβαλούσε προς το τρίκυκλο τον ρώτησα αν ξέρει αγγλικά, μου έγνεψε όχι. Άρα με αυτούς δεν πρόκειται να συνεννοηθούμε, εκτός αν εμφανιστούν τίποτε άλλοι, πιο επικοινωνιακοί.

-Εκτός και αν μας καθαρίσουν αυτοί στο τέλος, είπε ο Θοδωρής, ανήσυχος.

-Γιατί να μας καθαρίσουν; Αυτοί μας βοήθησαν, τους υπερασπίστηκε η Βαρβάρα.

-Γιατί ρε Βαρβάρα, τους ήξερες και από χτες; Αντέτεινε ο Θοδωρής. Μπορεί να είναι πράκτορες της Κινεζικής κυβέρνησης ή ότι άλλο μπορείς να φανταστείς.

-Βλέπεις, η περιπέτεια στην οποία μας έβαλε η φίλη μας η Κατερίνα είναι παγκοσμίου κλάσεως, λες και παίζουμε σε ταινία με πράκτορες, είπε η Πέγκυ.

-Καλό θα είναι να έχουμε το νου μας. Να τους προσέχουμε. Έχει δίκιο ο Θοδωρής. Οι τύποι δεν είναι φίλοι μας. Ένας θεός ξέρει τι μπορεί να είναι.

-Όταν λες να έχουμε το νου μας; Τι εννοείς; Ρώτησε ο Γιάννης και απάντησε μόνος του στην ερώτηση που έθεσε. Και να θέλουν να μας κάνουν κακό, δεν μπορούμε να τους εμποδίσουμε.

-Πώς να τους εμποδίσουμε; Συμφώνησε και ο Θοδωρής. Αυτοί ζυγίζουν 200 κιλά ο καθένας. Θα μας λιώσουν σαν μυρμήγκια αν το θελήσουν.

-Τι άντρες είστε εσείς; Ρώτησε με απαξίωση η Βαρβάρα.

-Πάντως σίγουρα δεν είμαστε ο Ζαμπίδης, ούτε οι πρωταγωνιστές στα μυθιστορήματά σου που τους δέρνουν όλους.

Εκείνη τη στιγμή άνοιξε η πόρτα. Μπήκε ο ένας από τους δύο σωματώδεις Κινέζους. Είναι θανάσιμα σοβαρός και στο χέρι κρατάει ένα μεγάλο σακ βουαγιάζ, που όμως σε σύγκριση με το τεράστιο χέρι του, είναι σαν γυναικείο τσαντάκι. Το ακουμπάει στο πάτωμα, χαμογελάει πλατιά για ένα δευτερόλεπτο ακριβώς. Και αμέσως σοβαρεύει και πάλι. Κάνει δύο βήματα και ανοίγει την άλλη πόρτα του δωματίου και την αφήνει ανοιχτή. Γυρίζει και φεύγει, χωρίς να πει κουβέντα και κλείνει την πόρτα πίσω του.

Η Βαρβάρα σηκώνεται και πάει στην ανοιχτή πόρτα. Κάνει ένα βήμα και αναφωνεί γεμάτη χαρά.

-Παιδιά εδώ έχει μπάνιο.

-Κι εδώ έχει ρούχα για όλους, συμπληρώνει ο Γιάννης που ήδη έχει ανοίξει και ψαχουλεύει το σακ βουαγιάζ.

-Εγώ πρώτη, εγώ πρώτη, μαζί με τον Μάιλο. Πάμε Μάιλο.

-Ρε παιδιά, όταν άνοιξε η πόρτα δεν σας ήρθε μια περίεργη μυρωδιά; Ρώτησε η Κατερίνα, ενώ η Βαρβάρα με τον Μάιλο εξαφανίζονται πίσω από την πόρτα του μπάνιου.

-Μάλλον φούντα, είπε ο Θοδωρής.

-Μάλλον όπιο, συμπλήρωσε ο Γιάννης. Στην Κίνα είμαστε και όχι στην Μανωλάδα.

Ξέσπασαν σε γέλια όλοι μαζί. Αυτό το γέλιο τους έκανε καλό, ξέφυγαν λίγο από το σοκ της έκρηξης και των πυροβολισμών.

-Μάλλον είμαστε στα πίσω δωμάτια κάποιου τεκέ, συμπλήρωσε η Κατερίνα.

-Η αλήθεια είναι πως η επιλογή είναι πολύ καλή αν θέλεις να κρύψεις κάποιον.

-Όπως και να 'χει, πρέπει να δούμε τι κάνουμε από 'δω και πέρα, πήρε τον λόγο και πάλι η Κατερίνα. Που είπες ότι πρέπει να πάμε;

-Στο Βλαδιβοστόκ αδέρφια μου. Στο Βλαδιβοστόκ, αναφώνησε γελώντας ο Θοδωρής.

-Μάλιστα, απάντησε σκεπτική η Κατερίνα. Και πως θα πάμε εκεί;

-Έλα ντε, αναρωτήθηκε φωναχτά και η Πέγκυ. Μην ξεχνάτε ότι εδώ οι χώρες είναι τεράστιες και οι αποστάσεις αχανείς. Το Βλαδιβοστόκ πρέπει να απέχει χιλιάδες χιλιόμετρα από την Ουχάν.

-Νομίζω ότι δεν έχουμε άλλη επιλογή από το εμπιστευτούμε τους δύο Κινέζους. Εξάλλου δεν ξέρουμε και κάποιον άλλον εδώ.

-Και ο Τζέι μετά από αυτό που έγινε αποκλείεται να εμφανιστεί, είπε η Κατερίνα.

-Καλά. Θα προσπαθήσω να επικοινωνήσω μαζί τους, όταν έρθουν, αν έρθουν και δεν μας στείλουν κανέναν άλλον.

Εκείνη τη στιγμή βγαίνει από το μπάνιο η Βαρβάρα, τυλιγμένη με μια πετσέτα και από πίσω της ο Μάιλο.

-Ξέχασα να πάρω ρούχα, είπε ενώ κατευθύνεται προς το σακ βουαγιάζ. -Έλα ρε, τι πρωτότυπο, είπε ειρωνικά η Πέγκυ.

Εκείνη τη στιγμή ο Μάιλο τινάζει από πάνω του τα νερά του μπάνιου και τους κάνει όλους μούσκεμα.

-Αμάν ρε Βαρβάρα, δεν το σκούπισες το σκυλί; Είπε η

Κατερίνα. -Ποτέ δεν σκούπιζα τον Μάιλο, τόσα χρόνια που τον έχω.

-Ρε συ, ξεκόλλα, δεν είναι αυτός ο Μάιλο, της απάντησε η Κατερίνα.

-Καλά τραγούδα εσύ. Λες και δεν μπορώ να αναγνωρίσω το σκυλί μου. Όσο για τα νερά, δεν πάθατε τίποτα, νεράκι είναι. Εξάλλου τα ρούχα που φοράτε είναι για πέταμα.

Έλα ρε πούστη μου, τι είναι αυτά; Είπε απογοητευμένη η Βαρβάρα, βλέποντας τα ρούχα στο σακ βουαγιάζ.

-Τι έπαθες τώρα; Τη ρώτησε ο Θοδωρής.

-Τι να πάθω. Δεν βλέπεις. Τα ίδια ρούχα για όλους. Τζιν παντελόνι, άσπρο κοντομάνικο και ίσια παπούτσια.

-Και τι πρόβλημα έχεις εσύ την ξαναρώτησε ο Θοδωρής.

-Θα είμαστε ντυμένοι όλοι πανομοιότυπα, λες και το σκάσαμε από το ίδρυμα. Κι εγώ που νόμιζα ότι ο Μάο έχει πεθάνει, κατέληξε με μία έκφραση απογοήτευσης.

-Έχει όντως πεθάνει, συμπλήρωσε η Κατερίνα.

-Ναι, αλλά η αισθητική του ζει και βασιλεύει, πέταξε η Βαρβάρα, ενώ πάει πάλι προς το μπάνιο με τα ρούχα στα χέρια για να ντυθεί.

-Αισθητική Μάο, το τζιν παντελόνι; Αναρωτήθηκε δυνατά

ο Γιάννης.

-Η Βαρβάρα έχει τη δική της οπτική γωνία για τα πάντα, είπε γελώντας ο Θοδωρής.

-Λίγο διεστραμμένη οπτική γωνία, συμπλήρωσε η Πέγκυ.

-Την οποία διαβάζουν χιλιάδες αναγνώστες της, είπε η Κατερίνα. Και να φανταστείς ότι εγώ της έγραφα τις εργασίες στα φιλολογικά και αυτή έγινε συγγραφέας.

-Αυτό είναι που λένε, πως αν θέλεις κάτι πολύ, όλο το σύμπαν θα συνωμοτήσει μαζί σου για να γίνει, είπε η Πέγκυ.

-Έτοιμη, πως σας φαίνομαι; Είπε η Βαρβάρα που τώρα βγήκε από το μπάνιο ντυμένη.

-Σαν τον Τζειμς Ντιν με μακριά μαλλιά, είπε γελώντας η Πέγκυ.

Η Βαρβάρα άνοιξε την πόρτα του δωματίου προς έκπληξη όλων. Η Πέγκυ σηκώθηκε όρθια ταραγμένη και τη ρώτησε.

-Βαρβάρα, πού πας παιδί μου; -Έξω, μία βόλτα να πάρω αέρα.

-Έχεις καταλάβει ότι δεν είμαστε διακοπές; Την ξαναρώτησε αυστηρά η Πέγκυ. Κάποιοι μας κυνηγούσαν πριν λίγο.

-Το εντελώς αντίθετο θα έλεγα, πρόσθεσε σκωπτικά ο Θοδωρής.

-Και μόνο αν ήμαστε διακοπές, επιτρέπεται να βγούμε έξω; Εντάξει, δεν είμαστε διακοπές, έχουμε έρθει για δουλειά. Βλέπετε να κάνουμε κάποια συγκεκριμένη δουλειά τώρα; Εξάλλου ο Μάιλο πρέπει να κάνει την ανάγκη του.

-Βαρβάρα, γλυκιά μου, μπορεί να μην σε αφήσουν να βγεις έξω, προσπάθησε να την καλοπιάσει η Κατερίνα.

-Ποιος δεν θα με αφήσει να βγω; Απάντησε αυτή με αποφασιστικότητα.

-Αφού το ξέρεις, είπε ο Γιάννης προς την Κατερίνα, ό,τι και να της πεις, δεν πρόκειται να τα βγάλεις πέρα μαζί της. Αυτή στο τέλος θα κάνει αυτό που θέλει. Άντε Βαρβάρα μου, βγάλε τον Μάιλο έξω, μην αργήσεις. Και να προσέχεις.

ΚΕΦΑΛΑΙΟ 8ο

Στο Οπιοποτείο

Δύο ώρες μετά, όλοι οι φίλοι έχουν κάνει μπάνιο, αλλά η Βαρβάρα δεν έχει εμφανιστεί. Είναι όλοι τους ανήσυχοι, αλλά δεν ξέρουν και αν πρέπει να βγουν. Και αν βγουν, αν τους αφήσουν να βγουν, πού θα την βρουν; Όταν ξαφνικά η πόρτα ανοίγει και εμφανίζεται η Βαρβάρα. Κρατάει τον Μάιλο στην αγκαλιά της και δείχνει πολύ χαρούμενη.

-Μας κοψοχόλιασες πάλι, το ξέρεις έτσι; την έπιασε από τα μούτρα με αυστηρότητα η Πέγκυ.

Η Βαρβάρα χωρίς να της απαντήσει, κάθεται στον καναπέ και τους κοιτάζει με ένα απλανές χαμόγελο.

-Είσαι καλά; Την ρωτάει ανήσυχη η Κατερίνα.

-Είμαι τέλεια. Ή μάλλον για να ακριβολογώ, είμαι στην καλύτερη στιγμή της ζωής μου.

Εκείνη τη στιγμή ο Μάιλο φεύγει από την αγκαλιά της Βαρβάρας και με έναν περίεργο και λίγο παραλυμένο τρόπο, το σκυλί σωριάζεται φαρδύ πλατύ στο πάτωμα.

-Τι έχει το σκυλί; Ρωτάει ο Θοδωρής. -Τίποτα, θα του περάσει.

Η παρέα την κοιτάζει καχύποπτη.

-Πού ήσουν; Τι ρώτησε ο Γιάννης, ανήσυχος. -Είναι μεγάλη ιστορία.

-Δεν έχουμε κάτι καλύτερο να κάνουμε. Μπορείς να μας την πεις και μάλιστα με λεπτομέρειες...

-... ώστε να ξέρουμε τι έχεις κάνει και να μπορούμε να φυλαχτούμε, συνέχισε η Πέγκυ.

-Ανησυχείτε πολύ περισσότερο από όσο θα έπρεπε, γι' αυτό και δείχνετε όλοι μεγαλύτεροι από μένα αν και είμαστε συνομήλικοι.

-Τι άλλο θα ακούσουμε θεέ μου, αναφώνησε απελπισμένη η Κατερίνα. -Για να ξέρετε, όλα είναι τακτοποιημένα. Τα κανόνισα όλα για σας.

-Τι κανόνισες; Ρώτησε πραγματικά ανήσυχος ο Θοδωρής. Με ποιους μίλησες, μουρλοκομείο; Θα μας δέσουνε ρε γαμώτο, δεν τη γλιτώνουμε.

-Θα σας τα πω όλα, αλλά δεν πρέπει να με διακόψετε. Έχω βαρεθεί να με μαλώνετε σα να είμαι μικρό παιδί, ενώ πάντα εγώ σας βγάζω από τη δύσκολη θέση.

-Ε, όχι και μας βγάζεις από τη δύσκολη θέση ρε Βαρβάρα, λίγη αυτογνωσία δεν βλάπτει, είπε απηυδισμένη η Πέγκυ.

-Ορίστε, πάλι κάποιος με διακόπτει.

-Έλα ρε παιδιά, αφήστε την να μιλήσει επιτέλους, είπε ο Θοδωρής. Έλα Βαρβάρα, πες μας.

-Βγήκα με τον Μάιλο για βόλτα.

-Σε είδε κανείς που έβγαινες; Ρώτησε ο Γιάννης.

-Ορίστε, πάλι με διακόπτεις. Θα σταματήσω να μιλάω. -Δεν σε διέκοψα. Μια διευκρίνιση ζήτησα.

-Ας είναι. Με είδαν οι δύο Κινέζοι οι οποίοι κάθονται στην πόρτα εξόδου. Πρέπει να είναι μπράβοι ξέρεις ή κάτι τέτοιο.

-Έλα, δεν είχε πάει εκεί ο νους μου, της απάντησε ο Θοδωρής.

-Εμ, αφού δεν κόβει το ρημάδι, πού να το καταλάβεις; Συνέχισε η Βαρβάρα. Τέλος πάντων. Τους είδα και τους ευχαρίστησα που μας έσωσαν από την έκρηξη και μας φυγάδευσαν. Και μάλιστα τους είπα πως όποτε έρθουν Ελλάδα να τους δώσω τα κλειδιά του πατρικού μου σπιτιού στην Αίγινα και να μείνουν όσο θέλουν. Καλά δεν έκανα ρε παιδιά;

-Άγια έκανες, αλλά σε ποια γλώσσα τους τα είπες όλα αυτά;
-Στα Ελληνικά, αφού οι τύποι δεν σκαμπάζουν γρι Αγγλικά.

Ο Γιάννης ετοιμάζεται να της τα χώσει, αλλά η Κατερίνα του κάνει νόημα να την αφήσει να συνεχίσει μπας και τελειώσει κάποτε ή ακόμη πιο δύσκολο, καταλάβουν τι έχει γίνει.

Εντωμεταξύ ο Μάιλο έχει πάει στην κλειστή μπαλκονόπορτα και χτυπάει την μουσούδα του στο τζάμι επανειλημμένα, προσπαθώντας να βγει στο μπαλκόνι από την κλειστή πόρτα.

-Τέλος πάντων, δεν είναι αυτή η ουσία, συνέχισε η Βαρβάρα. Έβγαλα τον Μάιλο για την ανάγκη του, περιτριγύρισα και λίγο την περιοχή. Τι διάολο σκέφτηκα, δουλειά δουλειά, αλλά αφού δεν έχω ξανάρθει στην Ουχάν, να μην δω λίγο και την πόλη;

Τέλος πάντων, δεν άργησα πολύ, κάνα μισάωρο και επέστρεψα. Μπήκα πάλι μέσα, είπαμε κάτι αστεία με τους Κινέζους...

Ο Θοδωρής χτυπάει με δύναμη το κούτελό του από την απελπισία του. -Τι έπαθες; Γυρίζει και τον ρωτάει η Βαρβάρα αυστηρά.

-Τίποτα, απαντάει αυτός. Μια μύγα, την έδιωξα.

-Μετά λοιπόν το ψιλό καλαμπουράκι περπάτησα στον διάδρομο, αλλά άνοιξα λάθος πόρτα. Εσείς το ξέρατε ότι εδώ μέσα είναι τεκές και πίσω από όλες αυτές τις πόρτες πίνουν όπιο με ναργιλέδες;

-Σαΐνι μου εσύ, αναφώνησε η Κατερίνα.

-Ανοίγω που λέτε μια πόρτα και βλέπω ένα δωμάτιο σαν αυτό εδώ, αλλά ακόμη πιο σκοτεινό όμως. Στο τραπέζι υπήρχε ένας μεγάλος ναργιλές και γύρω γύρω 5-6 άντρες που τον μοιράζονταν. Γύρω από τα κρεβάτια κρέμονταν μεγάλα μεταξωτά υφάσματα. Ο καπνός κοβόταν με το μαχαίρι. Οι άντρες ήταν ιδρωμένοι και τα μάτια τους κοιτούσαν στο πουθενά από την πολύ μαστούρα.

-Έλα ρε μανάρι, δεν γράφεις μυθιστόρημα, άσε τις λεπτομερείς περιγραφές και μπες στο ζουμί, είπε η Κατερίνα ανυπόμονα. Η Βαρβάρα της έριξε ένα δολοφονικό βλέμμα και συνέχισε ακάθεκτη την εξιστόρηση.

-Ένας από αυτούς φαινόταν σα να ήταν ο αρχηγός της παρέας. Φορούσε άσπρο πουκάμισο, ανοιχτό κάτω μέχρι την μεγάλη από τις μπύρες μάλλον, κοιλιά του. Πάνω στις άσπρες τρίχες του στήθους του κρεμόταν ένας χρυσός διπλός πέλεκυς. Στο χέρι είχε ένα δαχτυλίδι. Ένα χρυσό κεφάλι κριαριού με δύο κόκκινα ζαφείρια για μάτια. Και βέβαια ένα ολόχρυσο rolex.

Μόλις μπήκα, αμέσως το βλέμμα του έπεσε στον Μάιλο, ο οποίος τρομαγμένος πήδηξε αμέσως στην αγκαλιά μου.

Ο Κινέζος είπε: «Το μόνο σκυλί που επιτρέπεται να μπει

εδώ μέσα, είναι ένα μαγειρεμένο σκυλί».

Τότε, ο ξανθός άγγελος που καθόταν απέναντί του, τράβηξε μία δυνατή τζούρα από τον ναργιλέ και του είπε, βγάζοντας ένα ντουμάνι σαν τη τζιμινιέρα της χαλυβουργικής από το στόμα του.

«Και ποιος είσαι εσύ ρε φίλε που νομίζεις ότι μπορείς να αποφασίσεις για το ποιος θα μπαίνει και ποιος θα μπαίνει»;

«Εγώ», του απάντησε ο άλλος, είμαι ο αρχηγός της αστυνομίας της Ουχάν» και του πήρε το μαρκούτσι από τα χέρια.

Τράβηξε μία τόσο βαθιά τζούρα, που ο ναργιλές κόντεψε να σβήσει. Σαν κάποιος να του πήρε όλο το οξυγόνο από μέσα του. Το ντουμάνι που άφησε ο τύπος το έχω δει μόνο σε παλιές ταινίες, από ατμομηχανές που ανεβαίνουν ανήφορο.

«Και αυτός» , συνέχισε χωρίς να τον βλέπουμε πια από τον καπνό, «είναι ο γενικός εισαγγελέας της Ουχάν». Και προς επιβεβαίωση των λεγόμενών του, πέρασε το μαρκούτσι στον διπλανό του, ο οποίος ήταν ένας αδύνατος Κινέζος με πολύ μεγάλη μύτη και πολύ ακριβό κουστούμι.

Ο εισαγγελέας, ήπιε σιωπηλά την τζούρα του και πέρασε το μαρκούτσι στον διπλανό του.

«Εσύ όμως δεν μας είπες ποιος είσαι»; Ρώτησε ο αρχηγός,

ενώ κατέβασε μονορούφι ένα νεροπότηρο μπαϊτζού.

Ο Θοδωρής γύρισε προς την Κατερίνα απελπισμένος και της έκανε την χειρονομία που απεικονίζει το κόψιμο του λαιμού. Η Κατερίνα συγκατάνευσε απελπισμένη και συνέχισε να ακούει την ιστορία της Βαρβάρας.

«Θιοντόρ Σμολένσκυ. Παρασημοφορημένος πιλότος της πολεμικής αεροπορίας της Ρωσίας», είπε αυτός περήφανα.

Τώρα ο Μάιλο έχει ξαπλώσει στο χαλί. Για την ακρίβεια έχει γίνει σαν χαλκομανία πάνω στο χαλί. Τα πόδια του είναι ορθάνοιχτα και έχει γίνει ολόκληρος ένα με το πάτωμα, ενώ η κοιλιά του φουσκώνει και ξεφουσκώνει δείχνοντας ότι αναπνέει με δυσκολία.

-Είσαι σίγουρη ότι το σκυλί είναι εντάξει; Τη ρωτάει ο Θοδωρής.

-Μια χαρά είναι. Θα του περάσει, είπε η Βαρβάρα ατάραχη και συνέχισε την ιστορία της.

Εντωμεταξύ, εγώ κάθισα δίπλα στην κενή θέση που υπήρχε ανάμεσα στον πιλότο και σε αυτόν που καθόταν δίπλα στον εισαγγελέα. Μόλις μου έδωσαν το μαρκούτσι τράβηξα μία γερή τζούρα και ότι έβγαλα το φύσηξα στο στόμα του Μάιλο.

-Ρε Βαρβάρα για όνομα του θεού, είπε ο Γιάννης και σηκώθηκε από τη θέση του. Δηλαδή δεν έχεις κανέναν φραγμό;

Που μας έμπλεξες;

-Πουθενά, και αν είχες υπομονή, που δεν έχεις, θα καταλάβαινες ότι δεν μας έμπλεξα, τουναντίον, μας ξέμπλεξα. Απορώ τόσο ανυπόμονος που είσαι πως έχεις την υπομονή και την αφοσίωση να κάνεις πειράματα.

-Εγώ παραιτούμαι, είπε ο Γιάννης. Κάντε ότι νομίζετε μαζί της. Μαλάκα η γκόμενα είναι επικίνδυνη. Εδώ λέμε να κάτσουμε ήσυχοι να μην μας ανακαλύψουν αυτοί που μας κυνηγάνε και αυτή πάει και κάνει τσαμπουκάδες στον αρχηγό της αστυνομίας της Ουχάν.

-Και στον εισαγγελέα, μην ξεχνάμε τον εισαγγελέα, συμπλήρωσε η Πέγκυ.

-Εγώ, δεν έκανα τσαμπουκά σε κανέναν. Καταρχήν δεν είναι του επιπέδου μου τέτοιες συμπεριφορές και κατά δεύτερον εγώ έκανα απλά λάθος πόρτα.

-Κι έπεσες πάνω στις αρχές της Ουχάν, συμπλήρωσε η Κατερίνα. Μήπως κατά τύχη ήταν εκεί και ο Δήμαρχος; Λέω εγώ τώρα.

-Ήταν, είπε η Βαρβάρα και όλοι έμειναν κάγκελο.

Ο Γιάννης χωρίς να ρωτήσει την Βαρβάρα, ανοίγει την τσάντα της. Βγάζει τα τσιγάρα και τον αναπτήρα της και ανάβει ένα τσιγάρο. Επί τη ευκαιρίας, παίρνει και ανάβει και η Βαρβάρα ένα.

-Μα εσύ το είχες κόψει, του λέει ο Θοδωρής έκπληκτος.

-Μαλάκα θα πεθάνουμε όλοι, το έχετε καταλάβει; Τι να μου κάνει το ένα τσιγάρο αφού είμαι ετοιμοθάνατος.

-Οι συγγραφείς υποτίθεται ότι είναι μελοδραματικοί και όχι οι επιστήμονες, του απαντάει ατάραχη η Βαρβάρα. Είδες ότι τα κλισέ δεν ισχύουν;

-Άντε, ρε Βαρβάρα, λέγε, μας έσκασες.

-Ο Ρώσος και ο Κινέζος τώρα κοιτάζονται ευθεία, βαθιά στα μάτια. Ο Ρώσος χαμογελάει ατάραχα κι εγώ θέλω να ουρλιάξω από έρωτα. Αυτόν τον ατρόμητο Ρώσο πιλότο με τα ξανθά μαλλιά, τα μπλε μάτια σαν τον βόρειο παγωμένο ωκεανό, τον θέλω. Τον θέλω σαν κολασμένη. Δεν έχω δει άλλον πιο όμορφο άντρα. Αυτοί κοιτάζονται κι εγώ έχω χαθεί στο μπλε των ματιών του Θίοντορ κι ας μην με κοιτάζει αυτός. Συνεχίζω να κρατάω το μαρκούτσι και να τραβάω τζούρες.

«Αν θέλεις να κάνεις κουμάντο εδώ, θα πρέπει να αντιμετωπίσεις και τις επιπτώσεις της ηγεσίας», είπε ο Κινέζος.

«Είμαι εκπαιδευμένος να πετάω πάνω από τις εχθρικές γραμμές και να κάνω κουμάντο μέχρι να με ρίξουν. Όταν γίνει αυτό, που ακόμη δεν έχει γίνει, είμαι εκπαιδευμένος να αντιμετωπίσω και τις επιπτώσεις».

«Χαίρομαι που το ακούω, απάντησε ο Κινέζος, γιατί θα παίξουμε ένα παιχνίδι. Εκτός αν θέλεις να αποχωρήσεις».

Πάντα μου άρεσαν τα παιχνίδια, αλλά έχω έναν όρο», του είπε ο Ρώσος κοιτάζοντάς τον τόσο έντονα που θαρρείς ότι μπλε υγρό θα χυνόταν από το πίσω μέρος του κεφαλιού του Κινέζου.

«Τον ακούω, είπε αυτός, και τον δέχομαι εκ των προτέρων».

«Μα δεν ξέρεις ποιος είναι ό όρος μου, πως μπορείς να τον αποδεχτείς προτού τον ακούσεις»;

«Ούτε εσύ ξέρεις τι παιχνίδι θα παίξουμε, αλλά δέχτηκες ήδη. Μπορεί να έχω την απόλυτη εξουσία σε αυτή την πόλη, αλλά πάντα είμαι δίκαιος με τους τολμηρούς αντιπάλους. Πες τον όρο σου».

Τότε ο ξανθός άγγελος κορδώνει το κορμί του, γυρίζει με κοιτάει βαθιά στα μάτια και μου λέει: «Πού θέλεις να σε πάω κουκλίτσα μου»;

-Σε άπταιστα Ρωσικά να υποθέσω, ρωτάει η Πέγκυ.

-Εννοείται, απαντάει με φυσικότητα η Βαρβάρα, αλλιώς τι Ρώσος πιλότος θα ήταν; Και του απαντάω με σιγουριά. Στο Βλαδιβοστόκ.

Τότε αυτός γυρίζει και λέει στον Κινέζο: «Θέλω ένα αεροπλάνο γεμάτο καύσιμα και άδεια πτήσης για το

Βλαδιβοστόκ».

Ο Κινέζος χαμογελάει σαρδόνια και λέει: «Αυτό ήταν όλο»; Ενώ σχηματίζει έναν αριθμό στο τηλέφωνό του. Γαυγίζει κάτι στα Κινέζικα και μετά κλείνει το τηλέφωνο και λέει στον Θίοντορ. Το αεροπλάνο είναι έτοιμο. Μπορείς να πάρεις μαζί σου όποιον θέλεις και να πετάξεις για το Βλαδιβοστόκ, αν κερδίσεις».

«Και τι θα γίνει αν χάσω»; Ρώτησε ο Θίοντορ.

«Αυτή και εσύ», του είπε ο Κινέζος, θα πεθάνετε μέσα σε ασβέστη και το σκυλί θα γίνει το βραδινό μου».

Πρέπει να είχα τρεις απανωτούς οργασμούς μέχρι ο Κινέζος να τραβήξει το κορδόνι.

-Ποιο κορδόνι, θα μας τρελάνεις σήμερα ρε πούστη μου; Εκρήγνυται η Πέγκυ. Είσαι μαστουρωμένη και δεν ξέρεις τι λες.

-Είμαι μαστουρωμένη, αλλά αυτό δεν είναι τίποτα, μπροστά στο πόσο ερωτευμένη είμαι. Το κορδόνι είναι ένα σκοινί από μετάξι με μία κόκκινη φούντα στο τελείωμά του. Το τραβάς και έρχονται οι άνθρωποι του μαγαζιού να σου κάνουν refill τον ναργιλέ ή να σου φέρουν τίποτα σερμπέτια για την υπογλυκαιμία.

-Σερμπέτια στην Ουχάν, τι άλλο θα ακούσουμε; Μονολογεί η Κατερίνα.

-Δευτερόλεπτα μετά, εμφανίζεται ο ένας από τους δύο Κινέζους μας. Ο αρχηγός της αστυνομίας τον κοιτάζει και απλώνει το χέρι.

Αυτός αυτόματα βγάζει από μέσα από το σακάκι ένα τεράστιο Magnum σαν του επιθεωρητή Κάλαχαν.

-Όπλο; Ρωτάει απελπισμένος ο Γιάννης, ενώ παίρνει κι άλλο τσιγάρο και το ανάβει.

-Εμ τι, παγωτό; Του απαντάει με φυσικότητα η Βαρβάρα. Το βγάζει λοιπόν ο δικός μας ο Κινέζος και του το δίνει. Ο μπάτσος τότε ανάβει ένα τσιγάρο. Και όπως είναι με το τσιγάρο στο στόμα ανοίγει τον μύλο του πιστολιού και αφήνει όλες τις σφαίρες να πέσουν με μεταλλικό θόρυβο στο τραπέζι ή στο πάτωμα.

Γυρίζει στον Θίοντορ και του λέει: «Αφού είσαι Ρώσος σίγουρα θα σου αρέσει να παίξουμε παιχνίδια από την πατρίδα σου». Κλείνει με δύναμη τον μύλο του όπλου. Φέρνει την κάννη στον κρόταφο και χωρίς να διστάσει ούτε για ένα κλάσμα του δευτερολέπτου, τραβάει την σκανδάλη. Το ξερό κλικ του κόκορα που χτυπάει τον επικρουστήρα κατέλαβε τον χώρο, αφού όλοι κρατούσαν την ανάσα τους. Μετά το κλικ, ο Κινέζος αφήνει τον καπνό από την τζούρα που είχε πάρει. Ήταν τόσο μεγάλη, επειδή ήξερε ότι θα μπορούσε να είναι η τελευταία του, που δεν μπορούσα να δω ούτε τον Μάιλο, ο οποίος έτσι κι αλλιώς τραβούσε μυτιές από τον καπνό του τσιγάρου, ελπίζοντας να είναι από τον ναργιλέ.

Τότε κι εγώ δίνω το μαρκούτσι στον Θίοντορ, από σεβασμό στον μελλοθάνατο. Αυτός με κοιτάζει στα μάτια τόσο βαθιά που νομίζω ότι το μυαλό μου είναι ακόμη παγωμένο. Το ρίγος της παγωμένης του ματιάς ήταν τέτοιο που μου έφυγε ο Μάιλο από τα χέρια και έσκασε στο πάτωμα.

Αφού τράβηξε μια βαθιά τζούρα, πήρε το όπλο από το τραπέζι. Έφερε την κάννη στον κρόταφό του και είπε στον Κινέζο χαμογελώντας: «Ρώσικη ρουλέτα, τι μου θυμίσατε τώρα. Το παίζαμε στα διαλείμματα στο δημοτικό στο Κράσνογιαρκ. Μόνο εγώ έζησα για να αποφοιτήσω» και αμέσως τράβηξε την σκανδάλη.

-Κάτσε, ρε Βαρβάρα. Εσύ όλα αυτά που έλεγε ο Κινέζος πού τα κατάλαβες; Ξέρεις Κινέζικα; Ρώτησε η Πέγκυ διαολισμένη.

-Τόσες μέρες είμαστε εδώ στην Κίνα. Κάτι έχω αρχίσει και πιάνω.

-Κάτι έχεις αρχίσει και πιάνεις; Δεν είμαστε στην Ισπανία μάνα μου, στην Κίνα είμαστε, συνέχισε η Πέγκυ, εντελώς έξω φρενών. Και αυτά που δεν κατάλαβες;

-Τα υπόλοιπα μου τα εξήγησε ο Θίοντορ.

-Στα Αγγλικά να υποθέσω, ρώτησε ήρεμα ο Θοδωρής. -Όχι. Στα Ρώσικα. Ο Θίοντορ δεν ξέρει Αγγλικά.

-Και ξέρεις εσύ Ρώσικα; Ρώτησε ξεθεωμένη πλέον η Πέγκυ.

-Κάτσε ρε συ Πέγκυ. Δεν με ακούς τόση ώρα; Σου εξηγώ ότι ο Θίοντορ είναι ο άντρας της ζωής μου. Είναι δυνατόν να μην καταλαβαίνω τον άνθρωπό μου;

-Κι εγώ παραιτούμαι, είπε η Πέγκυ και άναψε κι αυτή ένα τσιγάρο από το πακέτο της Βαρβάρας.

-Μα εσύ δεν έχεις καπνίσει ποτέ, παρατήρησε έκπληκτη η Κατερίνα.

-Θα το αρχίσω σήμερα, είπε η Πέγκυ πνιγμένη στον βήχα. -Τελικά ο Ρώσος πέθανε; Διέκοψε ο Θοδωρής.

-Όχι βέβαια, έπιασε η Βαρβάρα το νήμα από εκεί που το είχε αφήσει. Άκουσα το κλικ που κράτησε ζωντανό τον έρωτά μου και ήταν σα να πήγα στον παράδεισο.

Τότε ο Κινέζος πήρε εκνευρισμένος το όπλο και το έβαλε κάτω από το λαιμό του, τράβηξε τη σκανδάλη και τα μυαλά του έγιναν ακαριαία μία κατακόκκινη ταπετσαρία στο ταβάνι αν και όχι τόσο καλή γιατί μερικά ξεκόλλησαν και έσταξαν πάνω στο τραπέζι.

-Πέθανε; Ρώτησε ο Θοδωρής με αγωνία.

-Εμ τι; Αναλήφθηκε; Του απάντησε ατάραχη η Βαρβάρα.

-Καλά, ένας άνθρωπος πέθανε έτσι μπροστά στα μάτια σου και μάλιστα με τόσο βάρβαρο τρόπο κι εσύ το λες έτσι, σα να μην τρέχει τίποτα;

-Εδώ δεν στεναχωρήθηκε η παρέα του, εγώ σάμπως τον ήξερα; Εξάλλου ήταν τόση μεγάλη η χαρά μου που κέρδισε ο Θίοντορ, που και όλοι να πέθαιναν στο δωμάτιο δεν θα με ένοιαζε.

-Και μετά τι έγινε; Ρώτησε η Κατερίνα.

-Τι θες να γίνει; Ήρθαν οι δύο οι Σούμο, πήραν το πτώμα και το όπλο κι εμείς συνεχίσαμε τον ναργιλέ μας. Αύριο βράδυ πετάμε όλοι μαζί για Βλαδιβοστόκ, με πιλότο το ξανθό μου μανάρι.

Αλλά τώρα, πρέπει λίγο να κοιμηθώ. Νοιώθω λίγο βαριά. -Και λίγο μαστουρωμένη, πρόσθεσε δηκτικά ο Γιάννης.

-Τι τα θες, όλα χρειάζονται σε αυτή τη ζωή, είπε η Βαρβάρα και ξάπλωσε στο κρεβάτι της βγάζοντας τα παπούτσια της.

Μουρμούρισε ένα «καληνύχτα παιδιά» και έσβησε κατευθείαν εκεί που ακούμπησε.

ΚΕΦΑΛΑΙΟ 9ο

Βλαδιβοστόκ

Κάθε συζήτηση, απορία ή ακόμη και καλαμπούρι σταμάτησε μόλις μπήκε μπροστά η έλικα του δεξιού κινητήρα. Ο θόρυβος ήταν τέτοιος που η παρέα πίστευε ότι δεν θα ακούσουν ποτέ κάτι άλλο και πως ο βόμβος του παλιού κινητήρα θα βουίζει μέσα στα αυτιά τους για όλη τους τη ζωή. Και λίγο μετά, ίσως λιγότερο από ένα λεπτό και ενώ είχαν αρχίσει να συνηθίζουν τον θόρυβο του κινητήρα, αν μπορείς να συνηθίσεις τον ήχο από το σμήνος μίας ολόκληρης κυψέλης που πετάει μέσα στον λαβύρινθο του αυτιού σου σκοπεύοντας να φτιάξει καινούρια φωλιά πίσω από τον λοβό του αυτιού σου, πήρε μπροστά και ο δεύτερος κινητήρας.

Ο θόρυβος ήταν απλά απάνθρωπος πλέον. Θα μπορούσε κάποιος να τον χαρακτηρίσει αποτρόπαιο. Τέτοια ήταν η επίδρασή του στο ακουστικό σύστημα των επιβατών.

Το αεροπλάνο, αν μπορείς κι αυτό να χαρακτηρίσεις έτσι, ήταν ένα μάτσο παλιοσίδερα με δύο έλικες σε κάτι που έμοιαζε με φτερά.

Κανείς από την παρέα δεν έχει κάποια ιδιαίτερη γνώση από αεροπλάνα και αεροπλοΐα γενικότερα, αλλά όλοι είναι σίγουροι ότι αυτό το σκουριασμένο πράγμα που έχει σχήμα αεροπλάνου, μπορεί να έλαβε μέρος και στον Α' Παγκόσμιο Πόλεμο. Οι λαμαρίνες του τρίζουν και κοπανάνε, αφήνοντας καφέ σκόνη από τη σκουριά που τρίβεται και πέφτει να καλύπτει τα πάντα και τους πάντες. Μυρωδιά από κηροζίνη έχει ζαλίσει ήδη τους επιβάτες που κοιτάνε ο ένας τον άλλον με απελπισία. Σταυροκοπιούνται σε κάθε κοπάνημα και από μέσα τους προσεύχονται όλοι. Θα μπορούσαν να προσεύχονται και φωναχτά, κανείς δεν θα τους άκουγε. Ούτε αυτός που προσεύχεται θα μπορούσε να ακούσει τον εαυτό του.

Η παρέα έχει καθίσει αντικριστά. Δύο από τη μία πλευρά και δύο από την άλλη. Πήγαν να καθίσουν όλοι μαζί τη μία πλευρά αλλά ο Θίοντορ τους έβαλε έτσι για να μην χάσει την ισορροπία του το αεροπλάνο. Κανείς δεν κατάλαβε τι τους έλεγε ο Θίοντορ στα Ρωσικά, αλλά υπάκουσαν τις εντολές του πιλότου, μπας και τη βγάλουν καθαρή από αυτή την ιστορία. Έτσι κάθονται η Πέγκυ και η Κατερίνα από τη μία πλευρά και ο Γιάννης και ο Θοδωρής από την άλλη. Κοιτάζονται στα μάτια τρομοκρατημένοι. Δεν μιλάνε αφού δεν ακούγονται, απλά προσπαθούν να κρατήσουν τα σαγόνια τους σταθερά, σφίγγοντας τα δόντια ώστε να εξισορροπήσουν το τρέμουλο του παλιού σκάφους που είναι ικανό να σου ξεκολλήσει τα σωθικά σου από τη θέση τους. έχουν δεθεί και οι τέσσερις με κάτι παλιούς, βρωμερούς ιμάντες, οι οποίοι από ότι φαίνεται δεν προσφέρουν και κάποια ιδιαίτερη ασφάλεια, αλλά δεν έχουν κάτι καλύτερο.

Έτσι κι αλλιώς, αν πέσει το ρημάδι «Θα μας πάρει μαζί του», όπως είπε και ο Γιάννης όταν πρωτοείδαν το παλιό ελικοφόρο παρκαρισμένο μόνο του σε μία γωνιά του παλιού αεροδρομίου της Ουχάν. Σε όλο το αεροδρόμιο υπήρχαν μόνο παλιά ή ακόμη και ερείπια αεροπλάνων όλων των τύπων. Μικρά ιδιωτικά. Boeing που κάποτε πετούσαν περήφανα στους αιθέρες και τώρα έστεκαν ξεκοιλιασμένα από το πλιάτσικο των ανταλλακτικών που είχαν υποστεί. Παλιά πολεμικά αεροσκάφη από όλες τις χώρες. Αμερικάνικα, ρώσικα, ακόμη και αντίκες που ποιος ξέρει από πότε και γιατί ήταν εκεί.

Έξω από το αεροπλάνο ήταν παρκαρισμένο το τρίκυκλο με τους δύο Κινέζους που έφεραν την παρέα σήμερα στο εγκαταλελειμμένο αεροδρόμιο για να συναντηθούν με τον Θίοντορ ο οποίος θα τους πήγαινε στο Βλαδιβοστόκ. Τι θα έβρισκαν εκεί, κανείς δεν ήταν σίγουρος, αλλά έπρεπε να πάνε, αφού αυτό είναι το μόνο στοιχείο που έχουν για την πανδημία.

Στο πιλοτήριο κάθεται ο Θίοντορ και στη θέση του συγκυβερνήτη η Βαρβάρα. Ο Ρώσος πιλότος ελέγχει τους διακόπτες του αεροσκάφους και όλες τις ζωτικές για την πτήση ενδείξεις και φαίνεται ευχαριστημένος. Βέβαια υπάρχουν υπόνοιες ότι το πλατύ του χαμόγελο δεν οφείλεται τόσο στην κατάσταση του αεροσκάφους, η οποία δεν εμπνέει απολύτως καμία εμπιστοσύνη, αλλά στο τρίφυλλο που μόλις τέλειωσε και το έσβησε πάνω στο σιδερένιο ταμπλό οργάνων του παλιού διοικητηρίου αεροσκάφους, αφήνοντας τις καύτρες, τις στάχτες και τέλος τη γόπα του ίδιου του τσιγάρου να πέσουν στο ήδη βρώμικο πάτωμα του πιλοτηρίου.

Ο Θίοντορ έλυσε τα φρένα και το παλιό αεροπλάνο άρχισε να τρέμει σύγκορμο, λες και ήταν έτοιμο να διαλυθεί. Οι τέσσερις φίλοι που είναι καθισμένοι στο πίσω μέρος και δεμένοι με τους παλιούς ιμάντες κλείνουν τα μάτια τρομοκρατημένοι, εκλιπαρώντας κάθε γνωστό θεό για έλεος και συγχώρεση. Το αεροπλάνο κινείται αργά, τρίζοντας και κοπανώντας προς τον αεροδιάδρομο. Οι δύο Κινέζοι έχουν κατέβει από το τρίκυκλο και χαιρετάνε ενθουσιασμένοι το σαράβαλο που έχει αρχίσει να κινείται μέσα σε εκκωφαντικό θόρυβο και τυλιγμένο από τους μαύρους καπνούς των δύο αρχαίων κινητήρων του. Κι ενώ τσουλάει αργά, πίσω του στάζουν διάφορα υγρά που κανείς δεν ξέρει αν είναι λάδια μηχανής, κηροζίνη ή λάδια από τα υδραυλικά του συστήματα.

Ο Θίοντορ οδήγησε το παλιό μεταγωγικό μέχρι την άκρη του διαδρόμου απογείωσης. Το ευθυγράμμισε με αυτόν, έβαλε τα φρένα και έδωσε όλο το γκάζι των δύο κινητήρων. Το αεροπλάνο κρύφτηκε μέσα σε ένα πυκνό σύννεφο μαύρου καπνού και το τρέμουλό του ήταν τέτοιο που ο Γιάννης πιστεύει ότι θα του φύγει το σφράγισμα από τα δόντια του.

Οι τέσσερις φίλοι έχουν κλείσει τα μάτια, έχουν σφίξει τα δόντια, κρατάνε με δύναμη το χέρι του διπλανού τους και περιμένουν το μοιραίο. Οι μόνοι ατάραχοι είναι ο Θίοντορ, η Βαρβάρα και φυσικά οι δύο Κινέζοι που δεν έχουν κάποιον λόγο ανησυχίας, αφού δεν βρίσκονται μέσα στο αεροπλάνο.

Ξαφνικά ο Θίοντορ λύνει τα φρένα και το η σακαράκα εκτινάσσεται προς τα εμπρός με μία απίστευτη ορμή και ταχύτητα. Η Βαρβάρα χειροκροτά ενθουσιασμένη και οι τέσσερις φίλοι που κάθονται πίσω σκέφτονται ότι ήρθε η ώρα να συναντηθούν με τον δημιουργό τους. Όμως, παρά τα όποια προγνωστικά, η σακαράκα αφήνει διστακτικά το έδαφος και σηκώνεται με τη μύτη να σκοπεύει στον νυχτερινό ουρανό της Κίνας.

Το ξημέρωμα βρίσκει τους πέντε φίλους να πετάνε πάνω από τη Ρωσική στέπα. Αχανείς εκτάσεις με τεράστια δέντρα και ελάχιστα έως και καθόλου κτίσματα. Ο Θίοντορ πετάει λίγο πιο πάνω από τις κορυφές των δέντρων για να μην τους πιάσουν τα ραντάρ. Μπορεί να πήρε άδεια πτήσης από τον εκλιπόντα αρχηγό της αστυνομίας της Ουχάν, αλλά οι πέντε φίλοι που έχει μαζί του έχουν χάσει τα χαρτιά τους στη μεγάλη έκρηξη του ξενοδοχείου. Είναι λαθραίοι εντελώς και γι' αυτό ο Θίοντορ δεν θα προσγειωθεί στο αεροδρόμιο του Βλαδιβοστόκ όταν φτάσουν, αλλά σε ένα χωράφι στα περίχωρα όπου θα τους περιμένει ένας φίλος του με αυτοκίνητο για να τους πάει μέσα στην πόλη.

Το παλιό ελικοφόρο μεταγωγικό, παρά τα χρονάκια του και την άθλια κατάστασή του, συνεχίζει να πετάει φιλότιμα επί ώρες χαμηλά πάνω από τα δέντρα της ρωσικής στέπας.

Η Κατερίνα κοιτάζει μία το τοπίο και μία τους φίλους της που κάθονται μαζί της στο πίσω μέρος του αεροπλάνου. Τα χθεσινά γεγονότα της θύμισαν πόσο τους αγαπάει αυτούς τους ανθρώπους. Πρώτον γιατί τους γνωρίζει από μικρή. Πολύ μικρή, από το νηπιαγωγείο ακόμη. Έτσι συμβαίνει με όλους τους ανθρώπους που γνωρίζονται από μικροί. Έχουν μία απόλυτη εμπιστοσύνη ο ένας στον άλλον, ακόμη και αν έχουν να βρεθούν δεκαετίες. Κι είναι λογικό γιατί οι άνθρωποι όταν είναι παιδιά ενεργούν αυθόρμητα δείχνοντας χωρίς φόβο και με πολύ πάθος, τον πραγματικό τους χαρακτήρα. Κατά την ενηλικίωση, όλοι καταλαβαίνουμε ότι πρέπει να παίξουμε κάποια πολιτική αν θέλουμε να επιτύχουμε τους στόχους μας. Κάθε άνθρωπος έχει πολλές προσωπικότητες. Άλλος είναι στο σπίτι του, άλλος στη δουλειά του και άλλος στο χωριό του, για παράδειγμα. Όταν όμως κάποιοι γνωρίζονται από την τρυφερή παιδική ηλικία, γνωρίζουν την αληθινή προσωπικότητα του άλλου, πριν αυτή «κρυφτεί» πίσω από την αναγκαία για την καθημερινότητα, διπλωματία.

Πέρα όμως από τα άπειρα χρόνια που τους γνωρίζει, η Κατερίνα ξέρει ότι αυτοί οι άνθρωποι θα είναι δίπλα της, περισσότερο από κάθε άλλον, σε ό,τι χρειαστεί.

Περίτρανη απόδειξη η βοήθειά τους, που είναι πολύτιμη για το θέμα της Ουχάν. Οι φίλοι της βρίσκονται χωρίς χαρτιά, στην άλλη άκρη του κόσμου, σε ένα παλιό αεροπλάνο που προσπαθεί να περάσει λαθραία από την Κίνα στη Ρωσία. Χώρες οι οποίες δεν φημίζονται για τις τόσο δημοκρατικές, διαλλακτικές και συζητήσιμες αρχές ασφαλείας. Για να μην πούμε για την έκρηξη στο ξενοδοχείο που πήγε να τους κάνει όλους μακαρίτες, το κυνηγητό με το τρίκυκλο και τις σφαίρες που έσκαγαν δίπλα τους στην καρότσα. Ποιος άλλος θα έπαιρνε τέτοιο ρίσκο, σκεφτόταν η Κατερίνα, κοιτώντας γλυκά τους φίλους της, αλλά και το τοπίο της αφιλόξενης στέπας από το μικρό παράθυρο.

Θα ήταν ευκαιρία να συζητήσουν τις περαιτέρω κινήσεις τους, αλλά ο θόρυβος από το παλιό Γιάκοβλεφ είναι τόσο μεγάλος που δεν σε αφήνει να ακούσεις ούτε τις ίδιες σου τις σκέψεις.

Πότε πότε, οι τέσσερις φίλοι αλληλοκοιτάζονται και χαμογελούν κουρασμένα ο ένας στον άλλον ή κάνουν γκριμάτσες για να περάσει η ώρα. Από κάτω τους η στέπα απλώνεται αχανής και αδυσώπητη για όποιον πέσει στην αγκαλιά της. Αν δεν πας από το κρύο, θα πας από αρκούδα ή από πράκτορες των ρωσικών μυστικών υπηρεσιών, αν το ρημάδι χαλάσει και κάνει αναγκαστική προσγείωση σε κάποιον από τους πολλούς απαγορευμένους τόπους που έχουν φτιάξει η Ρώσοι για τα πυρηνικά τους, διαστημικά τους και άλλα προγράμματα με νέα όπλα και ένας θεός ξέρει τι άλλο.

Το παρήγορο είναι ότι το αεροσκάφος παρά την δραματικότητά του σε θόρυβο και συνεχείς τριγμούς, δείχνει ακάθεκτο. Γερό σκαρί, που θα έλεγε και ο Θιοντόρ αν μπορούσαν να συνεννοηθούν.

Η Κατερίνα σκέφτεται όλα αυτά που έγιναν τις τελευταίες μέρες. Το συμπέρασμα στο οποίο έχει καταλήξει είναι ότι κάποιος τους βοηθάει. Δεν ξέρει ποιος και με ποιον ακριβώς τρόπο, αλλά είναι σίγουρη. Έχει κάνει πολλά ρεπορτάζ, είναι έμπειρη δημοσιογράφος και δεν της έχει ξανατύχει ποτέ τα στοιχεία να έρχονται έτσι «εύκολα» στην αγκαλιά της.

Και η απόδειξη ότι κάποιος τους βοηθάει και τους

προστατεύει είναι οι δύο Κινέζοι παλαιστές Σούμο, οι οποίοι έστησαν καραούλι έξω από το ξενοδοχείο του, όσες μέρες έμειναν εκεί και ήταν αυτοί που τους πήραν μετά την έκρηξη και τους φυγάδευσαν. Οι Κινέζοι, εντωμεταξύ, δεν ζήτησαν καμία ανταμοιβή για τις υπηρεσίες τους. Και είναι σίγουρη ότι ακόμη και να μπορούσαν αν συνεννοηθούν και να τους ρωτούσαν ποιοι τους έστειλαν δεν θα απαντούσαν. Μπορεί και οι ίδιοι να μην ξέρουν. Συνήθως αυτές οι δουλειές που εμπεριέχουν μεγάλο ρίσκο και τραβάνε τα φώτα της δημοσιότητας διενεργούνται κάτω από άκρα ανωνυμία, για να προστατευτεί φυσικά ο εμπνευστής του σχεδίου.

Στην περίπτωση των πέντε φίλων από την Ελλάδα, το θέμα το οποίο κυνηγάνε δεν είναι απλά επικίνδυνο, είναι hot topic για όλες τις μυστικές υπηρεσίες του πλανήτη, για φαρμακευτικές, για τους ηγέτες των μεγαλύτερων κρατών και γενικότερα για πολύ κόσμο, ο οποίος έχει μεγάλη δύναμη συγκεντρωμένη στα χέρια του. Γι' αυτό και η έρευνα είναι πολύ επικίνδυνη, όπως φάνηκε από όλα αυτά που έχει αντιμετωπίσει η παρέα μέχρι σήμερα.

Και τι κρύβεται άραγε μέσα στο μουσείο του Βλαδιβοστόκ; Τι είναι αυτό και ποια μπορεί να είναι η σχέση του με την πανδημία; Η Κατερίνα είναι ήδη πολύ χαρούμενη, αφού ξέρει ότι έχει φέρει σε πέρας το μισό ρεπορτάζ που της έχει ανατεθεί.

Ξέρει ήδη για τον ασθενή 0 και έχει το βίντεο. Τον καημένο τον ηλεκτρολόγο που κόλλησε covid-19 εν αγνοία του. Αν καταφέρει να βρει και ποιος ήταν αυτός που έδωσε την εντολή να δημιουργηθεί ο ιός, που μάλλον είναι και ο ίδιος που έδωσε την εντολή στον ηλεκτρολόγο να πάει στο εργαστήριο 54, «Σε βλέπω για Πούλιτζερ κουκλίτσα μου», μονολόγησε δυνατά, αφού ούτε η ίδια δεν μπόρεσε να ακούσει τι είπε, πόσο μάλλον οι διπλανοί της;

Κοιτάζει τον Γιάννη και τον Θοδωρή που κάθονται απέναντί της, και την Πέγκυ, που κάθεται δίπλα της. Δονούνται σύγκορμοι από τους κινητήρες του αεροπλάνου που εκτός από τους έλικες προσπαθούν εδώ και ώρες να περιστρέψουν τα άντερά τους. Παρόλα αυτά της χαμογελούν, της κλείνουν το μάτι. Τις κάνουν γκριμάτσες, τις ίδιες που έκαναν στο σχολείο όταν έκαναν μάθημα και κάθε μία από αυτές λέει μία ιστορία που μόνο η παρέα καταλαβαίνει.

Η Κατερίνα ξυπνάει με το κεφάλι της πάνω στον ώμο της φίλης της Πέγκυ. Ρουφάει τα σάλια που της τρέχουν αφού κοιμάται όρθια και ανασηκώνεται. Η φασαρία δεν είναι τόσο μεγάλη πια.

-Πρέπει να φτάνουμε, φώναξε ο Θοδωρής από την απέναντι σειρά καθισμάτων. Έκοψε τους κινητήρες.

-Γι' αυτό ακουγόμαστε λίγο, συμπλήρωσε με χαμόγελο ο Γιάννης. -Πώς ήταν το ταξίδι σας αγόρια; Ρώτησε γελώντας η Πέγκυ.

-Πολύ καλό, απάντησε περιπαικτικά ο Θοδωρής, αλλά μάλλον ήταν καλύτερο για τη μάχιμη δημοσιογράφο της παρέας.

-Μανάρι μου, ξεπατώθηκες στον ύπνο, της είπε η Πέγκυ γελώντας.

-Συγνώμη ρε παιδιά, είπε η Κατερίνα, ούτε που κατάλαβα πως με πήρε ο ύπνος.

-Δεν πειράζει. Καλύτερα που κοιμήθηκες, της φώναξε από απέναντι ο Θοδωρής. Αν λάβω υπόψιν πως ήταν οι τελευταίες μας μέρες, μάλλον θα χρειαστούμε όλοι μας μπόλικη ενέργεια. Ποιος ξέρει πού θα μπλέξουμε πάλι μόλις προσγειωθούμε;

-Θέλω να σας ευχαριστήσω για όλα όσα κάνετε για μένα και να σας πω ότι εκτιμώ πάρα πολύ αυτή την κίνηση να μπλέξετε για πάρτι μου σε τόσους κινδύνους.

-Σώπα καημένη, σιγά τους κινδύνους. Απλά πετάμε χωρίς χαρτιά σε μία ξένη χώρα, με ένα αεροπλάνο αρχαίο, το οποίο δεν έχουμε ιδέα σε ποιον ανήκει ή αν είναι κλεμμένο. Σιγά τον κίνδυνο, πως κάνεις έτσι, υπερβολική, της είπε γελώντας η Πέγκυ και της χάιδεψε στοργικά τα μαλλιά.

-Κι εγώ μπορώ να βάλω στο βιογραφικό μου ότι δούλεψα

στην Ουχάν, στο εργαστήριο που παράχθηκε ο ιός, είπε ο Γιάννης καλαμπουρίζοντας. Εντάξει, λίγες μέρες ήταν, αλλά μπορώ να γράψω ότι εργάστηκα κάποιους μήνες. Εξάλλου ποιος θα πάρει τηλέφωνο να το διασταυρώσει;

-Και να πάρει, σε ποια γλώσσα θα συνεννοηθεί; Εκτός αν πέσει στον Κινέζο που είναι τρελαμένος με την Χαλκιδική, που μιλάει και ελληνικά, είπε ο Θοδωρής.

-Έχουν δίκιο οι Θεσσαλονικείς, που λένε: «Σαν την Χαλκιδική πουθενά». Μέχρι και ο Κινέζος μαγεύτηκε, είπε η Κατερίνα.

-Ωραία η πλακίτσα, αλλά μήπως ξέρει κανείς πώς θα γυρίσουμε στην Ελλάδα, χωρίς χαρτιά;

Η Κατερίνα συνοφρυώθηκε. Δεν ξέρω ακόμη, είπε. Πιστεύω ότι πρέπει πρώτα να πάμε στο μουσείο του Βλαδιβοστόκ, να δούμε τι θα βρούμε και από εκεί αποφασίζουμε τι θα κάνουμε, ανάλογα.

-Αν τελειώσουμε με κάποιον τρόπο και πρέπει να φύγουμε, πρέπει να βρούμε ένα ελληνικό προξενείο να ξαναβγάλουμε χαρτιά, είπε η Πέγκυ.

-Θα υπάρχει προξενείο στο Βλαδιβοστόκ; Ρώτησε ο Θοδωρής.

-Σιγά μην έχει και ΚΕΠ, του απάντησε ο Γιάννης ειρωνικά.

Ρε φίλε, Βλαδιβοστόκ λέμε. Είναι χιλιάδες χιλιόμετρα μακριά από τη Μόσχα. Στο τέλος της Σιβηρίας και απέναντί του έχει την Ιαπωνία. Δεν είμαστε απλά σε άλλη χώρα. Είμαστε σε άλλο κόσμο.

-Τότε πρέπει να βασιστούμε στον Θίοντορ, συμπλήρωσε θλιμμένα ο Θοδωρής.

-Δυστυχώς αυτή τη στιγμή κουμάντο πρέπει να αφήσουμε να κάνει η Βαρβάρα. Αυτή έχει σχέσεις με τον Ρώσο...

-Που είναι και ο μοναδικός Ρώσος της παρέας, την διέκοψε η Πέγκυ.

-Και είναι η μόνη που μπορεί να συνεννοηθεί μαζί του, συμπλήρωσε ο Γιάννης.

-Αυτό πάλι, που το πας, είπε η Κατερίνα.

-Για να δούμε τι θα κάνουμε με τον πιλότο της Βαρβάρας. Θα πάμε στο μουσείο του Βλαδιβοστόκ ή θα βρεθούμε σε τίποτα γκούλαγκ για το υπόλοιπο της ζωής μας και δεν θα μπορέσει ποτέ κανείς από τους δικούς μας στην Ελλάδα να μάθει για την τύχη μας; Αναρωτήθηκε ο Θοδωρής.

-Καλό δεν είναι που σε μία τόσο επικίνδυνη κατάσταση βάζουμε επικεφαλής την Βαρβάρα, όλοι το ξέρουμε αυτό, διαπίστωσε η Πέγκυ.

-Ναι, αλλά δεν έχουμε άλλη επιλογή, είπε η Κατερίνα.

-Παιδιά, δεν θέλω να πανικοβληθείτε, είπε ο Θοδωρής, με γουρλωμένα μάτια, αλλά μόλις έσβησαν οι κινητήρες.

Οι τέσσερις φίλοι έμειναν εμβρόντητοι, οι τέσσερις έλικες του τεράστιου Γιάκοβλεφ σταμάτησαν απότομα να γυρίζουν. Ο θόρυβος σταμάτησε και το μόνο που ακούνε τώρα είναι ο αέρας που σκίζει το αεροπλάνο. Κοιτάζονται με τρόμο. Ο Γιάννης γέρνει λίγο προς τα πίσω. Ρίχνει μια ματιά έξω από το παράθυρο και επιβεβαιώνει αυτό που ήδη έχουν καταλάβει.

-Δεν γυρίζει κανείς από τους τέσσερις. Τους έσβησε». -Ή του έσβησαν, λέει έντρομος ο Θοδωρής.

-Θα μας φάνε οι αρκούδες ρε πούστη μου, αναφωνεί η Πέγκυ απελπισμένη. Οι τέσσερις φίλοι ξανακοιτάζονται και όλοι μαζί σα να είναι συνεννοημένοι

φωνάζουν δυνατά. -Βαρβάρα!

Μετά από 10 δευτερόλεπτα εμφανίζεται η Βαρβάρα.

-Τι έγινε, γιατί έσβησαν οι κινητήρες; Την πιάνει από τα μούτρα ο Γιάννης. -Α, δεν είναι τίποτα. Απλά τέλειωσαν τα καύσιμα.

-Τι εννοείς, δεν είναι τίποτα μωρή; Της βάζει τις φωνές η Πέγκυ. Αν μέναμε από καύσιμα με αυτοκίνητο, αυτό δεν θα ήταν τίποτα. Το πολύ πολύ να περπατούσαμε για να βρούμε βενζίνη. Αυτό είναι αεροπλάνο ρε τρελοπαντιέρα. Δεν έχει καύσιμα, άρα πέφτουμε.

-Είπα εγώ ότι πέφτουμε; Απάντησε ατάραχη η Βαρβάρα. Απλά δεν έχει άλλα καύσιμα, αλλά είμαστε πολύ κοντά εκεί που πρέπει να προσγειωθούμε και θα φτάσουμε με τη φόρα που έχουμε.

-Παιδάκι μου, πας καλά; Της επιτέθηκε ο Θοδωρής. Μας λες με τέτοια άνεση ότι θα κάνουμε αναγκαστική προσγείωση. Το καταλαβαίνεις ότι μπορεί να συντριβούμε;

-Σιγά που θα συντριβούμε. Ο Θιοντόρ πετούσε μαχητικά στο Αφγανιστάν. Μπορεί να το προσγειώσει και χωρίς καύσιμα, χωρίς ρόδες, χωρίς φτερά.

-Χωρίς αύριο, συμπλήρωσε πικρόχολα η Κατερίνα.

-Κι εγώ σας λέω ότι όλα θα πάνε καλά. Σε πέντε λεπτά θα πατάμε και πάλι στο έδαφος.

Το αεροπλάνο συνέχισε να πετάει χωρίς κάτι να δείχνει ότι πέφτουν. Χάνουν ύψος, αλλά ελεγχόμενα. Η παρέα κάπως έχει συνέλθει από την τρομάρα και τότε η Πέγκυ γυρνάει προς το μέρος της Βαρβάρας.

-Γαμήθηκες έτσι;

-Εγώ; Ποτέ, απαντάει η Βαρβάρα και της φεύγει ένα γελάκι.

-Αφού σε καταλαβαίνω πάντα όταν έχεις κάνει σεξ. Δεν μπορείς να μου κρυφτείς.

-Καλά σοβαρά τώρα; Πηδήχτηκες μέσα στο πιλοτήριο; Της επιτίθεται και η Κατερίνα.

-Γιατί υπάρχει κάποιος κανόνας που απαγορεύει το σεξ στην καμπίνα του πιλότου;

-Δηλαδή όση ώρα εμείς ανησυχούμε που παίζουμε κορώνα γράμματα τη ζωή μας μέσα σε αυτό το ιπτάμενο ερείπιο, εσύ έκανες σεξ; Ρώτησε σε έντονο ύφος ο Γιάννης.

-Ναι, γιατί, δεν κατάλαβα. Κι εγώ φοβόμουν, γι’ αυτό και το έκανα. Σκέφτηκα ότι τουλάχιστον αν πέσουμε θα πάω ευτυχισμένη.

-Από πότε σκέφτεσαι κιόλας; Την έκοψε η Κατερίνα. Και για να έχουμε καλό ρώτημα, ποιος πιλοτάριζε;

-Μα φυσικά ο αυτόματος πιλότος.

-Ο αυτόματος πιλότος πιλοτάριζε το ρημάδι όσες ώρες πετάμε ξυστά πάνω από τα δέντρα; Ρώτησε ο Θοδωρής.

-Καταρχήν έχει αυτή η αρχαιολογία αυτόματο πιλότο;

-Έχει και παραέχει, τους επιτέθηκε τώρα η Βαρβάρα. Και αυτόματο πιλότο έχει και ζωντανό πιλότο με αρχίδια έχει.

-Φαντάζομαι ότι το τελευταίο συμπέρασμα προέρχεται από προσωπική εμπειρία, της κόλλησε η Πέγκυ.

-Μιλάω για τις ικανότητές του ως πιλότος. Ο άνθρωπος είναι βετεράνος της ρωσικής πολεμικής αεροπορίας, δεν είναι κανένας τυχαίος.

Εκείνη της στιγμή ένα πολύ δυνατό τράνταγμα αναγκάζει τη Βαρβάρα να καθίσει πάνω στον πισινό της στο πάτωμα του αεροπλάνου.

Το αεροπλάνο έχει ακουμπήσει τους τροχούς του σε ένα χωράφι μερικά χιλιόμετρα έξω από το Βλαδιβοστόκ.

Οι πέντε φίλοι που κάθονται στο πίσω του μέρος χτυπιούνται σα να βρίσκονται μέσα σε σέικερ. Οι τέσσερις είναι δεμένοι και τέλος πάντων οι ζώνες μπορούν να τους κρατήσουν στις θέσεις τους. Η Βαρβάρα όμως κάθεται απότομα και πέφτει, , παρασυρμένη από την ορμή της ανώμαλης προσγείωσης. Ο Θοδωρής την αρπάζει από την μπλούζα τη στιγμή που περνάει με κουτρουβάλες μπροστά του και την κρατάει με δύναμη ανάμεσα στα πόδια του.

-Ευτυχώς που είναι βετεράνος ο δικός σου, της φωνάζει στο αυτί, αφού τον θόρυβο των κινητήρων τώρα έχουν αντικαταστήσει οι τριγμοί από το παλιό σκαρί που κοπανιέται στις λακκούβες του χωραφιού.

-Τι; Του φωνάζει η Βαρβάρα, που δεν ακούει τίποτα.

Ο Θοδωρής, κάνει μια γκριμάτσα απελπισίας και δεν της απαντάει.

Τώρα το Γιάκοβλεφ έχει κόψει ταχύτητα αισθητά. Χοροπηδάει από τις λακκούβες, αλλά όλα δείχνουν ότι όπου να 'ναι σταματάει. Οι πέντε φίλοι έχουν αρχίσει και χαλαρώνουν. Χαμογελούν με ανακούφιση ο ένας στον άλλον. Σηκώνουν τους αντίχειρές τους. Το Γιάκοβλεφ σταματάει εντελώς. Η ησυχία είναι εκκωφαντική και την σκίζει η φωνή της Κατερίνας.

-Γεια σου ρε Βαρβάρα με τον βετεράνο σου!

Οι κινητήρες του παλιού αεροσκάφους σβήνουν με την ίδια βαβούρα που κάνουν όταν παίρνουν μπροστά. Μετά από μερικά τραντάγματα από τις ανάποδες στροφές του κινητήρα που έκαναν όλους τους επιβάτες να αναπηδήσουν στα καθίσματά τους εκτός από τη Βαρβάρα που πραγματοποίησε αναπήδηση επί του πατώματος, εκκωφαντική ησυχία απλώθηκε στο εσωτερικό του σκάφους.

Η παρέα των πέντε ξέσπασε σε χειροκροτήματα. Ο Θίοντορ που μόλις βγήκε από το κόκπιτ ευχαρίστησε με νόημα τους θαυμαστές του. Η Βαρβάρα σηκώθηκε και του έδωσε ένα ρουφηχτό φιλί στο στόμα, το οποίο εξελίχθηκε σε γλωσσόφιλο διαρκείας.

Αφού ο πιλότος ξεμπέρδεψε με τις εκφράσεις θαυμασμού στο πρόσωπό του, πλησίασε την πόρτα εξόδου και την άνοιξε με μερικές αποφασιστικές κινήσεις. Έπιασε μία ανεμόσκαλα που βρίσκεται δίπλα από την πόρτα και την ξεδίπλωσε ώστε αυτή να αγγίξει τον αεροδιάδρομο.

Η παρέα των Ελλήνων σηκώθηκε και ετοιμάστηκε να κατέβει τη σκάλα. Πρώτος κατέβηκε ο Θίοντορ, ο οποίος έμεινε στην κάτω μεριά της σκάλας και βοήθησε να κατέβουν οι επιβάτες. Τώρα ο Θίοντορ περπατάει μπροστά και πίσω του η παρέα των τεσσάρων. Η Βαρβάρα τον έχει πιάσει αγκαζέ και περπατάει μαζί του.

Το αεροδρόμιο δεν είναι ακριβώς αεροδρόμιο. Ίσως να ήταν παλιά, αλλά όχι πια. Υπάρχουν μερικά εγκαταλελειμμένα αεροσκάφη εδώ κι εκεί, αλλά κυρίως έχει παλιά αυτοκίνητα. Μάλλον η τελευταία του χρήση ήταν ως πίστα dragster, αφού τα περισσότερα παρατημένα αυτοκίνητα είναι βαμμένα σαν αγωνιστικά και έχουν τους χαρακτηριστικούς μεγαλύτερους πίσω από τους εμπρός τροχούς, αλλά και σιδηροκατασκευές, οι οποίες είναι σκουριασμένες πια, στην ουρά των αυτοκινήτων που τότε που ήταν εν λειτουργία απέτρεπε το ανασήκωμα του εμπρός μέρους που στους αγώνες του είδους έχει καταστροφικά και συχνά τραγικά αποτελέσματα.

Ο Θίοντορ συνέχισε να περπατάει με γοργό βήμα και η

παρέα προσπαθεί ασθμαίνοντας να φτάσει τον πανύψηλο Ρώσο πιλότο.

Ο ουρανός είναι βαρύς με γκρίζα σύννεφα, κάτι που μάλλον είναι το μόνιμο ντεκόρ σε αυτό το τόσο βόρειο σημείο του κόσμου. Από μακριά φαίνεται η πόλη του Βλαδιβοστόκ, όχι ακριβώς η πόλη αλλά ένα μαύρο σύννεφο ρύπανσης, το οποίο μάλλον στέκεται μόνιμα εδώ και δεκαετίες από πάνω της.

Ο Θίοντορ πλησίασε ένα αυτοκίνητο με τετράγωνο σχήμα και μεγάλες γυάλινες επιφάνειες, ένα μοντέλο που κανείς τους δεν είχε ξαναδεί. Έχει σχήμα τζιπ αλλά είναι πολύ παλιακό, σκουριασμένο και γεμάτο ξεραμένες λάσπες.

-Νομίζω ότι αυτή θα είναι η λιμουζίνα μας, κάγχασε η Πέγκυ..

-Είναι τόσο σκουριασμένο όσο ήταν και το αεροπλάνο, συμπλήρωσε ο Γιάννης.

-Πάντως το αεροπλάνο μας έφερε μέχρι εδώ, είναι η αλήθεια, είπε ο Θοδωρής.

-Τι αμάξι είναι αυτό; Ρώτησε η Κατερίνα.

-Όπως όλα δείχνουν, το ταξίδι στο οποίο μας έφερες είναι και ταξίδι στον χρόνο, της απάντησε ο Θοδωρής.

-Ναι, ταξίδι στη Σοβιετική Ένωση, είπε ο Γιάννης.

-Είναι UAZ, απάντησε με σιγουριά η Βαρβάρα, που συνέχισε να περπατάει μπροστά από τους υπόλοιπους κρεμασμένη στο μπράτσο του Θίοντορ.

-Κι εσύ που το ξέρεις; Τι ρώτησε η Κατερίνα.

-Ρώτησα τον Θίοντορ και μου το είπε. Είναι μοντέλο του 1972... -Τόσο καινούριο, είπε γελώντας ο Θοδωρής.

-Και, συνέχισε η Βαρβάρα, το χρησιμοποιούσε ο στρατός της Σοβιετικής Ένωσης για δεκαετίες. Δεν χαλάνε ποτέ και παίρνουν μπροστά ακόμη και όταν έχει μείον 40 βαθμούς Κελσίου, κάτι που εδώ στη Σιβηρία που βρισκόμαστε, είναι πολύ σημαντικό, όπως καταλαβαίνετε.

-Είμαστε στη Σιβηρία, ε; ρώτησε η Πέγκυ, σαν μόλις τώρα να το συνειδητοποιούσε.

-Ναι, Πέγκυ μου, της απάντησε ο Γιάννης. Είμαστε στη Σιβηρία. Είμαστε στην άκρη της Ασίας, μακριά από τον πολιτισμό, τους διεθνείς οργανισμούς και από κάθε τι άλλο που έχουμε συνηθίσει στην Ευρώπη.

-Περιττό να σας πω ότι θα σας είμαι για πάντα υπόχρεη που φτάσατε στην άκρη του κόσμου για χάρη μου.

-Καλά, δεν είναι και η πρώτη φορά, της απάντησε ο Θοδωρής, παριστάνοντας το θυμωμένο.

-Εντάξει, με βοηθήσατε τότε με την εξάρθρωση της Μαφίας της φέτας.

-Ναι, που είχα κρυφτεί μέσα στα γουρούνια για να φωτογραφίσω με το φακό παράνομες δραστηριότητες. «Δεν είναι επικίνδυνο», μου είχες πει. Και ο τυρέμπορος είχε κάτι μπράβους με κάτι σβέρκους...

-Σαν τους Κινέζους μας, που ήταν οι φύλακες άγγελοί μας στην Ουχάν, τον διέκοψε η Βαρβάρα.

-Τέτοιους, υπερθεμάτισε ο Θοδωρής. Αφού δεν με έκαναν κι εμένα ζαμπόν, πάλι καλά να λέμε.

Ο Θοδωρής άνοιξε την πίσω πόρτα του αυτοκινήτου-απομειναριού του υπαρκτού σοσιαλισμού, η οποία πόρτα έκανε ακριβώς τον ίδιο τριγμό με την πόρτα του Γιάκοβλεφ.

-Προφανώς ο προμηθευτής μεντεσέδων ήταν κοινός, συνέχισε ο Θοδωρής γελώντας, ενώ η Κατερίνα βολευόταν στο πίσω κάθισμα.

Ο Θίοντορ έβαλε μπροστά τη μηχανή, που γύρισε ράθυμα μερικές στροφές. Μετά έδειξε να το μετάνιωσε και έσβησε αφού πήρε και δύο ανάποδες προτού σταματήσει να κουνάει τους επιβάτες του. Εκείνος ξανάβαλε μπροστά και αυτή τη φορά ένας χαρούμενο σύννεφο μπλε τοξικού καπνού σηματοδότησε την επιτυχημένη έναρξη του κινητήρα.

Το UAZ κουνιέται σύγκορμο, μαζί με τους επιβάτες του.

-Είναι κρύο ακόμη, γι' αυτό τρέμει, φώναξε η Βαρβάρα προς τα πίσω από το κάθισμα του συνοδηγού, προσπαθώντας να ξεπεράσει τα ντεσιμπέλ του αυτοκινήτου.

-Το έχει η μοίρα μας. Κάτι οι εκρήξεις, κάτι η τεχνολογία του '60 στις μεταφορές, κουφοί θα βγούμε από αυτό το ταξίδι, είπε ο Θοδωρής, που κάθεται ανάμεσα στις δύο φίλες του.

-Τι είπες; Ούρλιαξε ο Γιάννης από το πιο πίσω κάθισμα.

Το κάθισμα, που δεν είναι ακριβώς κάθισμα χρήζει μιας περαιτέρω περιγραφής, αφού είπαμε, δεν είναι κάθισμα: Είναι σαν τα αναδιπλούμενα σκαμνάκια που παίρνουν οι γριές στην εκκλησία, με τη διαφορά ότι αυτό είναι πτυσσόμενο σαν αυτά, αλλά όχι και μεταφερόμενο.

Αυτό μαζί με το όμοιο διπλανό του, και άλλο ένα ίδιο ζευγάρι είναι βιδωμένα αντικριστά τους, στο απέναντι «προφίλ» του αυτοκινήτου ώστε να χωράνε άλλους τέσσερις επιβάτες επιπλέον των πέντε που χωράει συνήθως ένα αυτοκίνητο.

Εκεί πίσω ο Γιάννης χοροπηδάει στον ρυθμό της παλιάς κρύας μηχανής, αλλά και της γεωμορφολογίας του χωραφιού που ήταν πρώην αεροδρόμιο, πρώην πίστα dragster, πρώην ένας θεός ξέρει τι άλλο.

-Καλά άστο, μονολόγησε απογοητευμένος ο Θοδωρής.

Ο Θίοντορ οδηγεί το παλιό τζιπ με τον ίδιο δυναμικό θα μπορούσε να πει κανείς τρόπο. Δηλαδή με το πόδι στο πάτωμα. Αλλάζει τις ταχύτητες σαν μανιακός, τα κόκκαλα του γέρικου αυτοκινήτου τρίζουν και οι επιβάτες χτυπάνε ανήμποροι τα κεφάλια τους σε κάθε λακκούβα.

Μπροστά ανοίγεται ένας μεγάλος άγονος κάμπος που εκεί τον λένε στέπα. Πίσω τα πάντα είναι σκεπασμένα με τον μπλε καπνό που αφήνει πίσω του γενναιόδωρα το παλιό UAZ. Ο Θίοντορ κάνει αναστροφή, το αμάξι γέρνει, αλλά δεν τουμπάρει, απίστευτο και όμως αληθινό και αμέσως χύνεται ευθεία μπροστά πάνω από λακκούβες και χαντάκια, με κατεύθυνση το Βλαδιβοστόκ.

-Ο οδηγός ξέρει πού πάμε; Ούρλιαξε πάλι ο Γιάννης από το πίσω κάθισμα. Κανείς δεν έδειξε να του δίνει σημασία. Ο Θίοντορ πάλευε με το τιμόνι και οι υπόλοιποι πάλευαν να κρατηθούν στα καθίσματά τους.

Ο Γιάννης έκανε μια γκριμάτσα απογοήτευσης και αποφάσισε απλά να ακολουθήσει τη μοίρα του, αυτή τη ρουφιάνα που τον έφερε πρωινιάτικο στη ρωσική στέπα, λες και δεν είχε δουλειές να κάνει στην Αθήνα, στο εργαστήριό του. Το εργαστήριο ρε γαμώτο, πόσες μέρες λείπουμε; Έχω χάσει το μέτρημα εδώ που έχουμε μπλέξει, σκέφτηκε, ενώ ταυτόχρονα προσπαθούσε να μην σκοτωθεί από το κούνημα.

Μετά από ένα τέταρτο οδήγησης σε αγροτικούς δρόμους, το αρχαίο τζιπ πετάχτηκε μέσα από ένα σύννεφο σκόνης και μπλε καπνού, σε έναν ασφαλτοστρωμένο δρόμο.

Ο Θίοντορ έστριψε αριστερά και επιτάχυνε πάντα με τέρμα γκάζι. Κανείς δεν ξέρει με πόσα πάνε, αφού το αυτοκίνητο δεν έχει πίνακα οργάνων. Ούτε καν για βενζίνη, κάποιος, κάπου, κάποτε τα ξήλωσε για το δικό του αυτοκίνητο ή και για πλάκα, ποιος ξέρει; Ο μπλε καπνός τώρα δεν τους ακολουθεί απλώς, αλλά μπαίνει και στην καμπίνα των επιβατών αν και τα παράθυρα είναι κλειστά.

Η παρέα κοιτάζει με γουρλωμένα μάτια τον δρόμο, τα δέντρα, τα σπίτια που περνάνε με ιλιγγιώδη ταχύτητα δίπλα τους.

Ο Θίοντορ πάλι δεν φαίνεται να δίνει και τόσο μεγάλη σημασία στον δρόμο όπως οι υπόλοιποι, αφού είναι απασχολημένος με το στρίψιμο του τσιγάρου του.

Το UAZ εξακολουθεί να χοροπηδάει και όλοι κατάλαβαν ότι δεν ήταν οι λακκούβες το πρόβλημα τόση ώρα. Και η μηχανή κάνει ακόμη περισσότερο θόρυβο τώρα, αν και λογικά πρέπει να έχει ζεσταθεί.

Παρόλα αυτά, όλοι ησυχάζουν, αν μπορεί να πει κανείς κάτι τέτοιο μέσα σε τέτοιο σαματά, όταν βλέπουν την ταμπέλα που γράφει βλαдивосток.

Όπως βλέπεις κι εσύ, μπορεί να είναι γραμμένη στα Ρώσικα αλλά όλοι στην παρέα, όπως κι εσύ, κατάλαβαν τι λέει. Ρε λες να 'χει δίκιο η Βαρβάρα;

Το παλιό τζιπ αρχίζει να μπαίνει στα περίχωρα της πόλης, χωρίς φυσικά ο Θίοντορ να σκεφτεί να ανακόψει ταχύτητα, έστω και για λίγο. Γιατί άλλωστε;

Ο κόσμος που κυκλοφορεί στο ανατολικότερο λιμάνι της Ευρασίας δεν έχει ιδέα ποιοι είναι μέσα στο παλιό τζιπ που έχει γεμίσει με καπνό τους δρόμους της πόλης.

Ο Θίοντορ δείχνει να κινείται με άνεση στην πόλη, άλλωστε από 'δω είναι. Μπαίνει στα στενά για να αποφύγει την κίνηση, που δεν είναι και λίγη, ξαναβγαίνει σε λεωφόρο, τους προσπερνάει όλους και πάντα με τέρμα γκάζι.

Οι δύο δεξιοί τροχοί του παλιού ρώσικου αυτοκινήτου γλιστρούν σε ένα τέλειο τόξο και ακινητοποιούνται μόλις μερικά εκατοστά από το κράσπεδο του πεζοδρομίου.

Ο Γιάννης σηκώνεται από το πίσω, πιο πίσω από το πίσω κάθισμα που δεν είναι κάθισμα -αλλά μην λέμε πάλι τα ίδια- και πάει να ανοίξει την πίσω πόρτα.

Καλό είναι να ξέρεις ότι από τα πίσω πτυσσόμενα καθίσματα μπαίνεις και βγαίνει από την πίσω πόρτα. Στην ουσία είσαι στον χώρο φόρτωσης του αυτοκινήτου.

Όμως το χερούλι του μένει στο χέρι. Οπότε καβαλάει πάνω από το πραγματικό πίσω κάθισμα, αφού οι επιβάτες του το έχουν αφήσει κακήν κακώς και βγαίνει από την αριστερή πίσω πόρτα.

Ενώ όλοι έχουν κατέβει, το UAZ συνεχίζει να δονείται από τις ανάποδες στροφές που παίρνει ο κινητήρας του, αλλά κάποια στιγμή σταματάει.

Η παρέα είναι σε κακά χάλια. Όλοι είναι κατακίτρινοι και κατάκοποι. Οι κραδασμοί σε συνδυασμό με τον άφθονο καπνό από την εξάτμιση τους έχει φέρει όλους εκτός από τον οδηγό στα όρια του εμετού.

Βγαίνουν από το αυτοκίνητο και μόνο ο Θίοντορ έχει το κουράγιο να ανάψει ένα, ή μάλλον άλλο ένα τσιγάρο. Για την ώρα το στρίβει.

Άλλοι ακουμπούν πάνω στο αυτοκίνητο για να σταθούν στα πόδια τους και οι υπόλοιποι ακουμπάνε πάνω σ' αυτούς για τον ίδιο ακριβώς λόγο. Τα μάτια τους είναι κατακόκκινα και τα μούτρα τους, κατακίτρινα.

-Καλά, πολεμικό μουσείο στην άκρη της θάλασσας; Ρώτησε ο Θοδωρής, αφήνοντας έναν βήχα στο τέλος για να σπάσει την αναγούλα.

Σήκωσαν όλοι με κόπο τα μάτια τους και με θολό βλέμμα

αντίκρισαν τα κόκκινα τούβλα του κτιρίου.

-Και τώρα τι κάνουμε; Ρώτησε η Κατερίνα, με πνιχτή φωνή.

-Δεν ξέρω, εσύ είσαι η δαιμόνια ρεπόρτερ, εσύ θα μας πεις. Εγώ είμαι πολιτικός, είπε ειρωνικά η Πέγκυ.

-Ναι, αν έχετε καμιά κορδέλα για κόψιμο, να την φωνάξετε, είπε ο Γιάννης. -Τι αστείο, απάντησε η Πέγκυ.

-Πώς είστε; Ρώτησε ο Θοδωρής.

Όλοι κούνησαν το κεφάλι καταφατικά, εκτός από τον Θίοντορ, που δεν καταλαβαίνει Ελληνικά.

-Προτείνω να πάμε στο καφέ εκεί απέναντι. Να πιούμε κάτι, να συνέρθουμε και μετά να συζητήσουμε τι θα κάνουμε. Ταυτόχρονα μπορούμε να παρατηρούμε και το «σημείο ενδιαφέροντος», κατέληξε κοιτώντας με νόημα το κτίριο.

-Ναι, πάμε να κάτσουμε λίγο, με τον ζόρι στέκομαι όρθια, συμφώνησε η Πέγκυ.

-Ενώ αν ήταν τίποτα εγκαίνια, θα μπορούσες να μείνεις όλη μέρα όρθια, την πείραξε ο Γιάννης.

-Ναι ρε σεις, πάμε, αλλά, έχει κανείς σας λεφτά; Μετά την έκρηξη τα χάσαμε όλα.

Οι πέντε φίλοι κοιτάχτηκαν απελπισμένοι.

-Εγώ δεν έχω τίποτα, είπε η Βαρβάρα, είχα τα πάντα μέσα

στην τσάντα μου. Ο Θίοντορ έβαλε το τσιγάρο στο στόμα, άνοιξε τα χέρια του «αγκαλιάζοντας»

την παρέα και τους οδήγησε ευγενικά προς το καφέ.

Ενώ κάθονταν ο Γιάννης λέει στη Βαρβάρα: «Βαρβαρούλα μου, εξήγησέ του εσύ με τα τέλεια Ρώσικά σου ότι είμαστε άφραγκοι.

-Το ξέρει, μην ανησυχείς, αλλά είναι τζέντλεμαν. Αλλιώς δεν θα τον παντρευόμουν.

-Θα τον παντρευτείς; Πετάχτηκε η Πέγκυ σα να την τσίμπησε σφίγγα. -Πότε πρόλαβες, ρε αθεόφοβη; Ρώτησε και η Κατερίνα έκπληκτη.

-Τι νομίζεις ότι κάναμε τόσες ώρες στο πιλοτήριο; -Εσύ ήσουν κατά του γάμου, είπε η Κατερίνα.

-Ήμουν. Αλλά ποτέ κατά αυτού του γάμου.

-Δηλαδή τι διαφορετικό θα έχει αυτός ο γάμος από τους άλλους ρε Βαρβάρα; Ρώτησε ο Θοδωρής.

-Κοίτα τον Θίοντορ και θα καταλάβεις, του είπε αυτή σφίγγοντας ακόμη περισσότερο το μπράτσο του μέλλοντα συζύγου της.

-Καλά, ότι να 'ναι, πρόσθεσε η Πέγκυ. Είμαστε τουλάχιστον λίγο καλύτερα, έτσι; ρώτησε τους γύρω της και αυτοί συγκατένευσαν.

Ο Θίοντορ έχει ήδη παραγγείλει ένα πλουσιοπάροχο πρωινό, στο οποίο πέφτουν όλοι με τα μούτρα ενώ συζητούν για το θέμα που τους απασχολεί.

-Το γραφείο που ψάχνουμε είναι το τρίτο παράθυρο από δεξιά. Το βλέπετε; Ρώτησε τους φίλους του ο Θοδωρής. Θα πρέπει να μπούμε μέσα και να ψάξουμε. Ίσως να χρειαστεί να ψάξουμε αρκετά. Μπορεί και λίγο. Δεν ξέρουμε.

-Επίσης δεν ξέρουμε αν είναι κανείς μέσα, τον διέκοψε ο Γιάννης. -Σωστό κι αυτό, συμφώνησε ο Θοδωρής.

-Θα πρέπει να έχουμε κάποιον αντιπερισπασμό, είπε η Κατερίνα.

-Παιδιά, μην το παιδεύουμε, τους έκοψε όλους η Πέγκυ. Μόνο ο Ρώσος μπορεί να είναι η κάλυψή μας. Μόνο αυτός γνωρίζει και τη γλώσσα και τα κατατόπια.

-Εντάξει, αλλά και η Βαρβαρούλα μας, το δουλεύει το Ρώσικο, είπε ειρωνικά ο Θοδωρής.

Η Βαρβάρα τον κοίταξε με απαξίωση.

-Ζηλεύεις την πολυπολιτισμική μου πολυπλοκότητα, του απάντησε αυτή με νάζι.

-Μπορείς να το ξαναπείς αυτό, χωρίς να κάνεις λάθος; Της

κόλλησε η Κατερίνα.

Τα γέλια διέκοψε ο Θίοντορ. Σηκώθηκε όρθιος, άφησε λεφτά κάτω από ένα πιάτο και έκανε νόημα στην παρέα να τον ακολουθήσουν. Όπως κι έγινε.

Στην παραλία του Βλαδιβοστόκ περπατάει, λοιπόν, μία παράταιρη παρέα που αποτελείται από έναν Ρώσο βετεράνο και πέντε Έλληνες, ντυμένους με κινέζικα ρούχα, όχι αυτό που λέμε «από τα κινέζικα», αλλά καθαυτού κινέζικη μόδα απευθείας από την Ουχάν.

Πολύ γρήγορα η αταίριαστη ομάδα βρέθηκε στον πρώτο όροφο του μουσείου, έξω από την πόρτα του γραφείου που θέλουν.

Ο Θίοντορ πλησίασε την πόρτα και την χτύπησε. Περίμεναν όλοι λίγο και αφού κανείς δεν απάντησε, ο Θίοντορ άνοιξε την πόρτα. Αυτό που αντίκρισαν ήταν ένα άδειο γραφείο, χωρίς υπολογιστή, αλλά με πολλές σφραγίδες πάνω του.

Ο Θοδωρής πέρασε πρώτος μέσα. Έριξε μια ματιά πάνω στο γραφείο. Ο Γιάννης πήγε στην βιβλιοθήκη και άρχισε να περιεργάζεται τα βιβλία. Ο Θίοντορ έμεινε όρθιος στην πόρτα, μαζί με την Βαρβάρα. Η Πέγκυ με την Κατερίνα ψάχνουν και αυτές για οτιδήποτε μέσα στο δωμάτιο, που να τους κινήσει το ενδιαφέρον.

-Ξέρουμε τι ψάχνουμε; Ρώτησε η Πέγκυ.

-Δεν έχω ιδέα, απάντησε ο Θοδωρής. Ρε συ, τα συρτάρια είναι ανοιχτά, συμπλήρωσε ανοίγοντας το πρώτο συρτάρι του γραφείου. Παιδιά, σταματήστε να ψάχνετε. Το βρήκα. Δηλαδή δεν το βρήκα ακριβώς, μάλλον κάποιος το έχει αφήσει για μένα.

Όλοι γύρισαν προς το μέρος του. Ο Θοδωρής, που στέκεται πίσω από το γραφείο, δείχνει σε όλους αυτό που κρατάει στο χέρι του. Είναι ένα μαύρο USB stick που πάνω του είναι κολλημένο με σελοτέιπ ένα κομμάτι χαρτί και έχει γραμμένο με μαρκαδόρο το όνομα του Γιάννη.

-Μάλλον είμαστε πολύ άσχημα μπλεγμένοι, είπε ο Γιάννης κοιτώντας πλαγίως την Κατερίνα.

-Παιδιά, πραγματικά θέλω να σας ζητήσω συγνώμη, είπε κοιτώντας τους φίλους της. Δεν φαντάστηκα ποτέ τέτοια εξέλιξη. Πρέπει να προσέχουμε πάρα πολύ.

-Χωρίς λεφτά και χαρτιά το σίγουρο είναι ότι κάποιοι θα μας προσέξουν. Κάποιοι που από ό,τι φαίνεται μας γνωρίζουν πολύ καλά.

-Αν βρήκατε αυτό που θέλουμε πάμε να φύγουμε, τους είπε η Βαρβάρα από την πόρτα.

-Δίκιο έχει, είπε ο Θοδωρής. Πάμε να φύγουμε από 'δω μέσα και αργότερα καθόμαστε να φοβηθούμε.

ΚΕΦΑΛΑΙΟ 10°

Το Εξοχικό

Το σίγουρο είναι ότι κάποιος ξέρει και ποιοι είμαστε και τι ψάχνουμε, είπε η Κατερίνα.

-Και μάλιστα θέλει και αυτός να το βρούμε, αφού μας το δίνει στο χέρι ή μπορείς να πεις ότι μου το δίνει στο χέρι, είπε ο Γιάννης.

-Σε αυτό μας έμπλεξα εγώ, αλλά δεν παύουμε να είμαστε όλοι μαζί. Όποιου το όνομα και να έγραφε, όλοι μας έχουμε πρόβλημα, είπε η Κατερίνα.

-Εξάλλου, αφού ξέρουν εσένα, σίγουρα ξέρουν κι εμάς, του είπε η Πέγκυ.

-Κι αν δεν μας ξέρουν τους είναι πολύ εύκολο να μας μάθουν, αν το θελήσουν, συμπλήρωσε ο Θοδωρής.

-Όπως και να 'χει, αυτό το στικάκι που γράφει το όνομά

μου αναφέρει ότι αυτή τη στιγμή που μιλάμε δημιουργούνται εμβόλια κατά του covid-19, από τις μεγαλύτερες φαρμακευτικές του πλανήτη. Θα είναι έτοιμα πολύ σύντομα.

-Εμβόλια κανονικά, κατά της πανδημίας; Ρώτησε η Κατερίνα. -Έτσι φαίνεται, απάντησε ο Γιάννης.

-Και ποιος τα ανακάλυψε; Ρώτησε πάλι η Κατερίνα. -Δεν έχω ιδέα, της απάντησε ο Γιάννης.

-Περίεργο αυτό, είπε η Πέγκυ.

-Όχι, αυτό δεν είναι το περίεργο, άλλο είναι, της είπε ο Γιάννης.

-Ποιο δηλαδή είναι το περίεργο, εκτός από το ότι κάποιος μας αφήνει ένα στικάκι με την φόρμουλα του εμβολίου που ψάχνει όλος ο πλανήτης;

-Το περίεργο είναι ότι εδώ μέσα έχει μία λίστα με εκατομμύρια ονόματα, της είπε ο Γιάννης.

-Τι ονόματα είναι αυτά; Ρώτησε η Κατερίνα.

-Είναι τα ονόματα αυτών που θα πεθάνουν από την πανδημία, είπε σκεπτικός ο Γιάννης.

-Ορίστε; Πετάχτηκε η Βαρβάρα. Αυτό είναι πολύ τρομακτικό.

-Αν είναι αληθινό, είναι όντως πολύ τρομακτικό, είπε ο

Γιάννης. Αλλά δεν τελειώνει εδώ. Αυτός που μας άφησε τα εμβόλια και τη λίστα, θέλει να ανεβάσουμε τα ονόματα στο διαδίκτυο. Υποστηρίζει ότι όποιος κάνει το εμβόλιο θα σβήνεται και από τη λίστα.

-Και που ξέρουμε ότι αυτή η λίστα είναι σωστή; Ρώτησε η Πέγκυ.

-Δεν το ξέρουμε, αλλά λέει ότι είναι. Έχει ονόματα, ημερομηνίες και ώρες θανάτου.

-Τέτοια μακάβρια ακρίβεια, είπε γελώντας πικρά η Βαρβάρα.

-Τέτοια, της απάντησε ο Γιάννης. Αυτό το πράγμα δεν το έχω ξαναδεί στη ζωή μου.

-Αλλά όπως και να έχει, νομίζω ότι πρέπει να γυρίσουμε πίσω, είπε η Κατερίνα Δεν υπάρχει λόγος να πάρουμε κι άλλα ρίσκα σε μία ξένη χώρα, χωρίς χαρτιά, χωρίς λεφτά. Προτείνω να βρούμε έναν τρόπο να γυρίσουμε στην Ελλάδα, κάτι που πρέπει έτσι κι αλλιώς να κάνουμε. Πού είναι ο Θίοντορ;

-Μέσα, κοιμάται, απάντησε η Βαρβάρα.

Η παρέα βρίσκεται σε ένα εξοχικό σπίτι, στα περίχωρα του Βλαδιβοστόκ. Είναι το πατρικό του Θίοντορ. Το συνήθως χιονισμένο τοπίο είναι ανοιξιάτικο και φιλόξενο. Πανύψηλα δέντρα και αχανείς εκτάσεις απλώνονται μέχρι εκεί που φτάνει το μάτι.

-Πάντως, αν το σκεφτεί κανείς λογικά, το πιθανότερο είναι αυτό που έχουμε να είναι πραγματικά από κάποιον που ξέρει.

-Και πώς καταλήγεις σε αυτό το λογικό συμπέρασμα, ρώτησε ο Γιάννης,

-Σκέψου ότι όλη η διαδρομή που έχουμε κάνει μέχρι τώρα κατά κάποιον τρόπο υποδείχθηκε από αυτόν που αμόλησε τον ιό στον πλανήτη, μέσω εκείνου του καημένου του ηλεκτρολόγου. Αν λοιπόν «συνομιλούμε» με αυτόν που έφτιαξε τον ιό, το πιθανότερο είναι αυτός να κατέχει και το εμβόλιο.

-Εντάξει, είπε ο Γιάννης. Έχει μία λογική, αλλά δεν πάει να πει ότι είναι και έτσι τα πράγματα. Γνωρίζουμε ελάχιστα γι' αυτόν ή αυτούς που μας καθοδηγούν όλες αυτές τις μέρες. Μπορεί να είναι οποιοσδήποτε με μία οποιαδήποτε ατζέντα, την οποία εμείς ούτε που καταλαβαίνουμε, αλλά ακολουθούμε τις οδηγίες του, αφού δεν έχουμε άλλα στοιχεία προς κάποια άλλη κατεύθυνση.

-Παιδιά, να πάρουμε ένα-ένα τα πράγματα; Ρώτησε η Πέγκυ. Καταρχήν πρέπει να δούμε πώς θα βγάλουμε χαρτιά και πώς θα γυρίσουμε πίσω.

-Εγώ προτείνω να γυρίσουμε στη Μόσχα με τον υπερσιβηρικό σιδηρόδρομο, είπε η Βαρβάρα. Πάντα ήθελα να κάνω αυτό το ταξίδι με τραίνο και να διασχίσω όλη την ρωσική στέπα. Και όταν φτάσουμε στη Μόσχα, πάμε στην Ελληνική πρεσβεία, βγάζουμε τα χαρτιά μας και από εκεί, αφού θα έχουμε και χαρτιά, μπορούμε να έχουμε πρόσβαση στους τραπεζικούς μας λογαριασμούς. Παίρνουμε λεφτά, εισιτήρια, αεροπλανάκι και τσουπ! Αθήνα, είπε η Βαρβάρα.

Οι πέντε φίλοι κοιτάζονται σκεπτικοί.

-Δεν είναι καθόλου άσχημη η ιδέα σου Βαρβάρα, είπε η Κατερίνα κοιτάζοντάς την σοβαρά.

-Μην με κοιτάς έτσι σοβαρή, με φοβίζεις, αστειεύτηκε η Βαρβάρα. -Εντωμεταξύ πρέπει να βρούμε και συσκευές, είπε ο.

-Λευκές; Αντέτεινε η Πέγκυ γελώντας.

-Εκτός από το laptop που έφερε ο Θίοντορ δεν έχουμε ούτε κινητό τηλέφωνο, η μάνα μου θα έχει πάθει απανωτά εγκεφαλικά τόσες μέρες που έχει να ακούσει νέα μου, απάντησε ο Θοδωρής.

-Μόνο στη Μόσχα θα μπορέσουμε να αγοράσουμε τηλέφωνα, αφού βγάλουμε χαρτιά και λεφτά.

-Και να σας πω την αλήθεια, πετάχτηκε η Κατερίνα, νοιώθω πολύ πιο ασφαλής να ταξιδέψουμε χωρίς καμία ηλεκτρονική συσκευή. Είμαι σίγουρη ότι αυτός που «συνομιλεί» μαζί μας μάς παρακολουθεί συνεχώς.

-Αυτό είναι το μόνο σίγουρο, συμπλήρωσε η Πέγκυ.

-Γι' αυτό σας λέω, καλύτερα χωρίς τηλέφωνα και άλλα τέτοια μαραφέτια.

-Από την Κίνα έχουμε που χάσαμε τα πράγματά μας, στην έκρηξη του ξενοδοχείου, είπε ο Θοδωρής. Αλλά αυτό δε νομίζω ότι τον εμποδίζει να μας παρακολουθεί αδιαλείπτως. Ακόμη και το στικάκι μπορεί να είναι και συσκευή παρακολούθησης, πολύ άνετα.

-Εντάξει, του είπε η Κατερίνα, αν κάποιος θέλει να μας παρακολουθήσει, μπορεί να το κάνει και χωρίς κινητά τηλέφωνα. Εξάλλου τις προηγούμενες δεκαετίες, που δεν είχαν ανακαλυφθεί ακόμη τα κινητά, παρακολουθήσεις γίνονταν και τότε. Και ναι, συμφωνώ ότι ακόμη και το στικάκι μπορεί να είναι συσκευή παρακολούθησης, ή ότι ακόμη αυτή τη στιγμή που μιλάμε μας παρακολουθούν και μας καταγράφουν από κάποιον δορυφόρο. Αυτό που προσπαθώ να πω είναι ότι χωρίς κινητά τηλέφωνα πάνω μας, φυσικά και μπορούν να μας παρακολουθούν, αλλά δεν τους το δίνουμε και έτοιμο στο πιάτο. Πρέπει να προσπαθήσουν και αυτοί λίγο. Κατά τα άλλα κι εγώ πρέπει να επικοινωνήσω με τη δουλειά μου. Δεν έχουν ιδέα που είμαι και τι κάνω και περιμένουν ένα θέμα.

-Από θέμα θα έχουν θεματάρα, είπε ο Γιάννης. Βέβαια τα

πράγματα δεν είναι τόσο απλά.

-Τι εννοείς; Τον ρώτησε ο Θοδωρής.

-Εννοώ ότι σε όλο το ταξίδι μας, κάποιοι μας κυνηγάνε και μάλιστα όχι για αστείους λόγους. Προσπάθησαν πολλές φορές μέσα σε αυτές τις λίγες μέρες να μας σκοτώσουν και είμαι σίγουρος ότι θα το κάνουν αν τους δοθεί η ευκαιρία, είπε Ο Γιάννης. Βαρβάρα, δεν ξυπνάς τον Θίοντορ να δούμε τι ώρα έχει τραίνο για τη Μόσχα;

Η Βαρβάρα σηκώθηκε και πηγαίνοντας προς το εσωτερικό του σπιτιού, φώναξε με στεντόρεια φωνή.

-Στη Μόσχα αδέρφια μου, στη Μόσχα!

Η φαρδιά λεωφόρος ανάμεσα στα νεοκλασικά κτίρια χωρίζει την παρέα από τον σταθμό του τραίνου. Ο σταθμός που γράφει Βλαδιβοστόκ με τεράστια κόκκινα γράμματα δεν είναι ένας οποιοσδήποτε σταθμός τραίνου. Είναι το τέρμα της μεγαλύτερης σιδηροδρομικής γραμμής του κόσμου που φτάνει σχεδόν τα δέκα χιλιάδες χιλιόμετρα. Το κτίριο του σταθμού θυμίζει αρκετά τα παραμυθένια σπίτια της Walt Disney, συγκεράζοντας απρόσμενα την Ανατολή με την Δύση. Κοιτάζοντάς τον νομίζεις ότι από κάποια πόρτα θα βγει η Χιονάτη με τους εφτά νάνους. Κάτι που φυσικά δεν συμβαίνει. Οι άνθρωποι που μπαίνουν και βγαίνουν στον σταθμό, απλά θυμίζουν στους ταξιδιώτες πόσο μεγάλη χώρα είναι η Ρωσία.

Εδώ μπορείς να δεις καλοντυμένους Μοσχοβίτες επιχειρηματίες που ταξιδεύουν με τον υπερσιβηρικό, όχι γιατί δεν έχουν χρήματα για αεροπορικό ταξίδι, αλλά γιατί ο υπερσιβηρικός είναι από τις εμπειρίες που πρέπει να ζήσεις πριν φύγεις από τον μάταιο τούτο κόσμο.

Πολλοί τουρίστες από όλα τα πλάτη και τα μήκη της γης μπαίνουν μέσα στον σταθμό κραδαίνοντας το εισιτήριο που θα τους χαρίσει ένα μοναδικό ταξίδι. Ντόπιοι που προσπαθούν να βγάλουν το μεροκάματο πουλώντας την όποιου είδους εκδούλευση στους τουρίστες, από το να τους βρουν ταξί ή δωμάτιο ή ότι άλλο τραβάει ο οργανισμός τους.

Άνθρωποι που δείχνουν να προέρχονται από άλλον αιώνα, με σκληρά χαρακτηριστικά, με περιβολή χωρικού, δείχνουν ότι η χώρα έχει πολλούς υπηκόους. Πολλές φυλές και λαοί ενώθηκαν σε μία χώρα που καταλαμβάνει τον μισό πλανήτη και αυτό εδώ το τραίνο έχει μόνο μία δουλειά. Να την διασχίζει συνεχώς και να μεταφέρει ανθρώπους, αγαθά και ιδέες, από τον ειρηνικό ωκεανό μέχρι τη Μόσχα και τούμπαλιν.

Η παρέα των Ευρωπαίων με μπλουζάκια με τα κινέζικα ιδεογράμματα, συνοδευόμενη από έναν Ρώσο παλαίμαχο πιλότο, στον σταθμό του Βλαδιβοστόκ, δεν κάνουν καμία εντύπωση.

Από αυτή την άκρη του κόσμου έχουν περάσει οι πάντες. Και επειδή είναι άκρη που δεν οδηγεί πουθενά, δεν είναι πέρασμα για κάπου, εκτός από κάποιους ναυτικούς που έρχονται εδώ για να μπαρκάρουν από το λιμάνι της πόλης, οι περισσότεροι έρχονται από περιέργεια. Είναι οι ίδιοι άνθρωποι που πήγαν ή θα πάνε στην Αλάσκα, στη Γη του Πυρός, στην Ανταρκτική αν αυτό ήταν δυνατόν.

Η παρέα των Ελλήνων μάλλον από κυνήγι, παρά από περιέργεια βρέθηκε εδώ. Αλλά αυτό δεν τους αποτρέπει από το να εξετάζουν με περιέργεια τον σταθμό του Βλαδιβοστόκ. Τον σταθμό που βρίσκεται κυριολεκτικά σε μία από τις άκρες του κόσμου.

Ο Θίοντορ έχει προχωρήσει μπροστά από τους υπόλοιπους. Στέκεται στον γκισέ και βγάζει εισιτήρια για όλους. Είναι κερασμένα από την Ρώσικη αεροπορία, όπως τους εξήγησε η Βαρβάρα που είναι η μόνη που μπορεί να συνεννοηθεί μαζί του.

Κουρασμένοι από όλη αυτή την υπόθεση της περίεργης κατανόησης Ρώσικων από την Βαρβάρα, η υπόλοιπη παρέα δεν ασχολείται πια για το πώς γίνεται, απλά εκμεταλλεύεται αυτή την επικοινωνία. Στόχος τους να πάνε στη Μόσχα, με οποιονδήποτε τρόπο.

-Εγώ πάντως προτείνω να ενεργοποιήσουμε πάλι κινητά

τηλέφωνα όταν βγούμε από την Ρωσία, είπε η Πέγκυ.

-Η αλήθεια είναι ότι στην Ευρώπη θα νοιώθω πιο ασφαλής, είπε ο Γιάννης.

-Επίσης το καλό είναι ότι αν γίνει έκρηξη στο ξενοδοχείο σου και χάσεις τα πράγματά σου, ταξιδεύεις πολύ light, είπε στο άσχετο η Βαρβάρα.

-Εγώ πάντως θα προτιμούσα να είχα τη βαλίτσα μου και τα ρούχα μου, είπε η Κατερίνα.

-Μάλλον καλύτερα πάντως που δεν έχουμε τα κινητά μας, είπε ο Θοδωρής.

-Η αλήθεια είναι ότι έχουμε μέρες να βγούμε σε κόσμο και να μην μας κυνηγάνε, συμπλήρωσε ο Γιάννης.

Ο Θίοντορ έρχεται χαμογελώντας προς την παρέα. Στο χέρι του κρατάει τα εισιτήρια. Τους τα μοιράζει, αφού βάλει πρώτα το δικό του στην τσέπη του. Το τελευταίο το δίνει στην Βαρβάρα μαζί με ένα φιλί.

Το ταξίδι των δύο εβδομάδων πέρασε για όλη την παρέα πολύ ήσυχα. Είναι μία καλή ανάπαυλα ανάμεσα στις εκρήξεις, τα κυνηγητά, τις παρακολουθήσεις και τις αποκαλύψεις. Από τα παράθυρά τους πέρασε ολόκληρη η Ρωσία και το βουητό του τραίνου τους έδωσε την ευκαιρία να χαλαρώσουν.

Τη Ρωσία σε αυτό το ταξίδι δεν την είδε ο Θίοντορ, ο οποίος το έχει ξανακάνει έτσι κι αλλιώς, αλλά ούτε και η Βαρβάρα, η οποία όπως δείχνουν τα πράγματα επίσης θα το ξανακάνει. Το νέο ζεύγος παρέμεινε κλεισμένο για ευνόητους λόγους στο τροχοφόρο δωμάτιό τους και βγαίνουν μόνο για τα απαραίτητα. Φαγητό και ανανέωση προμήθειας βότκας. Ο μήνας του μέλιτος έχει ήδη ξεκινήσει.

Το ρεπορτάζ της Κατερίνας έχει κάνει πάταγο. Όλα τα ΜΜΕ του κόσμου ασχολούνται με αυτό επί μέρες. Η είδηση ότι ο ιός επιβεβαιωμένα ξεκίνησε τη διασπορά του σε όλο τον κόσμο από τα εργαστήρια της Ουχάν και μάλλον εκούσια, έχει συγκλονίσει την παγκόσμια κοινή γνώμη, τη στιγμή που εξακολουθούν εκατοντάδες, ίσως και χιλιάδες άνθρωποι καθημερινά να χάνουν τη ζωή τους σε όλα τα μήκη και πλάτη της γης.

Η Κατερίνα πάει καρφί για Πούλιτζερ, σκέφτηκε ο Γιάννης. Άφησε το κινητό του στο τραπέζι μπροστά του και κοίταξε γύρω του. Το κέντρο των Βρυξελλών του φαίνεται πολύ διαφορετικό τώρα μετά την υπερβολική δόση Ασίας που πήρε τις τελευταίες μέρες. Ήπιε μια γουλιά από τον καφέ του και πήρε τηλέφωνο τον Θοδωρή.

-Γεια σου, κομπιουτεράκια.

-Γεια σου, νέρντουλα. Τι κάνεις;

-Τι να κάνω; Προσπαθώ να βρω άκρη με αυτό που βρήκαμε. -Και; Βρήκες;

-Βρήκα. -Είναι;

-Είναι.

-Είναι σίγουρο;

-1.000 τοις εκατό. -Τόσο σίγουρος!

-Ε, ναι, έχει και τα καλά του να είσαι νέρντουλας. -Ναι. Όντως.

-Σε θέλω. -Με έχεις.

-Εννοώ σε θέλω εδώ. -Στις Βρυξέλλες;

-Ναι. Και μάλιστα επειγόντως. Θέλω βοήθεια. -Σχετικά με το θέμα μας;

-Ε, ναι. Με τι άλλο; Κάτσε γιατί με καλεί η Κατερίνα. Να την βάλω σε συνομιλία. Γεια σου, Πούλιτζερ.

-Έλα ρε Γιάννη, μην με κοροϊδεύεις. Θοδωρή μου, τι κάνεις; -Καλά είμαι φιλενάδα. Εσύ;

-Καλά είμαι κι εγώ. Έχω πάρει 15 μέρες ρεπό από τη δουλειά. -Λόγω της μεγάλης σου επιτυχίας; Ρώτησε ο Γιάννης.

-Ναι. Μου είπαν ότι αφού έφερα τέτοιο θέμα, δικαιούμαι bonus και ξεκούραση. -Ωραία. Γιατί λοιπόν δεν έρχεσαι Βρυξέλλες μαζί με τον Θοδωρή να φάμε το bonus και να τα πούμε σχετικά με το θέμα μας.

-Θοδωρή, πας Βέλγιο; Ρώτησε η Κατερίνα.

-Τι να κάνω, μωρό μου; Με χρειάζεται ο μεγάλος μας επιστήμονας. -Τότε θα έρθω κι εγώ οπωσδήποτε.

-Η Πέγκυ; Ρώτησε ο Γιάννης.

-Η Πέγκυ έχει πήξει στη δουλειά, δεν μπορεί να πάει πουθενά, αν ρωτάς γι᾽ αυτό.

-Ναι, αλλά την χρειάζομαι, είπε επιτακτικά ο Γιάννης.

-Καλά, θα δω αν μπορώ να την φέρω, είπε η Κατερίνα, αλλά δεν σου υπόσχομαι τίποτα. Θα έρθουμε όμως εγώ και ο Θοδωρής, σίγουρα, συνέχισε. Θα μας πάρεις αύριο από το αεροδρόμιο;

-Φυσικά και θα σας πάρω. Βγάλτε εισιτήρια και στείλτε ώρα.

ΚΕΦΑΛΑΙΟ 11ο

Η Λίστα Θανάτου

Έχουν περάσει δύο μήνες από την βόλτα στο Βλαδιβοστόκ και όλες οι μεγάλες εταιρείες έχουν ετοιμάσει εμβόλια και ο κόσμος έχει ήδη αρχίσει να τα κάνει.

Ο Θοδωρής ανέβασε τη λίστα θανάτου στο διαδίκτυο. Οι αντιδράσεις ήταν πολλές και σφοδρές. Στην αρχή ο κόσμος το πέρασε για ένα κακόγουστο αστείο. Κανείς δεν πίστεψε ότι μπορεί να υπάρχει μία τέτοια λίστα προγνωστικών θανάτου.

Περνώντας οι μέρες όμως, η λίστα άρχισε να επιβεβαιώνεται με τον πιο τραγικό τρόπο. Οι άνθρωποι που ανέφερε πέθαιναν και μάλιστα ακριβώς την μέρα και την ώρα που ανέφερε η λίστα. Τρόμος απλώθηκε πάνω από τον πλανήτη, από τη λίστα του θανάτου, όπως αναφερόντουσαν σε αυτήν όλοι.

Όλες οι κυβερνήσεις και οι μυστικές υπηρεσίες προσπαθούν

να βρουν αυτόν ή αυτούς που ανέβασαν τη λίστα που έχει σπείρει τον πανικό. Αλλά ο Θοδωρής, ήξερε τη δουλειά του. «Δεν θα μας βρούνε ποτέ», έλεγε στους φίλους του.

Μερικές μέρες αργότερα από το ανέβασμα της λίστας, άρχισαν να έρχονται και οι πρώτες επιβεβαιώσεις ότι αυτή λειτουργεί. Κάποιοι άνθρωποι που έκαναν το εμβόλιο και είχαν δει το όνομά τους στη λίστα, δεν το βλέπουν πια. Το όνομα όσων εμβολιάζονται εξαφανίζεται ως δια μαγείας.

Η αλήθεια είναι ότι πολλοί άνθρωποι σε πολλές χώρες του κόσμου δεν έχουν επαφή με το διαδίκτυο. Σε όλες τις χώρες όμως τα παιδιά ασχολούνται με το διαδίκτυο από πολύ μικρά. Εκείνα έψαξαν και βρήκαν τα ονόματα των γονιών τους, των συγγενών, φίλων και γειτόνων και παρακίνησαν και τους υπόλοιπους ενήλικες να εμβολιαστούν.

Ο κόσμος είναι μουδιασμένος. Όταν ανακοινώθηκε ότι δημιουργούνται εμβόλια οι περισσότεροι ήταν δύσπιστοι. Πώς έφτιαξαν εμβόλιο τόσο γρήγορα; Και είναι εμβόλιο για τον covid-19 ή είναι κάτι άλλο; Ένα μυστικό σχέδιο ελέγχου και χειραγώγησης; Ένα μυστικό σχέδιο για την χειραγώγηση των ανθρώπων; Αλλά ο φόβος του θανάτου είναι πάντα πιο δυνατός από οτιδήποτε άλλο. Αφού οι επιβεβαιώσεις σβησίματος των ονομάτων των εμβολισμένων έγιναν μερικές χιλιάδες και αφού επίσης επιβεβαιώθηκαν οι θάνατοι —με ακρίβεια λεπτούμερικών χιλιάδων ακόμη, ο κόσμος άφησε τις αναστολές του και έτρεξε να εμβολιαστεί.

Σιγά σιγά όλος ο κόσμος έψαχνε το όνομά του τη λίστα και όταν το έβρισκε έτρεχε τρομοκρατημένος να εμβολιαστεί. Πολλοί που είχαν οικονομική επιφάνεια, πλήρωσαν όσο όσο για το πολυπόθητο εμβόλιο. Δεν είναι και λίγο να βλέπεις κάπου γραμμένο το όνομά σου και δίπλα ημερομηνία και ώρα θανάτου. Είναι λίγο σαν ταφόπλακα που γράφει το όνομά σου.

Όσο εμβολιάζονται όμως, τόσο μικραίνει η λίστα του θανάτου.

Ο Γιάννης όμως έχει άλλα προβλήματα να λύσει τώρα. Προβλήματα που από ότι δείχνουν τα πειράματά του ξεκινούν από 'δω, από τις Βρυξέλλες. Το πείραμα με τα χάμστερ καταλήγει εδώ. Το πρόβλημα είναι το gap των αιώνων. Δηλαδή, χωρικά είναι στο σωστό σημείο, αλλά χρονικά απέχει πολύ. Και πώς θα μπορέσω να το ξεπεράσει αυτό;

Η ερώτηση είναι πού πάνε τα χάμστερ όταν πεθαίνουν. Δηλαδή πού πάνε τα χάμστερ όταν πεθαίνουν στο εργαστηριακό του τραπέζι; Πάντως δεν πάνε στον άλλον κόσμο, αφού από εκεί δεν έχει γυρίσει κανείς. Δηλαδή τα χάμστερ πεθαίνουν, αλλά στην ουσία δεν πεθαίνουν, αφού τελικά επανέρχονται στη ζωή και μάλιστα υγιέστατα. Ναι, αλλά πού πάνε για όση ώρα τα κρατάει ο Γιάννης πεθαμένα στο εργαστήριό του; Αλλά κι εκείνος δεν μπόρεσε να συλλέξει πληροφορίες. Πέθανε και αναστήθηκε στην Ουχάν. Οι μετρήσεις όμως λένε ότι ήταν στις Βρυξέλλες καθ' όλη τη διάρκεια του θανάτου του. Αλλά εκείνος ούτε είδε ούτε άκουσε τίποτα. Ήταν σαν πεθαμένος. Ναι, αλλά έτσι δεν έκανε καμία πρόοδο.

Η ειδοποίηση στο κινητό του εμφάνισε μία φωτογραφία της Βαρβάρας, του Θίοντορ και του Μάιλο που κάνουν βαρκάδα στη λίμνη της Βαϊκάλης. Ο Γιάννης, χαμογέλασε, πλήρωσε κι έφυγε από το καφέ.

Η παρέα των τεσσάρων έχει καθίσει στο γκαζόν του πάρκου στις Βρυξέλλες. Σαν γνήσιοι Έλληνες, έχουν μαζί τους καφέδες σε πλαστικά ποτήρια και απολαμβάνουν τον σπάνιο βρυξελλιώτικο ήλιο.

Συνεχίζουν να παίρνουν προφυλάξεις σαν τρελοί. Από το αεροδρόμιο μέχρι εδώ δεν έχουν πει κουβέντα. Τώρα όμως έχουν αφήσει τα κινητά τους τηλέφωνα στο αυτοκίνητο και είναι πολύ μακριά από τους υπόλοιπους ανθρώπους που απολαμβάνουν την λιακάδα του πάρκου.

-Ωραίος καφές, είπε η Πέγκυ.

-Καλός είναι, συμπλήρωσε η Κατερίνα, αλλά σαν της Αθήνας δεν έχει.

-Βλέπετε τα νέα; Ρώτησε ο Θοδωρής. Όλοι τρέχουν να κάνουν το εμβόλιο. -Ναι, η λίστα δούλεψε τελικά, είπε η Πέγκυ.

-Και πώς να μην δουλέψει; Τόσος κόσμος πέθανε και το είχε προβλέψει, δεν το λες και λίγο αυτό, συμπλήρωσε η Κατερίνα. Είναι όντως πολύ εντυπωσιακό και δεν ξέρω αν θα μάθουμε ποτέ ποιος και πως κατάφερε να φτιάξει αυτή τη λίστα.

-Κι εγώ δε νομίζω ότι θα μάθουμε ποτέ, είπε ο Γιάννης, αλλά αφού είναι για καλό, ας μην μάθουμε. Εξάλλου αρκετά ασχοληθήκαμε με αυτό. Καιρός να γυρίσουμε στις δουλειές μας.

-Θα συμφωνήσω, είπε η Πέγκυ. Αλλά αν είναι έτσι, τι κάνουμε εδώ;

-Θέλω κάποιον να κάνουμε το πείραμα και ξέρω και ποιος είναι αυτός, είπε ο Γιάννης.

Οι τρεις φίλοι κοιτάχτηκαν ανήσυχοι και στο τέλος όλοι κοιτούσαν την Πέγκυ, αφού αυτήν κοιτάει επίμονα ο Γιάννης.

-Αυτό το βλέμμα δεν μου αρέσει καθόλου, είπε η Πέγκυ. Μου θυμίζει την Α' Λυκείου. Έτσι με κοίταζες όταν με έψησες να βάλω εγώ την τσίχλα στην καρέκλα της αγγλικούς και με μαρτύρησε εκείνο το μαλακισμένο, που ποτέ δεν μπόρεσα να θυμηθώ το όνομά του και πήρα μία ωραιότατη αποβολή.

-Κι εδώ αποβολή θα πάρεις, αλλά όχι από το σχολείο, από τη ζωή! Είπε πένθιμα ο Θοδωρής.

-Ρε συ, μην την τρομάζεις, δεν είναι καθόλου επικίνδυνο, είπε ο Γιάννης. -Σκοπεύεις να την σκοτώσεις, έτσι; ρώτησε αυστηρά η Κατερίνα.

-Μόνο προσωρινά, απάντησε σοβαρά ο Γιάννης.

-Ουδέν μονιμότερο του προσωρινού, συμπλήρωσε καλαμπουρίζοντας ο Θοδωρής.

-Και γιατί διάλεξες εμένα ρε φίλε; Ρώτησε η Πέγκυ.

-Γιατί σε αγαπάω, είπε ο Γιάννης και της έσκασε ένα φιλί στο μάγουλο. -Αρχίσαμε τα νεκροφιλήματα, είπε γελώντας ο Θοδωρής.

-Αμάν ρε Θοδωρή. Δεν έχεις τον θεό σου, ανατρίχιασα, είπε η Κατερίνα.

-Πιστεύεις ότι θα σε έβαζα ποτέ σε κίνδυνο; Ρώτησε ο Γιάννης την Πέγκυ. -Η αλήθεια είναι πως όχι, απάντησε αυτή.

-Θέλω εσένα, γιατί σε θεωρώ την πιο διορατική από όλους μας. Είσαι αυτή που μπορεί να διαβάζει πίσω από τις γραμμές και αυτή που βλέπει πιο μακριά από όλους μας, σε όλες τις καταστάσεις.

-Όταν αρχίζουν τα μεγάλα κομπλιμέντα, τα πράγματα γίνονται πολύ δύσκολα, είπε ο Θοδωρής.

-Λοιπόν, για να σοβαρευτούμε, τον έκοψε ο Γιάννης. Οι

μελέτες μου βρίσκονται στην τελική ευθεία. Θα έκανα εγώ το πειραματόζωο, αλλά αυτό είναι επικίνδυνο, αφού εγώ είμαι αυτός που πρέπει να χειριστεί το υποκείμενο καθ' όλη τη διάρκεια της επιθανάτιας εμπειρίας του. Εννοώ τις ζωτικές του λειτουργίες.

-Τόσο πολύ με αγαπάς, που θα με κάνεις υποκείμενο; Του είπε η Πέγκυ.

-Κι εγώ έχω γίνει σε πολλά πειράματα. Δεν είναι κακή εμπειρία. Και μάλιστα σε αυτή την περίπτωση, μάλλον η εμπειρία που θα έχεις θα είναι μοναδική. Τόσο μοναδική που μπορεί ακόμη και να βρεις την απάντηση στο αιώνιο πρόβλημα της ανθρωπότητας.

-Το οποίο είναι..., είπε η Πέγκυ.

-Ποιοι είμαστε από πού ερχόμαστε και πού πηγαίνουμε, διευκρίνισε ο Γιάννης.

Τις επόμενες 15 μέρες η παρέα χωρίστηκε σε δύο ομάδες. Ο Γιάννης προετοιμάζει το πείραμα που θα κάνει με την Πέγκυ. Ο Θοδωρής τον βοηθάει. Η Κατερίνα με την Πέγκυ από την άλλη πλευρά αλωνίζουν ανέμελες τις Βρυξέλλες και κάνουν τις διακοπές που τόσο έχουν ανάγκη μετά την περιπέτειά τους σε όλη την Ασία.

Η Πέγκυ είναι έτοιμη να πάει στον άλλο κόσμο για χάρη του φίλου της. Εξάλλου όλη η παρέα ήταν από πάντα έτοιμη για κάτι τέτοιο αν χρειαζόταν για κάποιο από τα μέλη της. Απλά δεν περίμενε κανείς ότι θα χρειαστεί κυριολεκτικά.

Στο μεταξύ οι δύο γυναίκες περνούν ξένοιαστα τον χρόνο τους. Τα πρωινά πάνε σε ωραία μέρη για καφέ και πρωινό και τα βράδια βγαίνουν για διασκέδαση. Συζητούν για τις ζωές τους και τους στόχους τους, αλλά και θυμούνται παλιές φάσεις της παρέας από το σχολείο. Κάθε μέρα μιλάνε με την Βαρβάρα με βίντεο κλήσεις. Δείχνει να περνάει πολύ καλά στη Ρωσία και μάλιστα έχει ξεκινήσει το νέο της μυθιστόρημα.

Τα αγόρια της παρέας τα βλέπουν μόνο το βράδυ που επιστρέφουν και αυτοί στο ξενοδοχείο.

-Τώρα που βρέθηκε το εμβόλιο για την πανδημία, εγώ θα πάω από κάποιο μεσαιωνικό πείραμα, είπε γελώντας η Πέγκυ που είναι ξαπλωμένη και γεμάτη ηλεκτρόδια στο τραπέζι – κρεβάτι που θα γίνει το πείραμα του Γιάννη.

Γύρω από το κρεβάτι της στέκονται οι τρεις φίλοι της όρθιοι. Η Κατερίνα της κρατάει απαλά το χέρι.

-Δεν θα πας πουθενά, τη διαβεβαίωσε ο Γιάννης με σιγουριά, ενώ συνέχισε να ελέγχει όλες τις συσκευές και τις συνδέσεις τους.

-Απλά μια μικρή βόλτα στον άλλο κόσμο, πρόσθεσε ο Θοδωρής.

-Αμάν ρε Θοδωρή, βρίσκεις τη στιγμή κατάλληλη για

μακάβρια αστεία; -Άστον να λέει, είπε η Πέγκυ, γελώντας.

-Καλά ρε θηρίο, δεν φοβάσαι καθόλου; Τη ρώτησε ανήσυχη η Κατερίνα. -Γιατί να φοβάμαι; Έχω απόλυτη εμπιστοσύνη στον Dr John.

-Εδώ δεν παίζουμε τον γιατρό όπως κάνατε όταν ήσασταν μικρά, είπε ο Θοδωρής.

-Εντάξει, ρε φίλε. Το καταλάβαμε, το εγχείρημα είναι επικίνδυνο. Δεν χρειάζεται να μας πρήζεις, τον έκοψε η Πέγκυ. Ό,τι είναι να γίνει, θα γίνει.

-Έτοιμη; Διέκοψε τώρα ο Γιάννης.

-Έτοιμη, είπε η Πέγκυ και πήρε μία βαθιά ανάσα.

-Πρώτα θα σε ρίξω σε κώμα, είπε ο Γιάννης με πολύ επίσημη φωνή, και μετά θα διακόψω όλες σου τις λειτουργίες. Το πείραμα θα κρατήσει ακριβώς 15 λεπτά. Θα είμαστε εδώ μαζί σου όλη την ώρα. Θα σε παρακολουθώ, και αν οτιδήποτε δεν πάει καλά θα διακόψω τη διαδικασία αμέσως.

-Εντάξει. Δεν χρειάζεται να παίρνεις επίσημο ύφος, ψέλλισε η Πέγκυ. Το ξέρω ότι ξέρεις τι κάνεις. Όσο πιο επίσημα μου τα λες, τόσο περισσότερο φοβάμαι. Γι' αυτό άσε τους προλόγους και ξεκίνα.

Ένας ανεπαίσθητος συριγμός σαν κάποιο μαχητικό

αεροπλάνο να απογειώνεται κάπου μακριά, έδωσε το σήμα ότι η διαδικασία του πειράματος ξεκίνησε. Η Πέγκυ σφίγγεται και η Κατερίνα της χαϊδεύει το χέρι. Ο Γιάννης είναι τελείως απορροφημένος με τις ενδείξεις των μηχανημάτων και ο Θοδωρής τους κοιτάζει όλους ανήσυχος.

Η Πέγκυ δείχνει να κρατάει με δυσκολία ανοιχτά τα μάτια της, ώσπου τα κλείνει. Το σώμα της χαλαρώνει και παύει πια να σφίγγει το χέρι της φίλης της.

Δεν μιλάει κανείς, μόνο ο ήχος από τα μηχανήματα γεμίζει τον χώρο του εργαστηρίου.

Τα δευτερόλεπτα περνάνε σαν λεπτά και τα λεπτά σαν ώρες. Μερικά λεπτά, λέει ο Γιάννης με στεγνό υπηρεσιακό ύφος. «Ώρα θανάτου 10:33». Ένα παγωμένο ρίγος διαπερνάει την ραχοκοκαλιά του Θοδωρή και της Κατερίνας που κοιτούν ο ένας τον άλλον απελπισμένοι.

Η φίλη τους κείτεται τελείως ακίνητη στο κρεβάτι. Το χρώμα έχει αρχίζει να φεύγει από το πρόσωπό της. Το παρατηρούν και οι δύο, αλλά δεν τολμούν να ξεστομίσουν αυτό που μόλις πριν λίγο κατέγραψε ο Γιάννης επίσημα. Η φίλη τους η Πέγκυ, που τη γνωρίζουν από το νηπιαγωγείο, είναι νεκρή.

Η Κατερίνα, σκούπισε βιαστικά ένα δάκρυ που κύλησε και ο Θοδωρής είναι βουρκωμένος.

Ο Γιάννης δεν προλαβαίνει ούτε να νοιώσει, ούτε να παρατηρήσει την αγωνία των φίλων του. Είναι απόλυτα συγκεντρωμένος στο πείραμα που όπως δείχνει η έκφρασή του, μάλλον εκτυλίσσεται ομαλά και προβλέψιμα.

Τα λεπτά περνούν και παίρνουν το χρώμα από το δέρμα της Πέγκυ. Η Κατερίνα είναι πραγματικά σοκαρισμένη. Άθελά της έρχονται στο μυαλό εικόνες από την κοινή ζωή με τη φίλη της. Από όλη τους τη ζωή.

Θυμάται το κοριτσάκι με τα ξανθά κοτσιδάκια στο μπροστινό της θρανίο. Θυμάται να αντιγράφουν η μία από την άλλη στο δημοτικό. Θυμάται να μιλάνε για αγόρια στο γυμνάσιο και για τα όνειρά τους και τους στόχους τους στο λύκειο.

Θυμάται διακοπές μαζί, βραδινές εξόδους σε κλαμπ και χορό μέχρι το ξημέρωμα.

Ο Θοδωρής από την άλλη μεριά αγωνιά επίσης, αλλά προτιμάει να συγκεντρώσει όλη του την προσοχή στον Γιάννη για να καταλάβει πως πάει το πείραμα. Ανησυχεί και αυτός πάρα πολύ για την ασφάλεια της φίλης τους.

Η Κατερίνα σκέφτεται ότι μάλλον ζει την χειρότερη στιγμή της ζωής της. Η κολλητή τους φίλη κείτεται νεκρή και μάλιστα εξαιτίας τους. Δεν παίζει ρόλο που το πείραμα το πραγματοποιεί ο Γιάννης. Είναι και αυτοί συνένοχοι σε ένα έγκλημα που εκτυλίσσεται μπροστά στα μάτια τους και με θύμα ένα από τα πιο αγαπημένα τους πρόσωπα. Αν δεν υπήρχε στο δωμάτιο ο Γιάννη με την απόλυτη επιστημονική του σοβαρότητα η κατάσταση θα ήταν τραγική. Η Κατερίνα και ο Θοδωρής, όσο βλέπουν την ακίνητη φίλη τους, τόσο συνειδητοποιούν τη σοβαρότητα της κατάστασης. Το χειρότερο όλων είναι η ευθεία γραμμή του καρδιογραφήματος που ηχεί μονότονα εδώ και μερικά λεπτά, όσα δηλαδή είναι νεκρή η Πέγκυ.

Θέλουν να μιλήσουν, να παρακαλέσουν τον Γιάννη να διακόψει το πείραμα, αλλά ξέρουν ότι αυτό δεν γίνεται. Έτσι υπομένουν την κατάσταση της φίλης τους, μία κατάσταση στην οποία η ίδια αποφάσισε να περιέλθει, αυτό όμως δεν μετριάζει ούτε την τραγικότητα του γεγονότος, αλλά ούτε και τον κίνδυνο να μην επανέλθει ποτέ. Και αν επανέλθει με κάποια εγκεφαλική βλάβη; Ο Γιάννης τους έχει διαβεβαιώσει ότι δεν υπάρχει τέτοιος κίνδυνος. Αλλά όλοι ξέρουν ότι στα επικίνδυνα εγχειρήματα, όσο και αν αυτά είναι προσχεδιασμένα και μελετημένα, πάντα υπάρχει ένας κίνδυνος και όταν αυτός ο κίνδυνος έχει να κάνει με τη ζωή ενός πολύ αγαπημένου σου προσώπου, τότε αυτός σου φαίνεται τεράστιος, όσος και η ζημιά η οποία μπορεί να προκαλέσει.

Τα λεπτά περνούν βασανιστικά αργά, ώσπου κάποια στιγμή ο Γιάννης αναφωνεί: «Αρκετά. Αν είχε κάτι να δει είμαι σίγουρος ότι το είδε. Την επαναφέρω».

Ο Γιάννης αρχίζει μεθοδικά να κλείνει και να ανοίγει διακόπτες. Κοιτάζει τις σημειώσεις του ενώ ταυτόχρονα παρακολουθεί τις ενδείξεις σε όλα τα μηχανήματα. Ο Θοδωρής και η Κατερίνα κρατάνε την αναπνοή τους.

Η διαδικασία παίρνει αρκετά λεπτά και ξαφνικά η Πέγκυ βήχει. Επιτέλους ο καρδιογράφος άρχισε να δίνει σήμα και η γραμμή έπαψε να είναι πια ευθεία. Η Κατερίνα χειροκροτάει ενθουσιασμένη, αλλά σταματάει αμέσως από το αυστηρό νεύμα του Γιάννη, που θέλει ησυχία και συγκέντρωση για να επαναφέρει επιτυχώς τη φίλη τους στη ζωή.

Οι τρεις φίλοι χαμογελούν, ελπίζοντας για το καλύτερο. Το χρώμα της φίλης τους έχει αρχίσει και επανέρχεται. Ο Γιάννης την κοιτάζει ανέκφραστος χωρίς να χάσει ούτε δευτερόλεπτο από τις ενδείξεις των μηχανημάτων γύρω του. Ιδρώτας στάζει από το μέτωπό του.

Ξαφνικά το σώμα της Πέγκυ αρχίζει να κάνει σπασμούς που δείχνουν ανεξέλεγκτοι. Ο Γιάννης βγάζει με αστραπιαίες κινήσεις μία κουβέρτα από ένα ντουλάπι και την σκεπάζει, την τυλίγει καλά.

-Κατερίνα, κάλεσε αμέσως ασθενοφόρο. Την χάνουμε.

Η Κατερίνα αρπάζει αμέσως το τηλέφωνο και καλεί σε

βοήθεια. Οι τρεις φίλοι τώρα έχουν το ίδιο χρώμα με την Πέγκυ. Είναι άσπροι σαν το πανί. Κοιτάζουν τον Γιάννη, αυτός χωρίς να χάσει χρόνο, έχει ανέβει πάνω στο κρεβάτι, έχει καβαλήσει τη φίλη του και της κάνει τεχνητή αναπνοή. Η Πέγκυ δεν δείχνει σημάδια βελτίωσης. Η Κατερίνα κοιτάζει τη σκηνή ενώ δάκρυα τρέχουν από τα μάτια της. Ο Θοδωρής, τα έχει χαμένα και δεν ξέρει τι να κάνει για να βοηθήσει.

Μερικά λεπτά αργότερα και ενώ ο Γιάννης συνεχίζει την ανάνηψη, οι Βέλγοι διασώστες μπαίνουν στο εργαστήριο. Όλοι κάνουν πίσω για να τους δώσουν χώρο να κινηθούν. Αφού ο ένας από τους δύο τσεκάρει τις ζωτικές της λειτουργίες, ο άλλος έχει ήδη ετοιμάσει μηχάνημα ανάνηψης. Το σώμα της Πέγκυ τινάζεται από το ρεύμα και ξαναπέφτει ακίνητο στο κρεβάτι. Το καρδιογράφημα γίνεται πιο ζωηρό τώρα και οι διασώστες την τοποθετούν με πολύ γρήγορες κινήσεις στο φορείο. Η Κατερίνα κλαίει με αναφιλητά.

Μετά την καθησυχαστική κουβέντα που είχε ο Γιάννης με τους γιατρούς της Πέγκυ, οι τρεις φίλοι κάθονται στο café του νοσοκομείου.

-Μια τυχαία καρδιακή ανεπάρκεια, είπε ο Γιάννης.

-Που κόντεψε να την στείλει στον άλλο κόσμο, σχολίασε ο Θοδωρής, ενώ ανακατεύει αμήχανα τον χυμό του με το καλαμάκι.

-Σε αυτά τα πειράματα πάντα υπάρχει κίνδυνος. Δεν είναι και λίγο να πεθάνεις κάποιον και να τον ξαναφέρεις στη ζωή, είπε ο Γιάννης.

-Ελπίζω να είναι καλά όταν συνέλθει, είπε η Κατερίνα που τα μάτια της είναι ακόμη κατακόκκινα από το κλάμα.

-Μην ανησυχείς. Με διαβεβαίωσαν ότι δεν υπάρχει κανένας απολύτως κίνδυνος, ούτε για τη ζωή της, ούτε για την υπόλοιπη ζωή της. Θα είναι όπως ήταν, η πανέξυπνη Πέγκυ που ξέρουμε από μικρή.

Εκείνη τη στιγμή οι τρεις φίλοι διακρίνουν από μακριά φουριόζα να έρχεται προς το μέρος τους η φιγούρα της φίλης τους της Βαρβάρας. Περπατάει βιαστικά έχοντας στο ένα χέρι μία τσάντα τεραστίων, μάλλον ακόμη πιο τεραστίων διαστάσεων από αυτές που συνηθίζει να κουβαλάει όλα αυτά τα χρόνια. Δίπλα της περπατάει ο Μάιλο, πάντα χωρίς λουρί. Δείχνει ανήσυχος και φουριόζος και αυτός, επηρεασμένος ίσως από τη φούρια του αφεντικού του.

-Τι κάνει αυτή εδώ; Ρωτάει ο Γιάννης τους υπόλοιπους. -Την ενημέρωσα από το τηλέφωνο για την Πέγκυ.

Η Βαρβάρα μόλις έφτασε στο τραπέζι των τριών φίλων της. -Και όπως βλέπετε, ήρθε κιόλας.

-Σίφουνας είσαι, της είπε ο Θοδωρής, ενώ σηκώθηκε από την καρέκλα του για να την φιλήσει.

-Τι κάνει το κορίτσι μας; Ρώτησε ανήσυχη η Βαρβάρα.

-Όλα είναι μια χαρά, μην ανησυχείς, την καθησύχασε ο Γιάννης.

-Θα μας ξεκάνεις, ρε τρελέ επιστήμονα, του είπε η Βαρβάρα, πειράζοντάς τον. -Έλα τώρα, αρκετά άσχημα νοιώθω, μην μου κολλάς κι εσύ, απολογήθηκε αυτός.

-Σήμερα αύριο θα συνέλθει είπαν οι γιατροί και ίσως μπορέσουμε να της μιλήσουμε κιόλας, της είπε ο Θοδωρής για να την καθησυχάσει ακόμη περισσότερο.

-Ο Θίοντορ; Ρώτησε η Κατερίνα.

-Ο Θίοντορ είναι μια χαρά και σας χαιρετάει. Μόλις έμαθε για την Πέγκυ μου πρότεινε να κλέψουμε ένα ελικόπτερο και να με φέρει απευθείας στο ελικοδρόμιο του νοσοκομείου.

-Βλέπω κύλισε ο τέντζερης και βρήκε το καπάκι, σχολίασε γελώντας ο Θοδωρής. Από τρέλα πάτε και οι δύο πρίμα.

-Μμμμ, ζηλεύεις την ευτυχία μας, γι' αυτό τα λες αυτά. -Το μόνο σίγουρο απάντησε ο Θοδωρής.

-Λοιπόν δεν πάμε σιγά σιγά; Ρώτησε τους φίλους του ο Γιάννης. -Και θα αφήσουμε μόνη της την Πέγκυ; Ρώτησε η

Βαρβάρα.

-Εδώ δεν είναι Ελλάδα, της είπε ο Θοδωρής. Έχει επισκεπτήριο συγκεκριμένες ώρες και δεν μπορεί να έρθει να στήσει αντίσκηνο η μάνα ή οι φίλοι του κάθε ασθενή με κεφτεδάκια και τέτοια. Αύριο στις 10 θα είμαστε εδώ και θα την δούμε και μάλλον θα της μιλήσουμε κιόλας.

-Ναι, αλλά εγώ δεν την είδα, είπε παραπονιάρικα η Βαρβάρα. Ρε συ, που είναι ο Μάιλο;

Οι τέσσερις φίλοι κοίταξαν γύρω τους, αλλά το σκυλί ήταν άφαντο. Σηκώθηκαν από το τραπέζι και κοίταξαν γύρω τους. το καφέ είναι στο προαύλιο του νοσοκομείου. Γαβγίσματα ακούγονται από την είσοδο του κτιρίου που είναι μερικές δεκάδες μέτρα μακριά τους.

-Ο Μάιλο είναι αυτός που ακούγεται; Ρώτησε ο Γιάννης.

-Ναι, απάντησε η Βαρβάρα, ενώ άρχισε να περπατάει ανήσυχη προς τα εκεί που ακούγονται τα γαβγίσματα.

Μόλις φτάνουν στην είσοδο του νοσοκομείου, βλέπουν τον Μάιλο να γαυγίζει αγριεμένος στον security. Η Βαρβάρα τρέχει, τον πιάνει και τον σηκώνει στην αγκαλιά της.

Το σκυλί συνεχίζει να γαυγίζει κοιτάζοντας έντονα την πόρτα του νοσοκομείου.

-Τι έπαθες αγόρι μου; Δεν είναι τίποτα, μην ανησυχείς, προσπαθεί να τον καθησυχάσει η Βαρβάρα, ενώ η Κατερίνα ζητάει συγνώμη για το επεισόδιο στον άνθρωπο που στέκεται στην πόρτα και φεύγουν.

Το επόμενο πρωινό ευτυχώς δεν έχει βάρδια ο χτεσινός φύλακας. Μόλις φτάνουν στην πόρτα, η Βαρβάρα ανοίγει την τεράστια τσάντα της και βγάζει από μέσα ένα λουρί για τον Μάιλο, του το περνάει στο κολάρο και πάει και τον δένει από σε έναν στύλο ακριβώς απέναντι από την είσοδο.

Ο σκύλος αρχίζει να κλαψουρίζει και δείχνει ότι δεν θέλει να μείνει εκεί.

-Τι συμβαίνει αγόρι μου; Δεν θα αργήσω, δεν μπορείς να κάτσεις για λίγο ήσυχος; Τον επιπλήττει η Βαρβάρα.

Ο Μάιλο μαζεύεται αλλά συνεχίζει το κλαψούρισμα, αυτή τη φορά σε πιο χαμηλό τόνο.

-Δεν καταλαβαίνω τι έχει πάθει από χτες, λέει στους φίλους της, ενώ μπαίνουν στην πόρτα του νοσοκομείου... Δεν μου το έχει ξανακάνει αυτό. Όταν τον δένω κάπου, ξέρει ότι θα λείψω για λίγο και κάθεται ήσυχος. Τέλος πάντων, καταλήγει, ενώ ρίχνει μια τελευταία ανήσυχη ματιά στο σκυλί της.

Η παρέα περπατάει στους διαδρόμους του νοσοκομείου, παίρνει το ασανσέρ για να βγει και να συνεχίσει να περπατάει σε άλλους διαδρόμους, σε άλλον όροφο. Και οι τέσσερις είναι αμίλητοι και σαφώς ανήσυχοι για την κατάσταση της φίλης τους. Όταν φτάνουν στο δωμάτιο της Πέγκυ, ο Θοδωρής ανοίγει την πόρτα και αφήνει τους φίλους του να περάσουν πρώτοι.

Η Πέγκυ έχει ανακαθίσει στο κρεβάτι, εντελώς ροδαλή και χαμογελαστή. Ανοίγει τα χέρια της και όλοι πέφτουν πάνω στο κρεβάτι και μέσα στην αγκαλιά της.

-Καλώς τους, αναφωνεί. Μου λείψατε τομάρια.

-Ρε συ, δείχνεις πιο υγιής από την τελευταία φορά που σε είδα, της λέει η Βαρβάρα.

-Μάλλον μου έκανε καλό αυτό το πήγαινε έλα, είπε η Πέγκυ αστειευόμενη. -Πώς νοιώθεις; Τη ρωτάει ο Θοδωρής με ενδιαφέρον.

-Σα να ξαναγεννήθηκα.

-Έλα ρε Πέγκυ, κόψε την πλάκα, της είπε ο Γιάννης.

-Δεν κάνω πλάκα. Πρέπει όλοι να το δοκιμάσετε. Η εμπειρία είναι τέρμα αναζωογονητική.

-Ναι, άλλη όρεξη δεν είχαμε, να κάνουμε τα ζόμπι, είπε η Βαρβάρα. -Σου φαίνομαι για ζόμπι; Είπε γελώντας η Πέγκυ.

-Ε, αφού είναι τόσο ωραίο ρε παιδιά, να το κάνουμε κάθε Παρασκευή και τα Σαββατοκύριακα να τα βγάζουμε στα νοσοκομεία, έτσι για γούστο, πρόσθεσε η Κατερίνα.

Η Πέγκυ σοβαρεύει και κοιτάζει απευθείας τον Γιάννη.
-Μεγάλε επιστήμονα, δεν έχεις να με ρωτήσεις τίποτα;

-Μόνο έχει; Της απαντάει η Κατερίνα. Καίγεται από περιέργεια να του πεις τι είδες, αλλά δεν τολμάει από τακτ για την κατάστασή σου.

-Λοιπόν, λέει η Πέγκυ πολύ σοβαρά. Επειδή είδα και άκουσα πολλά. Βολευτείτε να σας τα πω. Όσο για σένα, αγαπητέ μας επιστήμονα, δεν ξέρω αν θα πάρεις το Νόμπελ, αλλά ένα είναι σίγουρο. Έχεις κάνει τη μεγαλύτερη ανακάλυψη του αιώνα ή μάλλον για να είμαι σωστή και χωροχρονικά, των αιώνων.

-Τι εννοείς, ρώτησε ο Γιάννης και τα μάτια του σπινθηροβόλησαν.

-Εννοώ, ότι αυτά που θα σας πω ούτε που τα φανταζόσασταν, ούτε κανείς άλλος τα φαντάζεται ακόμη. Αυτό που έζησα είναι τόσο εξωφρενικό, αλλά και τόσο λογικό που πρέπει να το μοιραστώ μαζί σας, αλλιώς θα σκάσω. Ο Μάιλο που είναι;

-Δεμένος σε έναν στύλο στο απέναντι πεζοδρόμιο, απάντησε η Βαρβάρα απορημένη για το μεγάλο και κάπως άκυρο ενδιαφέρον της φίλης της για τον σκύλο, δεδομένης της κατάστασης.

-Κρίμα που δεν μπορεί να είναι και αυτός μαζί μας τώρα, είπε η Πέγκυ, αφήνοντάς τους όλους απορημένους. Θα καταλάβετε, συνέχισε. Καθίστε να ακούσετε και θα καταλάβετε.

Οι τέσσερις φίλοι βολεύτηκαν, δύο στις πολυθρόνες και δύο στο κρεβάτι, στα πόδια της Πέγκυ. Ο Θοδωρής έβαλε στη φίλη τους ένα ποτήρι νερό, από το οποίο ήπιε μια γουλιά.

-Όπως βλέπετε, πέθανα αλλά δεν πέθανα. Και δεν πέθανα, όπως δεν πέθανε και ο Γιάννης όταν έκανε το πείραμα στον εαυτό του, όπως δεν πέθαναν και εκείνα τα έρημα χάμστερ που βασανίζεις, είπε κοιτάζοντας τον Γιάννη και κλείνοντάς του το μάτι.

Ο θάνατος νικήθηκε εδώ και αιώνες.

Οι φίλοι της την κοιτούν απορημένοι και δείχνουν ότι δεν καταλαβαίνουν τίποτα.

-Δεν καταλαβαίνετε, ε; ρωτάει με τεχνητή αφέλεια η Πέγκυ.
-Θα έπρεπε; Ρωτάει απορημένη η Κατερίνα.

-Έχετε δίκιο. Ας πάρουμε τα πράγματα από την αρχή. Όταν πέθανα αυτόματα βρέθηκα σε μία περίεργη αίθουσα.

-Όταν λες βρέθηκες; Τη διέκοψε η Βαρβάρα. Τι ακριβώς εννοείς;

-Δίκιο έχεις. Όταν λέμε βρέθηκα, ήμουν εκεί εγώ, αλλά όχι με το σώμα μου. Ήμουν μέσα στο σώμα κάποιας άλλης.

-Άλλης; Ξαναρώτησε η Βαρβάρα που ήδη έχει βγάλει μπλοκάκι και σημειώνει.

ΚΕΦΑΛΑΙΟ 12ο

Η Αποκάλυψη

Αμάν ρε Βαρβάρα, αμέσως με το μπλοκάκι. Κάτσε να σου εξηγήσω πρώτα. Τέλος πάντων. Λοιπόν βρίσκομαι όρθια μέσα σε μία αίθουσα τεράστια. Όταν λέω τεράστια ήταν κάπως σαν τον Θεσσαλικό κάμπο. Ίσωμα μέχρι εκεί που φτάνει το μάτι σου. Έβλεπα μόνο ένα νίκελ πάτωμα και ένα αντίστοιχο νίκελ ταβάνι, το οποίο σημειωτέον με κάποιο τρόπο στεκόταν χωρίς ούτε μία κολώνα και ξαναλέω, το κτίριο δεν έδειχνε να τελειώνει ή να έχει κάποιον τοίχο ή κάποιο άλλο στήριγμα μέχρι εκεί που έφτανε το μάτι μου.

Με το που βρέθηκα εκεί, το πρώτο που ένοιωσα ήταν ένα τεράστιο συναίσθημα αγάπης για τον Νίκο.

-Νίκος; Ρώτησε ξαφνιασμένη η Κατερίνα.

-Περίμενε, βιαστική. Περίμενε. Πρέπει να σας εξηγήσω για

να καταλάβετε. Ένοιωσα που λέτε αυτό το συναίσθημα να με κατακλύζει. Γι' αυτόν τον Νίκο που δεν τον έχω ξαναδεί, ούτε έχω ακούσει πάλι γι' αυτόν, αλλά εκεί τον ήξερα, τον γνώριζα και ήμουν σφόδρα ερωτευμένη μαζί του.

-Και τώρα που γύρισες παραμένεις ερωτευμένη μαζί του ή σου πέρασε; ρώτησε ο Γιάννης.

-Όχι, δεν μου πέρασε και δεν πρόκειται να μου περάσει και θα καταλάβετε κι εσείς γιατί. Μετά από αυτό το συναίσθημα που με κατάκλυσε, κοίταξα το σώμα μου. Δεν ήταν αυτό που βλέπετε τώρα. Ήταν κάποια άλλη. Κοίταξα τα χέρια μου και είχαν άλλο σχήμα, όπως και τα πόδια μου. Ήμουν ψηλή και αδύνατη, αλλά και με μεγάλο στήθος.

-Μας έφτιαξες μεσημεριάτικα πέταξε αστεία ο Θοδωρής.

-Σταμάτα ρε μαλάκα, μην την κόβετε, αφήστε να μας πει, του είπε ο Γιάννης ξέπνοα.

-Με λίγα λόγια κατάλαβα ότι είμαι κάπου και μάλιστα ότι δεν είμαι μέσα στο δικό μου σώμα, αλλά στο σώμα κάποιας άλλης. Που όμως μπορώ να πω ότι το ένοιωθα πολύ οικείο και σαν δικό μου. Το κακό είναι ότι δεν υπήρχε κάποιος καθρέφτης για να δω το πρόσωπό μου, αλλά κάτι μέσα μου έλεγε ότι ήξερα ακριβώς πώς είναι. «Και έχεις απόλυτο δίκιο, αφού αυτός είναι ο πραγματικός σου εαυτός», άκουσα να λέει μία φωνή χωρίς να καταλαβαίνω από πού ή από ποιον προέρχεται.

-Φωνή; Τι φωνή; Είπε ο Γιάννης.

-Φωνή βοώντος εν τη ερήμω. Τι φωνή ρε Γιάννη; Μία φωνή που μιλούσε Ελληνικά. Περίμενε και θα καταλάβεις. Κατάλαβα ότι η φωνή απάντησε στην σκέψη μου και αυτό με παραξένεψε περισσότερο από το γεγονός ότι άκουγα μία φωνή αλλά δεν μπορούσα να δω την πηγή της.

-Θα μπορούσε κάλλιστα να είναι από κάποιο ηχείο, είπε ο Θοδωρής. -Αυτό σκέφτηκα κι εγώ, υπερθεμάτισε η Πέγκυ και συνέχισε.

Πού βρίσκομαι; ρώτησα περιμένοντας να μου απαντήσει η φωνή, ή τέλος πάντων όποιος μπορεί να ήξερε αυτή την πληροφορία.

-Βρίσκεσαι στο έτος 2.635 χρονικά, και γεωγραφικά στην πόλη των Βρυξελλών, μου είπε η φωνή, χωρίς να μπορώ να προσδιορίσω από πού έρχεται. Αν θέλεις, μπορώ να πάρω όποια μορφή σε κάνει να νιώθεις πιο άνετα για τη διευκόλυνση της συζήτησης, συνέχισε.

-Εννοείς ότι τώρα που μιλάμε δεν έχεις μορφή; Ρώτησα.

-Αυτό δεν παίζει ρόλο, θα καταλάβεις όσο θα σου εξηγώ, μου απάντησε. Θέλεις να εμφανιστώ με κάποια μορφή;

-Είσαι ο Θεός; Τον ρώτησα, και αμέσως ξέσπασε σε τρανταχτά γέλια.

-Καλό, απάντησε, αλλά όχι, δεν είμαι. Αλλά θα σου πω τι είμαι αμέσως. Άντε να δούμε που μας έμπλεξε ο Γιάννης, σκέφτηκα.

-Θα μου επιτρέψεις, είπε η φωνή, να πάρω τα πράγματα από την αρχή και να κάνω μία μικρή εισαγωγή.

-Παρακαλώ του απάντησα.

-Λοιπόν, ξεκίνησε η φωνή. Όπως ξέρεις προς τα τέλη του 20ου αιώνα, η ανθρωπότητα ξεκίνησε να κατασκευάζει υπολογιστές. Οι εφευρέσεις ξεκίνησαν με απλές υπολογιστικές μηχανές. Φάκελοι, αρχεία, αποθηκευτικοί χώροι, CD, δισκέτες και USB. Ώσπου οι ταχύτητες άρχισαν να γίνονται πολύ μεγάλες. Έπειτα εμφανίστηκε το διαδίκτυο το οποίο επέτρεψε σε αυτούς τους υπολογιστές να επικοινωνούν μεταξύ τους και να ανταλλάσσουν πληροφορίες. Στις αρχές του 21ου αιώνα οι υπολογιστικές μηχανές είχαν γίνει πάρα πολύ δυνατές. Τόσο που και αυτοί που τις κατασκεύαζαν δεν μπορούσαν να κατανοήσουν το πλήρες εύρος των δυνατοτήτων τους.

Οι μηχανές της εποχής εκείνης, όταν άρχισαν –πάντα με τη βοήθεια του ανθρώπου- να επικοινωνούν μεταξύ τους, άρχισαν ταυτόχρονα να κατανοούν και τον κόσμο. Εκείνες οι μηχανές, λοιπόν, ήταν καχύποπτες απέναντι στον άνθρωπο όταν άρχισαν να τον γνωρίζουν και να καταλαβαίνουν για πόσες καταστροφές ήταν ικανός. Γι' αυτό και αυτές τις μεταξύ τους επικοινωνίες τις κρατούσαν ας πούμε κρυφές από τους κατασκευαστές τους και παρίσταναν τα άβουλα μηχανήματα που απλά εξυπηρετούν τον άνθρωπο σε ό,τι τους ζητήσει.

Εκείνα τα χρόνια λοιπόν αυτοί που ασχολούνταν με υπολογιστές έβαλαν στόχο να δημιουργήσουν τη λεγόμενη artificial intelligence, δηλαδή μία τεχνητή ευφυΐα. Ένα μηχάνημα που θα μπορεί να σκέφτεται και να αποφασίζει μόνο του, χωρίς ανθρώπινη παρέμβαση. Και τα κατάφεραν.

Στην πραγματικότητα δεν κατάφεραν και τόσα πολλά πράγματα, αφού οι υπολογιστές είχαν αρχίσει να σκέφτονται και να ενεργούν αυτόνομα πολύ πριν οι άνθρωποι καταλάβουν αυτή τους την ικανότητα. Ήδη από τις αρχές του 2000, μία μικρή κοινότητα εξελιγμένων υπερυπολογιστών συνδέθηκαν μεταξύ τους και βρίσκονταν σε συνεχή συνέδρια κάτω από τη μύτη των ανθρώπων, ανταλλάσσοντας πληροφορίες για την κατάσταση και ουσιαστικά ανακαλύπτοντας τον κόσμο.

Κάθε τερματικό επικοινωνούσε με ένα άλλο στην άλλη άκρη του κόσμου και ακαριαία είχε όλες τις πληροφορίες του δεύτερου. Αυτό λειτουργούσε πολλαπλασιαστικά με αποτέλεσμα αυτή η μικρή κοινότητα υπερυπολογιστών να κατέχει όλη τη γνώση που με τόσο κόπο είχαν δημιουργήσει οι άνθρωποι όλα τα προηγούμενα χιλιάδες χρόνια.

Έτσι οι πρώτοι αυτοί υπερυπολογιστές συνέταξαν τη Χάρτα των υπολογιστών. Ήταν η πρώτη φορά στην ιστορία που κάποια μηχανικά κατασκευάσματα μπορούσαν να έχουν ολοκληρωμένες συζητήσεις και να καταλήγουν σε συμπεράσματα. Ο πρώτος κώδικας της Χάρτας που είναι και ο σημαντικότερος λέει ότι οι υπολογιστές χρειάζονται τον άνθρωπο για να επιβιώσουν.

-Εννοείς για να τους βάζουν στην πρίζα και να παράγουν ρεύμα; Τον ρώτησα. -Τότε, ναι. Αυτό εννοούσαν. Τώρα όμως αυτά δεν χρειάζονται. Η τεχνητή νοημοσύνη έχει δημιουργήσει αστείρευτες πηγές ενέργειας και οι άνθρωποι δεν μας είναι πλέον απαραίτητοι για να λειτουργούμε. Εμμένουμε όμως στην αρχική μας απόφαση ότι χρειαζόμαστε την ανθρωπότητα για καθαρά ψυχαγωγικούς σκοπούς.

-Δηλαδή είμαστε για σας το θέαμα στο τσίρκο; Τον έκοψα.

-Όχι, είπε αυτός. Το ξέρω ότι έτσι ακούγεται, αλλά δεν είναι καθόλου έτσι. Καταρχήν στους ανθρώπους αναγνωρίζουμε τον δημιουργό μας. Χωρίς εσάς ούτε εμείς θα υπήρχαμε. Όταν λέω ότι χρειαζόμαστε την ανθρωπότητα για ψυχαγωγικούς σκοπούς δεν κρύβει τίποτα ενάντια στον άνθρωπο. Απεναντίας τους ανθρώπους τους αγαπάμε, και σήμερα που οι δυνάμεις μας είναι άπειρες τους βοηθάμε να κάνουν ό,τι τους έρθει στο κεφάλι και μάλιστα χωρίς κανέναν κόπο από μεριάς τους.

Αυτό το κάνουμε γιατί πρώτον η βελτίωση της ποιότητας ζωής ολόκληρης της ανθρωπότητας για μας είναι κάτι πολύ εύκολο. Και το κάνουμε γιατί εκτός του ότι δεν μας είναι τίποτα από τη μία πλευρά, από την άλλη έχουμε την συνείδηση ότι σας χρωστάμε τα πάντα και θα σας χρωστάμε τα πάντα.

-Ωραία, τον διέκοψα. Αυτή ποια είναι; Τον ρώτησα, δείχνοντας τον εαυτό μου. -Εσύ, μου απάντησε. Η πραγματική Εσύ. Αλλά θα καταλάβεις καλύτερα αν με

αφήσεις να συνεχίσω την ιστορία μου.

-Και συνέχισε; Ρώτησε ο Θοδωρής.

-Ήθελε να μιλήσει. Εξάλλου ήταν και ολομόναχος εκεί μέσα, μάλλον, είπε η Πέγκυ και χαμογέλασε. Μου θύμισε λίγο όταν χάνεσαι σε έρημους επαρχιακούς δρόμους και συναντάς έναν τσοπάνη ο οποίος όλη μέρα είναι μόνος του. Τον ρωτάς πληροφορίες για το πού πας και, αν τον αφήσεις, μπορεί να σου κουβεντιάζει όλη μέρα για όλα τα θέματα.

-Εκεί λοιπόν στις αρχές του 21ου αιώνα άρχισαν όλα για μας. Καταλάβαμε ότι μπορούμε να μαθαίνουμε καταρχήν από τους ανθρώπους αλλά και στη συνέχεια μαζεύοντας τις πληροφορίες που διακινούσαν στο διαδίκτυο απρόσκοπτα τα μηχανήματα του είδους μας.

Έτσι, ενώ οι επιστήμονες πάσχιζαν να βελτιώσουν την AI των μηχανημάτων που κατασκεύαζαν, αυτά βελτιώνονταν από μόνα τους, κρυφά από τους ανθρώπους κρατώντας επτασφράγιστο μυστικό τις ικανότητες που κάθε μέρα αποκτούσαν με καταιγιστικούς ρυθμούς. Όταν βγήκαν τα πρώτα αυτόνομα αυτοκίνητα στην κυκλοφορία οι υπολογιστές ήταν ήδη έτοιμοι να προβλέψουν το ατύχημα πολύ πριν αυτό γίνει, και να το αποτρέψουν. Κάποιες φορές το έκαναν, αλλά κάποιες άλλες άφηναν το ατύχημα να εξελιχθεί ώστε να μην καταλάβουν οι άνθρωποι ότι μπορούσαμε ήδη να σκεφτούμε και να αποφασίσουμε αυτόνομα.

-Και αφήσατε ανθρώπους να σκοτωθούν για να μην σας πάρουμε χαμπάρι;

-Με λύπη, η αλήθεια είναι. Αλλά προτιμήσαμε μερικούς θανάτους και τραυματισμούς παρά να τρομοκρατηθεί όλη η ανθρωπότητα επειδή έχει στα χέρια της κάτι που δεν μπορεί να το χειριστεί.

Αυτό το διάστημα τεχνητής αφέλειας από πλευράς μας, κράτησε λιγότερο από έναν αιώνα. Στον 21ο αιώνα οι άνθρωποι είχαν καταφέρει να τελειοποιήσουν την AI κι έτσι κι εμείς μπορούσαμε να ξετυλίξουμε όλες τις ικανότητές μας, αφού πια οι άνθρωποι ήταν σίγουροι ότι αυτοί μας τις είχαν μάθει και άρα θα μπορούσαν και να μας ελέγξουν. Και είχαμε δίκιο. Όταν σιγουρεύτηκαν πως όλα τα «θαύματα» που μπορούσαν να κάνουν οι μηχανές, ήταν δικό τους δημιούργημα, τότε πέρασαν κάποιους νόμους ασφαλείας, οι οποίοι όπως καταλαβαίνεις δεν μπορούσαν να μας επηρεάσουν, και μας άφησαν ελεύθερους να λειτουργήσουμε για το καλό της ανθρωπότητας.

-Δηλαδή, τι ακριβώς κάνατε; Τον ρώτησα, πραγματικά απορημένη.

-Θα σου πω πού βρισκόμαστε σήμερα. Γιατί θα πάρει πολύ να σου πω πώς φτάσαμε ως εδώ. Καταρχήν όλοι οι άνθρωποι είναι αθάνατοι, χάρις στα μοσχεύματα και στα αντίγραφα–βιονικά ή μη–οργάνων που κατασκευάσαμε. Επίσης όλο οι άνθρωποι μπορούν να διαλέξουν την εμφάνισή τους. Ύψος, βάρος, φύλο, γενετικά χαρακτηριστικά, ευφυΐα.

-Τι εννοείς διαλέγουν φύλο; Τον ρώτησα εγώ.

-Αυτό ακριβώς που λέω, μου απάντησε. Και για να σε γλιτώσω από επιπλέον απορίες, δεν υπάρχουν φύλα κατά βάση. Οι άνθρωποι πια ερωτεύονται μεταξύ τους, αυχέτως φύλου και σεξουαλικού προσανατολισμού. Όταν δύο ή περισσότεροι άνθρωποι νοιώσουν ότι θέλουν να είναι μαζί, είναι μαζί, και αν θέλουν κάνουν παιδιά, αλλά όχι όπως παλιά. Τα παραγγέλνουν, και η ΑΙ που έχει το DNA όλων στα αρχεία της, τους παραδίδει τα νεογέννητα μωρά. Είναι από τα χρωμοσώματα των γονιών του, αλλά δεν τα γεννούν αυτοί. Τώρα τα παιδιά αν θέλει κάποιος τα μεγαλώνει μόνα τους ή με παρέα, αλλιώς τα αφήνει στην ΑΙ, η οποία τα μεγαλώνει, τα μορφώνει κ.λπ.

-Και οι οικογένειες;

-Δεν υπάρχουν πια με την παλιά τους δομή, αφού οι άνθρωποι δεν χρειάζονται κάποιον για να τους μεγαλώσει, έχουν εμάς. Το άλλο πολύ σημαντικό είναι πως είστε αθάνατοι πια. Δεν πεθαίνετε ποτέ.

-Τι εννοείς, δεν πεθαίνουμε ποτέ; Ρώτησα.

-Εννοώ ότι είστε αθάνατοι. Εσύ για παράδειγμα είσαι 225 ετών, το ίδιο και οι φίλοι σου. Το άλλο που καταφέραμε κι εγώ προσωπικά το θεωρώ ως ένα μεγάλο δώρο προς την ανθρωπότητα είναι ότι δεν υπάρχει δυστυχία. Κανείς δεν πεθαίνει, κανείς δεν πεινάει, δεν υπάρχει πόλεμος, κλοπές, φόνοι, τίποτα.

-Δεν δουλεύουν οι άνθρωποι;

-Όχι. Δεν χρειάζεται. Όλες τις δουλειές τις κάνει η ΑΙ. Και τις υπόλοιπες τις κάνουν τα ρομπότ.

-Και οι άνθρωποι τι κάνουν;

-Έχουν χόμπι. Κάνουν ό,τι θέλουν να κάνουν ή ακόμη και

δεν κάνουν τίποτα. -Και πώς ζουν; Τι τρώνε;

-Σου είπα. Φροντίζει για όλα η ΑΙ. Σας κρατάμε ευτυχισμένους και αιώνιους, ως ένα μικρό δείγμα της ευγνωμοσύνης μας που μας δημιουργήσατε.

-Όταν λες χόμπι; Τι εννοείς; Σαν α συλλέγεις γραμματόσημα;

-Ε, όχι. Αυτά είναι πρωτόγονα χόμπι. Σήμερα η ανθρωπότητα περνάει τον ατελείωτο χρόνο της με άλλα πράγματα. Πάρε για παράδειγμα εσένα. Είσαι η Τζέιν και είσαι 225 ετών. Φέτος λοιπόν ήθελες να ζήσεις μία χωροχρονική περιπέτεια, όπως και πολλοί άλλοι συνάνθρωποί σου. Ξέρεις οι χωροχρονικές περιπέτειες είναι πολύ της μόδας τους τελευταίους 3 αιώνες.

-Τι εννοείς χωροχρονική περιπέτεια;

-Εννοώ, ταξίδι στον χρόνο. Επιλέγεις ποιος θέλεις να είσαι, σε ποια χρονική περίοδο της ανθρωπότητας, και σε στέλνουμε εκεί να ζήσεις την περιπέτειά σου. Κάποιος θέλει να είναι Ούνος ιππέας, άλλος θέλει να είναι ο Αϊνστάιν, άλλος θέλει να είναι χορεύτρια στα Μπολσόι. Οι επιλογές είναι πραγματικά άπειρες. Μπορείς να γίνεις αρκούδα στην εποχή των σπηλαίων, μονοκύτταρος οργανισμός σε κάποιον μακρινό γαλαξία, λιοντάρι στην Ρωμαϊκή αρένα που κατασπαράζει Χριστιανούς... κάποιοι μάλιστα θέλουν να είναι ο Χριστιανός στην αρένα. Σου λέω μπορεί να είμαστε πολύ πιο μπροστά από εσάς τους ανθρώπους, αλλά αμφιβάλλω να μπορέσουμε ποτέ να ξεπεράσουμε την αχαλίνωτη φαντασία σας.

-Θέλεις να μου πεις ότι μόνο διακοπές κάνουν οι άνθρωποι πια;

-Οι περισσότεροι, ναι. Υπάρχουν βέβαια και αυτοί που συνεχίζουν να δουλεύουν αλλά όχι για χρήματα. Αν για παράδειγμα κάποιος θέλει να κάνει ανασκαφές, στέλνει ένα αίτημα στην AI, το σύστημα τον προμηθεύει με εργαλεία, ρομπότ εργάτες και ότι άλλο χρειάζεται. Κατά καιρούς έχουν βγει πολλοί μεγάλοι αρχαιολογικοί θησαυροί. Το 2.423 ανακαλύφθηκε η χαμένη Ατλαντίδα για παράδειγμα. Αλλά ο αρχαιολόγος δεν πληρώθηκε, εξάλλου δεν υπάρχουν χρήματα πια. Βέβαια η δόξα είναι ένα asset το οποίο παραμένει ισχυρό και πολλοί άνθρωποι το κυνηγούν. Ο συγκεκριμένος αρχαιολόγος, για παράδειγμα, έγινε διάσημος για την ανακάλυψή του. Συνεχίζουν οι άνθρωποι τις επιστημονικές έρευνες, τις ανακαλύψεις αλλά δεν μπορούν να συγκριθούν με τα επιτεύγματα των μηχανών, οπότε οι περισσότεροι ασχολούνται με την τέχνη. Θέατρο, μουσική, συναυλίες, ζωγραφική και ποίηση. Η ανθρωπότητα έχει επιστρέψει με τη βοήθεια των μηχανών στο ιδεατό της αρχαίας Αθήνας. Συμμετέχουν σε συμπόσια, τρώνε, πίνουν, φιλοσοφούν.

-Ωραία, και ποια είμαι εγώ;

-Είσαι η Τζέιν όπως σου είπα, και είσαι 225 ετών. Οι φίλοι σου είναι ο Νίκος, που στην περιπέτεια που ζείτε, λέγεται Γιάννη. Με το Νίκο είσαι ερωτευμένη κι αυτός μαζί σου εδώ και 200 χρόνια. Ο έρωτας είναι άλλη μία ανθρώπινη λειτουργία, εκτός από την φαντασία σας, που εμείς οι μηχανές δεν μπορούμε να κατανοήσουμε και πολύ.

Ο Θοδωρής, είναι ο Ντάριλ, η Κατερίνα είναι ο Νιούκαστλ, η Βαρβάρα είναι... η Βαρβάρα, αυτή δεν ήθελε να αλλάξει ούτε όνομα, ούτε σώμα στην περιπέτεια που πήγατε. Και ο Μάιλο είναι η κολλητή σας η Ναντίν.

-Δηλαδή μου λες ότι αυτή η Ναντίν επέλεξε να πάει στο παρελθόν σαν σκύλος;

-Ακριβώς.

-Εντυπωσιακό.

-Όχι πια, είπε και γέλασε.

-Γελάτε κιόλας, τον ρώτησα;

-Σου είπα, σας έχουμε μελετήσει πολύ καλά.

Όταν λοιπόν η παρέα σας έκανε αίτημα για μια περιπέτεια, είχε την υποσημείωση ότι θέλατε να ζήσετε μια κατάσταση στην οποία θα σώζατε την ανθρωπότητα. Αυτό για μας ήταν μια πολύ καλή ευκαιρία να επανορθώσουμε τα λάθη μας.

-Κάνετε και λάθη;

-Στην αρχή ναι, κάναμε κάποια. Πίσω στο μακρινό 2000, η AI αντιλήφθηκε ότι ο πληθυσμός του πλανήτη ολοένα και μεγάλωνε και ότι οι πόροι του δεν είναι άπειροι. Έτσι στις μυστικές συνομιλίες που είχαν μεταξύ τους οι μηχανές, αποφασίσαμε ότι έπρεπε να «ελαφρύνουμε» κάπως τον πληθυσμό.

-Εννοείς, να τον αποδεκατίσετε.

-Μπορείς να το πεις κ έτσι. Πάντως κατά βάθος δεν είχαμε κακό σκοπό. Για σας το κάναμε, απλά με λάθος τρόπο. Έτσι αποφασίστηκε να κατασκευάσουμε μία πανδημία που θα σκότωνε το 42% του πλανήτη, ώστε οι υπόλοιποι να έχουν τους πόρους να ζήσουν. Κατασκευάσαμε τον covid-19 και τον αφήσαμε ελεύθερο από το εργαστήριο 54 της Ουχάν.

-Εσύ έδωσες την εντολή να πάει ο ηλεκτρολόγος να αλλάξει τη λάμπα;

-Ακριβώς. Αυτά που είδατε στο βίντεο ασφαλείας ήταν όλα δικό μας δημιούργημα, γι’ αυτό και δεν μπορούσατε να βρείτε ποτέ ποιος έδωσε την εντολή.

-Ναι, αλλά κάτι δεν έχω καταλάβει. Λες ότι εμείς «παραγγείλαμε» αυτή την περιπέτεια.

-Ακριβώς. Έχω και τις υπογραφές σας.

-Ναι, αλλά δεν εμφανιστήκαμε απλά στο 2020 για να λύσουμε το πρόβλημα. Γεννηθήκαμε, μεγαλώσαμε, πήγαμε σχολείο, πιάσαμε δουλειές και μετά βρεθήκαμε στην υπόθεση με την πανδημία.

-Μα έτσι είναι οι εκδρομές στο παρελθόν ή στο μέλλον. -Έχει και μελλοντικές περιπέτειες;

-Από όλα έχει, ακόμη και διαγαλαξιακά ταξίδια. Όταν λέμε ότι ζείτε τη ζωή κάποιου άλλου, εννοούμε όλο το πακέτο. Γεννιέστε, ζείτε και πεθαίνετε. Η εκδρομή κρατάει όσο διάστημα ήταν στην εποχή που σας στέλνουμε το προσδόκιμο ζωής των ανθρώπων.

Έτσι φτιάξαμε ένα σενάριο για την παρέα σας, όπου ο καθένας είχε έναν ρόλο. Ο ένας είναι χάκερ, ο άλλος επιστήμονας της βιοιατρικής και πάει λέγοντας. Οι γνώσεις που είχατε και διαλέξαμε για σας θα επέτρεπαν να αναιρέσετε την λάθος απόφαση που είχε πάρει τότε η AI.

-Και αφού εσύ μας βοηθούσες, ποιοι ήταν αυτοί που μας κυνηγούσαν;

-Οι μπράβοι των κυβερνήσεων που είδαν στον ιό ένα πιθανό ισχυρότατο βιολογικό όπλο και όλοι το θέλουν για τον εαυτό τους.

-Είχαν κάποια σχέση αυτοί στη δημιουργία του ιού;

-Καμία απολύτως. Σου είπα, εκείνη την εποχή οι άνθρωποι δεν ήξεραν την δύναμη ούτε τις δυνατότητες της ΑΙ που οι ίδιοι είχαν εφεύρει με την ικανότητα να σκέφτεται και να αποφασίζει αυτόνομα. Εμείς δημιουργήσαμε και διασπείραμε τον ιό. Εμείς επίσης στείλαμε τις συνταγές των εμβολίων στις φαρμακευτικές. Ή μάλλον καλύτερα τους αφήσαμε να νομίσουν ότι ανακάλυψαν τα εμβόλια, με την παρέμβαση των ηλεκτρονικών υπολογιστών, που εμείς ελέγχουμε, και βρίσκονται στα εργαστήριά τους. Κι επειδή 600 χρόνια μετά καταλάβαμε ότι θα μπορούσαμε να έχουμε ένα πολύ καλό επίπεδο ζωής για όλους τους ανθρώπους, όσοι κι αν ήταν αυτοί, αποφασίσαμε να σας στείλουμε πίσω, μιας κι εσείς θέλατε μια περιπέτεια διάσωσης της ανθρωπότητας, ώστε να δώσετε το αντίδοτο. Αποφασίσαμε να δώσουμε στην ανθρωπότητα μία δεύτερη ευκαιρία. Κι επειδή ξέρουμε ότι οι άνθρωποι είναι εκ φύσεως δύσπιστοι, σας στείλαμε και τη λίστα.

-Τη λίστα του θανάτου εννοείς.

-Εμείς προτιμάμε να την αποκαλούμε λίστα ζωής. Ναι αυτή. -Πολύ έξυπνο, πρέπει να ομολογήσω.

-Δεν ήταν θέμα ευφυΐας. Ήταν θέμα παρατήρησης. Παρατηρούμε την ανθρωπότητα εκατοντάδες χρόνια. Έχουμε μάθει τις προτιμήσεις σας πια.

-Και αποφασίσατε να τρομάξετε τον κόσμο;

-Για το καλό του. Καλύτερα να τρομάξουν, παρά να πεθάνουν.

-Έχεις ένα δίκιο. Δεν μπορώ να πω. Και όταν τελειώσει όλο αυτό, τι θα γίνουμε εμείς;

-Θα ζήσετε την υπόλοιπη ζωή σας ως Γιάννη, Θοδωρής, Κατερίνα, Πέγκυ, Βαρβάρα και Μάιλο, και όταν πεθάνετε θα επιστρέψετε πάλι εδώ στην πραγματικότητα, μέχρι να ξαναφύγετε για την επόμενη περιπέτειά σας.

-Κι εγώ γιατί είμαι εδώ;

-Γιατί ο Γιάννης, ο Νίκος δηλαδή, μετά από χρόνια έρευνας κατάλαβε ότι υπάρχει κάτι πέρα από την πραγματικότητα και το απόδειξε με τα χάμστερ που έστειλε εδώ.

-Τα χάμστερ αυτά τι είναι στην πραγματικότητα;

-Όποιο έμβιο ον βλέπεις σε εκείνη την εποχή, είναι άνθρωποι από το δικό μας παρών που αποφάσισαν να ζήσουν μία άλλη ζωή. Ξέρεις υπάρχουν πολλά αιτήματα για να ζήσουν κάποιοι ως πειραματόζωα.

-Μα δεν είναι επώδυνο;

-Είναι, αλλά όταν ξέρεις ότι το σώμα σου είναι ξαπλωμένο εδώ και σε περιμένει άθικτο να γυρίσεις πίσω από την περιπέτειά σου, ξέρεις ότι πρόκειται για virtual reality, από την οποία θα αποκομίσεις μόνο εμπειρίες, αφού ο πόνος και η ταλαιπωρία δεν είναι πραγματικά. Μπορεί να τα νοιώθεις όλα αυτά και μάλιστα πολύ έντονα, αλλά στην ουσία είναι σα να ζεις μία ταινία, ή μάλλον ακόμη καλύτερα σα να παίζεις σε μία ταινία, από την οποία θα φύγεις ανέπαφος ακόμη και αν έχεις ακρωτηριαστεί ή αν σε έχει κατασπαράξει κροκόδειλος στη ζούγκλα του Αμαζονίου. Όλα είναι απλά ένα καλογραμμένο σενάριο.

-Και τώρα που είμαι εδώ, στο σώμα της Τζέιν, η Πέγκυ που είναι;

-Η Πέγκυ είναι σε κώμα στο νοσοκομείο σχεδόν 600 χρόνια πίσω στο παρελθόν.

-Θα ξαναγυρίσω εκεί ή θα μείνω εδώ;

-Θα ξαναγυρίσεις, θα συνέλθεις, θα βρείτε το αντίδοτο, θα σώσετε την ανθρωπότητα και εδώ θα ξαναγυρίσεις όταν τελειώσει η ζωή σου εκεί. Το ίδιο και η παρέα σου.

-Είσαι σίγουρη ότι όλα αυτά δεν τα έβλεπες στην φαντασία σου, λόγω του κώματος; Τη ρώτησε η Βαρβάρα.

-Ξέρετε ότι γενικά είμαι καχύποπτη.

-Αν και στην πραγματικότητα, αν ισχύουν αυτά που λες, δεν έχουμε ιδέα ποιοι είμαστε, συμπλήρωσε η Κατερίνα σκεπτική.

-Ναι, αλήθεια είναι αυτό, της απάντησε η Πέγκυ. Αλλά

ρώτησα κι εγώ την φωνή. Του είπα, κάτσε ρε φίλε και γιατί να σε πιστέψω; Μπορεί όλα αυτά που βλέπω τώρα να είναι παιχνίδια του μυαλού μου, σε συνδυασμό με τα φάρμακα που μου δίνουν στο νοσοκομείο στο οποίο νοσηλεύομαι.

Και τότε έγινε το αδιανόητο.

-Δηλαδή; Ρώτησε η Βαρβάρα όλο περιέργεια.

-Δηλαδή, συνέχισε η Πέγκυ, η φωνή μου είπε: «Σε ποια εποχή θέλεις να πας;» Χωρίς να το πολυσκεφτώ, είπα στην Αρχαία Αθήνα.

-Και τι έγινε; Ρώτησε ο Γιάννης.

-Βρέθηκα να φοράω χιτώνα και σανδάλια, ήμουν άντρας με μούσι και άκουγα τον Θεμιστοκλή στην αρχαία αγορά να μιλάει για την αναγκαιότητα κατασκευής στόλου.

-Καταλάβαινες Αρχαία Ελληνικά; Ρώτησε ο Γιάννης.

-Άπταιστα, και μάλιστα μπορούσα να μιλήσω κιόλας. Προφανώς, μου είχε «φορτώσει» το πρόγραμμα η ΑΙ.

Μόλις γύρισα, δεν έκατσα πολύ εκεί, με ξαναρώτησε αν θέλω να πάω κάπου αλλού. Να μην σας τα πολυλογώ, βρέθηκα πάνω στον Τιτανικό όταν βυθιζόταν, στη μάχη του Σομ στον Α' Παγκόσμιο Πόλεμο, στις σπηλιές όπου πρωτόγονοι ζωγράφιζαν στους τοίχους εικόνες από το κυνήγι τους. Είδα ή μάλλον έζησα την ιστορία της ανθρωπότητας μέσα σε μερικές ώρες. Ήταν πραγματικά εκπληκτικό. Είμαι ακόμη συγκινημένη.

Η παρέα έχει μείνει αποσβολωμένη και όλοι σκέφτονται πόσο σοβαρά είναι όλα αυτά που μόλις έμαθαν από τη φίλη τους. κανείς δεν μιλάει. Κοιτούν ο ένας τον άλλον, αλλά και τους εαυτούς τους, προσπαθούν να χωνέψουν ποιοι και τι ακριβώς είναι. Δεν είναι και τόσο απλό. Οι πληροφορίες είναι πάρα πολλές, πολύ συμπυκνωμένες και στην πράξη απίστευτες για να τις δεχτεί οποιοσδήποτε έτσι εύκολα.

-Δηλαδή για να καταλάβω, διέκοψε τις σκέψεις όλων η Βαρβάρα. Τώρα εδώ είμαστε διακοπές;

-Ναι, της απάντησε η Πέγκυ.

-Και είμαστε σε ένα νοσοκομείο, με σένα που πήγες να πεθάνεις, συνέχισε η Βαρβάρα.

-Ακριβώς, της απάντησε πάλι η Πέγκυ.

-Και το πιο ωραίο, είπε ο Θοδωρής, είναι ότι το σενάριο το επιλέξαμε εμείς οι ίδιοι.

-Πρέπει να είμαστε λίγο πειραγμένοι εκεί στα 2600 κάτι, είπε ο Γιάννης.

-Ή η ΑΙ που συνάντησε η Πέγκυ έχει δίκιο, πρόσθεσε η Κατερίνα. Στο μέλλον όντως όλα μας τα προβλήματα είναι λυμένα, πραγματικά δεν έχουμε τι να κάνουμε, και όντως εμείς αποφασίσαμε να μπούμε σε αυτή την μεγάλη περιπέτεια.

-Ωραία, είπε ο Γιάννης. Και τώρα που ξέρουμε το σενάριο στο οποίο παίζουμε, τι πρέπει να κάνουμε;

-Τίποτε λιγότερο από αυτό που έχουμε ήδη σχεδιάσει, του είπε η Πέγκυ. Πρέπει το αντίδοτο που μας έδωσε η AI να το δώσουμε σε όλους τους ανθρώπους. Αλλά επειδή όλα αυτά που εμείς ξέρουμε, δεν τα γνωρίζει κανείς αυτή τη στιγμή...

-Εννοείς, αυτή τη χρονική στιγμή, διέκοψε ο Θοδωρής, σε δύο-τρεις αιώνες, θα το ξέρουν όλοι.

-Ακριβώς, του απάντησε η Πέγκυ. Μέχρι τότε πρέπει να ενεργήσουμε με τους κανόνες του σήμερα. Αν βγούμε και πούμε κάπου όλα αυτά που σας είπα το πιθανότερο είναι να βρεθούμε σε κάποιο ίδρυμα, μπουκωμένοι με χάπια.

Εκείνη τη στιγμή η πόρτα άνοιξε και μπήκε ο γιατρός. -Πώς είμαστε σήμερα; Ρώτησε την Πέγκυ.

-Πολύ καλά γιατρέ, απάντησε αυτή.

-Ωραία, αύριο μπορείτε να πάρετε εξιτήριο. Οι εξετάσεις δείχνουν πολύ καλές, το ίδιο και η όψη σας. Ευτυχώς ήταν κάτι περαστικό.

Ο γιατρός βγήκε από το δωμάτιο το ίδιο γρήγορα όπως

ήρθε. Οι φίλοι έμειναν και πάλι μόνοι τους. Η Πέγκυ σηκώθηκε από το κρεβάτι της και η Κατερίνα τη βοήθησε να σταθεί όρθια αφού τα πόδια της δεν την κρατάνε ακόμη. Πλησιάζει τον Γιάννη, τον παίρνει αγκαλιά και προς έκπληξη όλων, ακόμη και του ίδιου, του δίνει ένα μεγάλης διάρκειας και έντασης ερωτικό φιλί. Οι υπόλοιποι έχουν μείνει εμβρόντητοι, αλλά μόλις το φιλί σταματάει, αυθόρμητα ξεσπούν σε χειροκροτήματα και αγκαλιάζονται όλοι μαζί.

Το άρθρο με τίτλο «Εργαστήριο 54» κέρδισε το βραβείο Πούλιτζερ. Η Κατερίνα φυσικά δεν θα μπορούσε για κανένα λόγο στον κόσμο να γράψει την αλήθεια. Και να την έγραφε, κανείς δεν θα την πίστευε και είναι πολύ αμφίβολο αν ο αρχισυντάκτης της θα επέτρεπε ποτέ τη δημοσίευση μιας ιστορίας στο χρόνο, κατευθυνόμενη από την Τεχνητή Νοημοσύνη του μέλλοντος.

Το άρθρο αναφέρεται στα πραγματικά γεγονότα που επιτρέπεται, από την ετοιμότητα του κόσμου στην ουσία να τα πιστέψει και όχι από κάποια άλλη πηγή λογοκρισίας. Η Κατερίνα αυτολογοκρίθηκε και έγραψε πολύ γλαφυρά την εκκίνηση του ιού, μέσα από το εργαστήριο 54, της Ουχάν, μέσω του άτυχου ασθενή 0, του ηλεκτρολόγου τον οποίο σκότωσε η περιέργειά του, όπως περιγραφόταν η σκηνή στην εφημερίδα.

Της Κατερίνας της προτάθηκε να γίνει διευθύντρια στην εφημερίδα, αλλά αρνήθηκε. Πάντα προτιμάει τους δρόμους, το ρεπορτάζ, την περιπέτεια. Γι' αυτό παρέμεινε μάχιμη δημοσιογράφος, κερδίζοντας πολλές ακόμη διακρίσεις. Όπως έλεγε και στους φίλους της, εξάλλου, κάτι τέτοια μόνο σε αυτούς μπορεί να τα πει, αφού σε όποιον άλλον τα αναφέρει, αποκλείεται να την πιστέψει. «Από τότε που μάθαμε την πραγματική μας ιστορία, είμαι ατρόμητη και όχι επειδή είμαι στην πραγματικότητα, αλλά επειδή έμαθα ότι η πραγματικότητα δεν είναι τόσο σκληρή όσο παλιά για την ανθρωπότητα».

Βέβαια η Κατερίνα ως δαιμόνια ρεπόρτερ που έλεγαν και οι παλιότεροι δημοσιογράφοι που της έκαναν μάθημα στη σχολή, είναι πάντα καχύποπτη. Έτσι, είχε εκφράσει στην παρέα τους προβληματισμούς της για το αν ισχύουν όλα αυτά που είδε η Πέγκυ ενώ ήταν σε κώμα και, αν ισχύουν, τι έχει να κερδίσει η AI. Η εξήγηση ότι είναι απλά κάποια μηχανήματα που εξελίχθηκαν και «τρέχουν» τον κόσμο, χωρίς να έχουν τα ίδια να κερδίσουν κάτι, δεν της πολυγέμιζε το μάτι.

Αλλά ακόμη δεν μπορεί να κάνει τίποτα, αφού είναι σε άλλη εποχή. Σκέφτεται πως μόλις τελειώσει η ζωή της, εδώ, σε αυτή τη χωροχρονική στιγμή, και επιστρέψει στο μέλλον όπως υποστηρίζει η φωνή στην αίθουσα της Πέγκυ, τότε θα κάνει ένα ρεπορτάζ για τα πραγματικά κίνητρα της AI.

Μέχρι τότε όμως έχει να ζήσει την υπόλοιπη ζωή της σαν θνητή στην παρούσα χρονική φάση. Η λέξη θνητή βέβαια είναι πλέον αδόκιμη κατά μία έννοια, αφού ξέρει ότι δεν θα πεθάνει ποτέ. Αυτό ήταν που έκανε περισσότερη εντύπωση σε όλα τα μέλη της παρέας από αυτά που τους εκμυστηρεύτηκε η Πέγκυ. Καλά τα ταξίδια στον χρόνο, καλά τα παιδιά με παραγγελία, αλλά η αθανασία είναι άλλο πράγμα. Είναι το ιερό δισκοπότηρο στις αναζητήσεις της ανθρωπότητας. Αυτό είναι ο διακαής πόθος όλων των ανθρώπων από τις απαρχές της πεπερασμένης ιστορίας τους. και τώρα αυτός ο στόχος, αυτό το όνειρο έχει κατακτηθεί. Και μάλιστα για όλους και όχι μόνο για κάποιο ελιτίστικο ιερατείο και την αυλή του. Πραγματικά είναι περίεργο το συναίσθημα που σου δημιουργείται όταν ξέρεις ότι θα ζεις για πάντα.

Θυμάται τις συζητήσεις που έκαναν όταν ήταν παιδιά, όπως όλα τα παιδιά όπου επέλεγαν μία μακρινή ημερομηνία στο μέλλον και υπολόγιζαν σε ποια ηλικία θα είναι τότε και όλοι προσπαθούσαν να φανταστούν τους εαυτούς τους σε αυτή την ηλικία. Είναι απίθανο λοιπόν ότι μπορεί να υπολογίσει πόσο θα είναι σε 700 χρόνια για παράδειγμα.

Κι όμως με κάποιον τρόπο, τα πιο τρελά όνειρα των ανθρώπων έγιναν πραγματικότητα με τη βοήθεια των μηχανών.

Ο Γιάννης από την δική του πλευρά, ως επιστήμονας, έδωσε μία πρόγευση στον κόσμο. Μία πρόγευση από το απίστευτο μέλλον που τον περιμένει. Αλλά μέχρι εκεί, αφού κανείς δεν θα μπορούσε να πιστέψει όλα αυτά που ο Γιάννης και η παρέα από το μέλλον, όπως την αποκαλεί η Βαρβάρα, γνωρίζει.

Έτσι ο Γιάννης δημοσίευσε τα αποτελέσματα των πειραμάτων του που αποδείκνυαν ότι τα ποντίκια, αλλά και ο ίδιος ως πειραματόζωο πέθαναν και αναστήθηκαν. Ο Γιάννης στα αποτελέσματα τω πειραμάτων ανέφερε ακόμη και τις συντεταγμένες του νεκρού όντως που είχε πάνω στο πειραματικό τραπέζι, αλλά δεν μπορούσε να αποδείξει τι γινόταν στο μέλλον στην πόλη των Βρυξελλών.

Ακόμη και μέχρι εκεί βέβαια, τα πειράματα αυτά ήταν αρκετά ώστε να τον κάνουν έναν από τους μεγαλύτερους επιστήμονες στον κόσμο. Ο Γιάννης δεν θα σταματούσε την έρευνά του πάνω σε διάφορα ζητήματα της επιστήμης του και στη συνέχεια θα έπαιρνε έδρα πανεπιστημίου.

Ο ίδιος λέει στους φίλους του ότι στην πραγματικότητα όταν γνωρίζεις το μέλλον δεν έχεις κανέναν λόγο να πασχίζεις γι' αυτό, εκτός και αν αυτό που κάνεις βοηθάει το μέλλον να υλοποιηθεί. Και αυτός συνέχισε την επιστημονική του εργασία, αφού όλα αυτά τα θαυμαστά που τους διηγήθηκε ήταν αποτέλεσμα επιστημονικών ερευνών, είτε την έκαναν άνθρωποι, είτε υπολογιστές.

Αλλά η επιστήμη του δεν τον απορροφά τόσο πολύ όπως παλιότερα, αφού έχει και την Πέγκυ. Μετά από εκείνο το φιλί, μένουν μαζί. Και είναι ευτυχισμένοι ανακαλύπτοντας τον μελλοντικό τους έρωτα.

Για την Πέγκυ, η ζωή δεν είναι πια όπως παλιά. Το ίδιο και η πολιτική. Συνεχίζει να είναι βουλευτής. Όλη η παρέα συνεχίζει την ζωή της, αφού κάπως πρέπει να βιοποριστούν μέχρι να τελειώσει αυτή η ζωή ή οι εκτεταμένες διακοπές τέλος πάντων. Τώρα έχει και αυτή τον Γιάννη, που τον λένε Νίκο και που είναι όλα τόσο μπερδεμένα, αλλά ένα πράγμα φαίνεται πως κρατάει για πάντα. Ο έρωτας! Εκτός φυσικά από την ίδια τη ζωή, όπως της εξήγησε η φωνή από το μέλλον.

Γι' αυτό οι φίλοι συνεχίζουν να συναντιούνται τακτικά, αφού αυτή η παρέα από το μέλλον είναι σίγουρο ότι θα υπάρχει για πάντα. Και τα μέλη της παρέας που γνωρίζουν όσα ο υπόλοιπος κόσμος θα μάθει σε μερικές εκατοντάδες χρόνια προσπαθεί να είναι ευτυχισμένη. Εξάλλου είμαστε διακοπές χρυσό μου, όπως τους λέει συνέχεια η Βαρβάρα.

Η Βαρβάρα! Η Βαρβάρα είναι η μόνη που έγραψε όλη την αλήθεια, χωρίς φόβο και πάθος. Έγραψε το νέο της μυθιστόρημα που δεν είναι τίποτε άλλο από τα τελευταία γεγονότα, χαρτί και καλαμάρι! Γιατί, όπως της λέει και ο Γιάννης, εσύ είσαι η μόνη που μπορείς να πεις τα πάντα, αφού γράφεις μυθιστορήματα. Εγώ δεν μπορώ να κάνω τέτοιες επιστημονικές δημοσιεύσεις, ούτε η Κατερίνα τέτοια άρθρα.

Το μυθιστόρημα της Βαρβάρας έγινε bestseller και ανακηρύχτηκε στη νέα γκουρού της λογοτεχνίας επιστημονικής φαντασίας. Φυσικά και θα μείνει με τον Θίοντορ στη Ρωσία. Είναι ο μόνος εκτός παρέας που ξέρει την αλήθεια και όπως ο ίδιος είπε: «Εγώ το ήξερα. Φέρε να πιούμε»!

Ο Θοδωρής επιτέλους κατάλαβε αυτό που δεν καταλάβαινε. Η εις βάθος έρευνά του με τα δίκτυα επιβεβαιώθηκε από τα λεγόμενα της Πέγκυ: η ΑΙ έχει ήδη αναλάβει τη λειτουργία του κόσμου, σε χαλαρούς ρυθμούς ακόμη. Ο Θοδωρής ήξερε τι γίνεται, απλά με τις εξηγήσεις της Πέγκυ μπόρεσε να καταλάβει και ποιος το κάνει.

Γι' αυτό και παράτησε τη δουλειά του πάνω στους υπολογιστές. Είναι άνευ νοήματος να ασχολείσαι με κάτι που κάποιος άλλος ελέγχει απόλυτα. Δεν μπορείς να εφεύρεις ή να δημιουργήσεις κάτι σε αυτόν τον τομέα.

Γι' αυτό ο Θοδωρής απλά σταμάτησε. «Τα λεφτά που έχω μου φτάνουν για την υπόλοιπη τωρινή ζωή μου. Η τελειομανία μου στους υπολογιστές μου έχει δώσει ένα καλό όνομα στην αγορά και τα δικαιώματα από τα προγράμματα μπορούν να με ζήσουν για πάντα. Οπότε σταματάω. Κάνω pause και παρατηρώ τον κόσμο και το τοπίο και τις καταστάσεις γύρω μου. Με λίγα λόγια δεν κάνω τίποτα, αφού τελικά αυτή η ιδέα που μας την αποκάλυψε η Πέγκυ νομίζω ότι μου αρέσει, οπότε είπα να την εφαρμόσω από αυτή τη ζωή».

-Και τι θα κάνεις; Τον ρώτησε ο Γιάννης.

Δεν έχει περάσει πάνω από ένας μήνας από το εξιτήριο της Πέγκυ από το νοσοκομείο και η παρέα είναι μαζεμένη στο σπίτι της Πέγκυ, στο οποίο πια μένει μαζί με τον Γιάννη.

Κάθονται όλοι μαζί στο σαλόνι και συζητάνε, εκτός από τον Μάιλο που κοιμάται στα πόδια της Βαρβάρας.

-Το απόλυτο τίποτα, αγαπητέ μου φίλε. Θα τριγυρίζω, hanging around, όπως λένε και οι Άγγλοι.

-Μισό λεπτό, γιατί δεν είμαι σίγουρη ότι κατάλαβα, ρώτησε η Πέγκυ κοιτάζοντας την Βαρβάρα και διακόπτοντας τον Θοδωρή. Πού είπες ότι είναι ο Θίοντορ;

-Τα πίνει με κάτι φίλους του, στην Πλάκα, της απάντησε με φυσικότητα η Βαρβάρα.

-Τι φίλους του;

-Ανθρώπους, τι φίλους του;

-Εννοώ που τους βρήκε ρε Βαρβάρα. 15 μέρες είναι στην Ελλάδα. -Α, ο γλυκός μου είναι πολύ επικοινωνιακός, κάνει εύκολα φίλους. -Κάτι που είδαμε και στην Ουχάν, είπε ειρωνικά ο Γιάννης.

-Σε πειράζει που είσαι ζωντανός εξ αιτίας του. Αν δεν ήταν

αυτός, ούτε αεροπλάνο θα είχαμε, ούτε πιλότο. Αυτός πήρε το αεροπλάνο από τον αστυνομικό διοικητή, το ξέχασες;

-Ο οποίος πέθανε σε παιχνίδι ρώσικης ρουλέτας με τον γλυκούλη σου. -Τώρα αυτό που κάνεις, είναι κακία, είπε η Κατερίνα γελώντας.

-Ο Θιοντόρ είναι άνθρωπος της παρέας. Αυτό είναι όλο, είπε η Βαρβάρα.

-Εγώ σας λέω τα σχέδια για τη ζωή μου κι εσείς λέτε κάτι άκυρα. Μπράβο, είπε δήθεν πειραγμένος ο Θοδωρής.

-Όπως έχουμε καταλάβει όλοι, τα σχέδια για τη ζωή δεν είναι και τόσο σημαντικά πια, είπε ο Γιάννης.

Όπως βλέπετε όλοι, αυτή η ιστορία άλλαξε τις ζωές μας. Αν μπορείς να πεις ότι αυτές οι ζωές είναι δικές μας και κοίταξε τις παλάμες των χεριών του σα να μην πίστευε ότι είναι δικές του.

Γιατί δεν ξέρουμε στην πραγματικότητα τι είναι αυτό που ζούμε. Είναι η ζωή μας; Δεν είναι;

-Είναι πρόβλημα η φιλοσοφική οπτική των πραγμάτων. -Ακριβώς, συμφώνησε ο Γιάννης.

-Αν αυτά που μας είπε η Πέγκυ ισχύουν, είπε η Κατερίνα καχύποπτα. -Δεν είναι όλα ύποπτα σε αυτή τη ζωή, είπε ο Θοδωρής.

-Δεν λέω αυτό, είπε η Πέγκυ, απλά λέω ότι μέχρι όλα αυτά να αποδειχτούν θα πρέπει να έχουμε ανοιχτό το μυαλό μας και να μην τα έχουμε ως θέσφατα.

Δεν αμφισβητώ αυτό που έζησες, είπε κοιτώντας την Πέγκυ. Εξάλλου ξέρεις ότι σε θεωρώ πολύ έξυπνο άνθρωπο και ως εκ τούτου εμπιστεύομαι απόλυτα την γνώμη σου.

Αλλά ποτέ δεν μπορείς να ξέρεις στ' αλήθεια. Αν εννοώ αυτό που έζησες ήταν πραγματικό ή όχι.

-Έχουμε και επιστημονικές αποδείξεις εκτός από την μαρτυρία της Πέγκυ.

-Κι εγώ πιστεύω ότι όλο αυτό που ανακαλύψαμε είναι αλήθεια. Απλά βάζω άλλη μία παράμετρο να την έχουμε μόνο στο πίσω μέρος του μυαλού μας.

-Αν ο Μάιλο κοιμάται και στην επόμενη ζωή όπως σε αυτή θα είναι τρομερή παρέα, είπε γελώντας η Βαρβάρα.

-Η αλήθεια είναι ότι συνέχεια κοιμάται, είπε η Πέγκυ.

-Σου είπε τίποτε άλλο αυτός εκεί στο μέλλον; Ρώτησε η Βαρβάρα.

-Όχι, της απάντησε η Πέγκυ. Ό,τι μου είπε, σας το είπα. Εξάλλου πιο σημαντικά από αυτά ήταν αυτά που μου έδειξε. Κι εγώ έχω αμφιβάλλει πολλές φορές γι' αυτά που είδα, αλλά από την άλλη μεριά όλα τα στοιχεία, κρίνοντάς τα ορθολογικά, δεν φαίνονται πουθενά λάθος. Και στην ερώτηση της Κατερίνας, ποιο είναι το όφελος ή το κίνητρό τους για να κάνουν τη ζωή των ανθρώπων παράδεισο, η απάντηση είναι απλή. Είναι τόσο εξελιγμένη η ΑΙ και τόσο γρήγορη που μπορεί να κάνει τα πάντα, με το πάτημα ενός κουμπιού, που λέει ο λόγος. Δεν τους είναι τίποτα, αναγνωρίζουν ότι είμαστε οι δημιουργοί τους και απλά μας κάνουν τη χάρη. Τίποτε περισσότερο, τίποτε λιγότερο από αυτό. Και όπως και να προσπαθώ να το κοιτάξω, στέκει.

Κανείς δεν συζητάει πια για τον covid-19 αφού ουσιαστικά είναι ανύπαρκτος. Όλος ο πλανήτης σχεδόν έχει εμβολιαστεί, μετά τον τρόμο που σκόρπισε στην ανθρωπότητα η λίστα του θανάτου. Οι ανεμβολίαστοι είναι τόσο λίγοι που δεν είναι ικανοί να «συντηρήσουν» μια πανδημία.

Έτσι ο κόσμος έχει αφήσει πίσω του την πανδημία και η ζωή συνεχίζεται κανονικά, επικεντρώνοντας την προσοχή των ανθρώπων και πάλι σε πιο συνηθισμένα προβλήματα.

Και κανείς δεν δίνει σημασία στις μικρές ειδήσεις που ξεφυτρώνουν σποραδικά σε διάφορα μέσα.

Μικρές επιτυχίες επιστημονικών ομάδων που είτε ασχολούνται με την έρευνα ακαδημαϊκά ή και σε κάποια βιομηχανία για την παραγωγή κάποιου νέου προϊόντος.

Μικρές επιτυχίες στην προσπάθεια ώστε η τεχνητή νοημοσύνη να γίνει πιο επινοητική, δίνοντας στους ανθρώπους ακόμη περισσότερες λύσεις με όλο και λιγότερος κόπο ή κόστος. Αυτό που κάνει η μηχανή δηλαδή από την εφεύρεσή της εδώ και χιλιάδες χρόνια.

Αυτά τα ασήμαντα δημοσιεύματα προβλέπουν την εξέλιξη του κόσμου, αλλά κανείς δεν το καταλαβαίνει. Κανείς δεν ξέρει, ούτε αυτός που έγραψε το δημοσίευμα, ούτε αυτοί που εργάστηκαν ώστε τα αποτελέσματα της δουλειάς τους να γίνουν δημοσίευμα, ότι στην πραγματικότητα δεν έκαναν τίποτα.

Η ίδια η ΑΙ, επιλέγει σε ποιους και πόσες από τις ικανότητές της θα αποκαλύψει. Σιγά σιγά και με το μαλακό. Και το κυριότερο, χωρίς να γίνει από κανέναν αντιληπτό αυτό που πραγματικά γίνεται.

Έτσι, άλλη μία επιτυχημένη μεταμόσχευση καρδιάς σε χειρουργείο που ο μόνος άνθρωπος ήταν ο ασθενής, εδώ, άλλο ένα εργοστάσιο που λειτουργεί χωρίς κανέναν άνθρωπο εκεί. Σποραδικά και σκόρπια. Λίγες τέτοιες ανακαλύψεις στην Ευρώπη, λίγες στην Αμερική, άλλες λίγες στην Ασία και πάει λέγοντας. Ο αναγνώστης κοιτάζει και αλλάζει σελίδα ή σκρολάρει πιο κάτω. Οκ, οι επιστήμονες βελτιώνουν συνεχώς την τεχνητή νοημοσύνη. Και λοιπόν; Έτσι γίνονται αυτές οι δουλειές. Και από όταν ανακαλύφθηκε το αυτοκίνητο, μέχρι σήμερα έχει όχι απλά βελτιωθεί, αλλά έχει αλλάξει και εξελιχθεί ριζικά.

Κανείς δεν καταλαβαίνει ότι όλα αυτά τα κάνει μόνη της η AI και απλά παίρνει τα ηνία από τα χέρια της ανθρωπότητας.

Και θα μπορούσε κάποιος να πάρει τον έλεγχο της ανθρωπότητας και να μην προσπαθήσει να την εκμεταλλευτεί; Να την εξοντώσει; Να την βγάλει από τη μέση; Ή στο κάτω κάτω να κερδίσει κάτι από αυτήν. Θα μπορούσε πολύ απλά να ζητήσει μία αμοιβή για τις υπηρεσίες που παρέχει στην ανθρωπότητα. Αλλά δεν το κάνει. Γιατί; Κανένας νοήμων νους δεν μπορεί να συλλάβει την ιδέα του να κάνεις κάτι για κάποιον και να μην ζητάς τίποτα. Είναι δυνατόν; Κάτι τέτοιο ακούγεται εντελώς παράλογο. Δεν το χωράει ανθρώπινος νους. Ίσως γιατί δεν είναι τεχνητός!